小醫女的逆襲 4

風 文創 413

墨櫻 著

目錄

第三十九章

此時百味館裡，薛掌櫃派人通知秦長瑞後，很快就有夥計回來稟告，說二小姐、三小姐失蹤了，就連阿水也沒尋到，薛掌櫃頓時也慌了手腳。

「快拿著我的印章去通知華州城各個分鋪，讓他們派人趕緊去尋，一有消息立即來報！」

夥計接過印章，上了馬，就趕去分鋪。

秦長瑞與陶氏一聽到這個消息，陶氏險些驚得要暈過去，夫妻兩人這時候哪裡還顧得上友人，便直接離席，乘著馬車趕回來。

回到永定巷，秦長瑞慌忙從馬車上跳下來，就吼道：「到底是怎麼回事？可有阿梅、阿杏的消息了？」

薛掌櫃嚇得一個哆嗦。他們都知道東家原來只是個種田的漢子，平日裡看來卻比讀書人還要儒雅，不管做事還是生意場上都透著股儒商的氣質，就算是再怎麼大的事情，也只會笑著與你商議法子，而秦長瑞現在恍若另外一個人的模樣，著實讓薛掌櫃嚇得雙手一抖。

「東家，暫時還沒有二小姐、三小姐的消息……」

秦長瑞銳利的眸光突然朝薛掌櫃射來，就像帶著罡風的利箭一般，讓薛掌櫃渾身止不住顫抖。

「一群廢物！」這恐怕是秦長瑞重生以來首次罵人。

剛剛下車的陶氏卻因薛掌櫃的一句話，嚇得跪倒在雪地裡。

秦長瑞連忙過去扶住妻子，他掃視大堂裡的人一圈，滿是怒意的沈聲問道：「阿悠呢？」

「大小姐帶著阿魚和幾個護衛出去尋兩位小姐了。」薛掌櫃現在是連頭也不敢抬，他害怕見到秦長瑞狠戾的目光。

「都來帳房！」秦長瑞撂下一句，扶著陶氏先去大堂旁邊的帳房。

薛掌櫃帶著百味館裡所有的夥計跟著進去。

秦長瑞拿了紙筆飛快在紙上寫著什麼，然後裝進一旁的信封中，他拿著信封走到薛掌櫃面前。「老薛，你親自將這封信送到東門巷，另外叫那邊所有人手都出動，務必最快速度尋到阿梅、阿杏！」

薛掌櫃強自鎮定，接過秦長瑞手中的信封，讓夥計牽馬來。

陶氏整個人像是失去支柱一樣，眼神有些空洞，秦長瑞握了握妻子的手，安慰道：「放心吧，阿梅、阿杏一定會沒事的。」

陶氏抬眼看丈夫一眼，試圖振作，但是整張臉好似凍住一般，什麼表情都擺不出來。那時，聽到家中夥計說阿梅、阿杏出事，陶氏整個世界都好像坍塌一樣，直到現在，陶氏才意識到如今家中的幾個孩子已經在她心中占據如此重要的位置！

秦長瑞嘴上雖是這樣安慰妻子，心中卻比陶氏還要著急。這突來的晴天霹靂，讓秦長瑞這麼一個承受能力極強的人都有些接受不了。前世自己兒子便被人算計，他沒能救下，這一世，他就算是傾盡所有，也絕不能讓阿梅、阿杏出事！

阿魚匆匆進了帳房，秦長瑞一見是他，目光如刀一樣射過來。「阿魚，你不陪在阿悠身邊，回來做什麼！」

已經有兩個女兒下落不明了，若是陳悠再出事，這要叫秦長瑞夫婦怎麼活！

阿魚只好硬著頭皮解釋。「老爺莫急，是大小姐叫小的回來通知你們的。」

秦長瑞緊緊盯著阿魚，阿魚被他可怖的目光看得頭皮發麻，低下頭儘量讓自己鎮定下來，道：「老爺，大小姐在秦大人那兒，現在不會有事的。」

秦長瑞在聽到「秦大人」三個字後，不敢置信地看著阿魚。「你說的是哪個秦大人？」

秦長瑞的聲音太高，又帶著憤怒和擔憂的質問，讓阿魚險些說不出話來。「回老爺，是……就是上頭派來的姓秦的藥政大人……」

這件事越來越複雜，就連秦長瑞都一時不知要怎麼辦才好。他與陶氏都從對方的眼裡瞧見驚恐。

陳悠怎麼能去求秦征！

阿魚站了許久也沒聽到老爺說話，他小心地抬頭瞥了一眼，而後道：「老爺，大小姐還與小的說了兩個地點，讓你們派人去查看查看。」

秦長瑞這時才回過神。「是哪裡？還愣著幹什麼，你快帶著人去！」

秦長瑞感覺，無形之中，已將他們與前世的人事物拉得越來越近。

昨日晚上，他還有放棄去建康城打算過安穩日子的想法，今日的一切已經告訴他，由不得他了。阿梅、阿杏的失蹤絕不是偶然，況且姊妹兩人身邊還有阿水護著，阿魚、阿力和阿水三人都是秦長瑞這幾年一手栽培出來的，他們不可能背叛他。而且能這樣無聲無息將人劫走，一點蛛絲馬跡都不留下，那麼只有一個可能，那便是阿水帶的兩人中有別人的人！

日防夜防，家賊難防！如果是自己人做的手腳，阿水定然不會有防備……

陳悠在會賓酒樓中等了一個多時辰，窗外的天色都有些漆黑了。

阿北才匆匆推門進來，秦征從案前抬起頭，屋內已經點了燈火，映照在他的臉上，使他的臉頰添上一層昏黃的柔光，讓本來冷俊的秦征瞧起來溫柔了一分。

但是陳悠這個時候根本沒有心思欣賞眼前的美男圖，阿北一進房間，她便眼巴巴地盯著他，呼吸都跟著急促起來。她怕從阿北口中出來的是讓人難以接受的消息，所以她連問出口的勇氣也沒有。

秦征瞥了她一眼，然後看向阿北。「可是有消息了？」

「回少爺，確實有消息了，我們的人在碼頭船舫裡發現陳家的兩個姑娘。」阿北語氣平靜。

陳悠的一顆心都提到嗓子眼，阿梅、阿杏終於找到了，可是她又害怕聽到阿北繼續說出什麼轉折的話來。

秦征瞧了眼陳悠的神色，替她問出口。「那兩個小姑娘狀況如何？」

「目前只是昏迷，像是中了一種特殊的迷香，直到現在還未甦醒，不過也未受什麼傷。只是那跟著陳家姑娘的護衛傷重了些，恐怕是不治了。」阿北平靜講述著實情。

陳悠慢慢落下的心又猛地一揪起來。護衛傷重不治？阿梅、阿杏又中了什麼迷香？

陳悠現在恨不能飛到阿梅、阿杏的身邊。她面色焦急地朝秦征身邊走了兩步，啞著嗓子道：「我……」

「莫多說了，阿北，你將陳大姑娘送過去。」

「是，少爺！」阿北回道。

陳悠感激地看了秦征一眼，而後跟著阿北坐馬車去碼頭。

天色黑得很快，陳悠到碼頭邊時，早已伸手不見五指，北風在馬車外呼嘯著。等陳悠從馬車上跳下來，一股猛烈的寒風迎面颳來，讓她整個人跟著一個踉蹌。

阿北將這一切看在眼裡，他眼神閃了閃，然後默默解下自己的披風，提著搖曳的燈籠走到陳悠的身邊。

碼頭本就臨著江河，風自是更大些，陳悠今日出門走得急，在室內還不覺得，現在到了室外，穿著就顯得單薄了些，不自覺抱著手臂搓了搓，而後顫著嗓音問道：「請問，阿梅、阿杏在哪裡？」

阿北低頭看了陳悠一眼，將自己的披風遞給她。「穿上吧！這江邊冷得很。」

陳悠雖然哆嗦得厲害，可讓她隨意用別的男子的披風，她也有些不自在。

「還有一段路要走過去，妳穿成這樣，還沒抵達就會凍僵的。而且這天，估摸著一會兒還要下雪。」阿北的聲線低沈。

陳悠如今確實凍個半死，聽了阿北的話，也顧不得矜持，接了阿北寬大厚實的披風就將自己裹起來。披風上還有沒褪去的體溫，一瞬間，確實讓陳悠暖和不少。

瞧陳悠穿上披風，阿北的嘴角揚了揚，便帶著陳悠去碼頭邊的那艘畫舫。

其實陳悠今日來求秦征倒真是求對了人，阿北管著秦征手下的情報，若不是秦征的情報，等他們找到阿梅和阿杏，真不知要到什麼時候，而且在華州城，也只有秦征能與李霏煙抗衡，陳悠的決定很對。

盯著眼前搖曳不穩的燈火，陳悠的心也跟著明明滅滅。黑暗中，這一盞燈就像是希望之燈，將她心中的希望慢慢點燃。

確實像阿北說的那樣，從碼頭到畫舫起碼要走上兩刻鐘的時間。天冷，路上又是積雪，陳悠深一腳淺一腳，到畫舫前時，她的鞋襪早就濕透了，冰寒徹骨，陳悠卻一點也感覺不到，她慌慌張張地上了畫舫。

「陳大姑娘，令妹就在這裡面。」阿北說道。

畫舫外面守著秦征的人，陳悠顫抖著手掀開畫舫氈簾，微微低頭鑽了進去。

微弱的燈光下，阿梅、阿杏並排躺在地毯上，陳悠什麼也顧不得，撲上前就去摸阿梅、阿杏的手腕。

脈搏緩慢，但無凝澀，看來真的只是中了迷藥暫時昏迷過去而已。這時候，陳悠才注意到旁邊躺著的人。此時那人身上已經蓋了一床被子，但明顯過分安靜，令陳悠目光瞬間凝滯。

阿北同樣皺眉看向躺在一旁的男子，先陳悠一步揭開蓋在他身上的被褥，然後伸出食指嘆了嘆他的鼻息。

阿北一怔，看了陳悠一眼。「陳大姑娘，這位小兄弟已經死了。」

陳悠在看到熟悉的臉龐後緊摀著嘴說不出話來，等聽到阿北說出口後，不敢置信地又去摸年輕男子的脈搏。片刻後，陳悠手臂無力地垂下來。

阿水確實是死了……而且身子都已經開始慢慢變得冰冷，這種情況就算擱在現代，也沒半分救回來的可能。

低頭看向阿水的身體，前襟和胸腹的衣袍上全是殷紅的血跡，陳悠強逼著自己冷靜下來，替阿水檢查一遍，渾身上下竟然有五、六處刀傷，其中最致命的一處就是左胸離心臟最近的那處。雖然不是傷口直接致命，卻失血過多而死，可這樣慢慢消耗生命遠比直接死去更加折磨人！

陳悠的雙眼通紅，捧著阿水的雙手，她的眼淚就撲簌簌掉了下來。

阿水的十根手指上，指甲全被殘忍地拔下。十指連心，這樣殘忍的酷刑，究竟是哪個喪心病狂的禽獸做出來的？

阿北在一邊也瞧得眉心猛皺，這種酷刑，就算他們逼迫罪犯也不會用到，現在卻被用在一個普通人身上，讓他一個平時見慣高門大宅裡陰私的人都覺得殘忍無比。

當時他們只顧著尋人，匆忙在畫舫中找到人，他就馬不停蹄地回去稟報了，只確定阿梅、阿杏有沒有受傷，旁的卻是沒有仔細查看。

陳悠嘴唇顫抖著，原本一雙溫柔明亮的雙眸都泛著冰寒，臉上也毫無血色，她輕輕地將阿水的手放好，又將他身上的被子給拉上。

阿魚、阿力和阿水三個與他們一家生活了將近四年，家中除了趙燁磊，他們就像親哥哥一樣照顧她們姊妹，而阿水現在竟然這樣慘死！她絕對不會放過凶手！

畫舫外面有雜亂的人聲傳來，不一會兒，秦長瑞扶著陶氏進了畫舫。

兩人瞥見地上昏迷的阿梅和阿杏，還有陳悠面上一股狠戾絕望的神色，心都猛沈，陶氏差點暈過去。

秦長瑞上前一步艱澀地開口。「阿梅、阿杏如何了？」

陳悠有些愣怔地回過頭看秦長瑞夫妻一眼，顯然還沒從阿水慘死的震撼中完全回過神來，站在一旁的阿北只好代替她道：「陳老爺，令千金無事，只是暫時昏迷過去而已。」

秦長瑞和陶氏同時長長吁了口氣。陶氏跪到兩個女兒身邊，伸手摸著她們的臉頰和額頭，淚水不受控制地落下來。

秦長瑞比妻子冷靜多了，他這時將目光落在一旁的被褥下。因陳悠一直盯著那床被褥，反應奇怪。他兩步走到一邊，揭開被褥，瞧見下面的慘象，倒抽了一口涼氣，擺放在腹部的雙手，讓秦長瑞的眼瞳一縮。

大魏朝建國百年時，先帝就親自頒布法令，廢除百種酷刑，這種活生生將指甲蓋拔掉的酷刑也在其中。早已斷氣的阿水，兩隻手上一片鮮血淋漓，死亡後，表情還扭曲著，可想而知，活著時承受過多大的痛苦。

秦長瑞的手緊緊攥了起來，指甲戳到手心也毫無知覺。

阿魚拎著藥箱後一步進畫舫，站在他那個角度一進來，便接觸到阿水慘死的模樣。阿魚身子搖晃了兩下，手中的藥箱險些滑落，而後帶著些哭腔的聲音響起來。「大小姐，您救救阿水啊！我將您的藥箱帶來了！」

阿北在一旁接過阿魚手上的藥箱，拍了拍他的肩膀。「小兄弟，沒用的，他已經死了，我們來畫舫的時候，他便已經斷氣，節哀……」

阿北明白阿魚的感情，就與他見到阿南受傷一樣，所以，他難得開口安慰了一句。

陳悠這時候像是瘋魔一樣，走過來搶了阿北手中的藥箱，慌亂地打開它，口中語無倫次地嘀咕著。「對，我要試試，說不定能將阿水哥救回來……對，試試！試試！」

秦長瑞瞧見女兒被嚇到的模樣，心口一陣抽痛，他大吼一聲。「阿悠，醒醒，阿水已經死了！再也救不回來了！」

陳悠拿在手上的縫針和腸線才無聲地掉落在地上。

陶氏站起來，將陳悠抱住，不停地拍著她的後背，陳悠這時壓抑許久的哭聲才發出來。

「娘！都是我不好，讓阿梅、阿杏她們出門，牽累了阿水哥喪命！」

陶氏心疼地摸著陳悠的頭髮。「阿悠莫要難過，這一切都不是妳的錯，我們定會讓這人付出代價，血債血償！」

陳悠一直以來都很堅強，陶氏還從沒有瞧見過她這樣脆弱的時候，所以心疼不已。

秦長瑞到底最先鎮靜下來，吩咐家中的夥計先將母女幾個送回百味館。

此時，阿北從懷中拿出一封信遞給秦長瑞。「陳老爺，這是整件事的來龍去脈，您看看，抓到的人已經扭送官府了。」

秦長瑞深深看了阿北一眼，這個人是秦征手下的年輕男子，但在他的記憶中，卻一點印象也沒有。

阿北見秦長瑞接過信封，並未說話，便繼續道：「若是陳老爺沒旁的事，我便告退了。人手我會留在這裡，直到官府的人來接手為止。」

「多謝！」

儘管秦長瑞對現在的秦征越來越好奇，可也不能在這個多事之秋來解決這件事，當務之急，是替阿水伸冤，將凶手繩之以法！

阿北朝秦長瑞作了一揖，帶著兩人轉身離開。

秦長瑞站在黑夜的寒風中，身後是千尺渭水，他負著手，瞧阿北上了馬車，融入夜色之中。

此時，阿力小跑步過來。「老爺！」

秦長瑞的聲音有些疲憊。「阿力，你帶人去通知各處，讓他們都不要尋了，說阿梅、阿杏已經找到了。」

阿力領命離開。

今夜的殘忍注定要讓許多人都難以入眠。

另一廂的阿北回到會賓酒樓，便將事情都說與秦征聽。

「這施刑者是誰的人？」秦征冷冰冰地開口問道。

這樣殘忍的手段，就算是大內也多年未動用過了。

「屬下查過，是李霏煙的人。」

這歹婦！

秦征緊緊捏了捏手中的書冊。「可有證據？」

見阿北無奈地搖頭，秦征揮了揮手。阿北瞥了他一眼，便退了下去。

等到陶氏與陳悠回到永定巷，都已經到了亥時。

馬車剛到百味館門口，就有幾個人迎上來，其中就有聞訊趕來的唐仲與賈天靜。

母女被阿魚從馬車內扶下來，賈天靜瞧瞧兩人臉上皆是慘白一片，頓時一愣。她得到消息的時候，只知阿梅、阿杏已尋到了，可是瞧陳悠面色，這件事絕對不會這麼簡單。

陳悠見到唐仲和賈天靜，她麻木地扯了扯嘴角，道了一聲「唐仲叔、靜姨」。

賈天靜扶著她。「哎……先別說了，大家都回屋裡，這外頭冷得很。」

陶氏點點頭。唐仲幫忙抱著阿梅進了百味館。

直到亥時末了，百味館裡的人才慢慢平靜下來。

阿梅、阿杏被送回房間，兩個小姑娘還在昏睡中，賈天靜特意給她們檢查過，也道了沒問題，許是迷藥被下得重了些，才至今還未醒過來。

陶氏與陳悠在小花廳中隨意吃了些清淡小粥填肚子，唐仲與賈天靜坐在一邊。

「阿悠，今日到底怎麼回事？阿梅、阿杏在百味館中為何會被歹人擄走？」唐仲擰眉問道。

陶氏跟著秦長瑞從友人家中匆匆忙忙回來，這件事的具體情況也不清楚，這時候同樣轉頭看著陳悠。

回到百味館後，陳悠就漸漸冷靜下來，放下青瓷小碗，將實情娓娓道來。「當時不覺得有什麼，可是到了現在，我卻認為這一切都是有人在背後算計好的。黃大娘本來腿腳就不大好，所以平時走路刻意會注意腳下，下了那麼多天的雪，哪裡正好今日就摔了腿，定然是有人故意暗算，目的是將我拖住！」

如果她自己不出門，阿魚一般就不會跟著，阿魚防範心很重，而她對藥物很敏感，他們出門不會這麼容易被劫擄，會大大提高事情的難度，但是阿梅、阿杏就不同了！她們只不過是十一歲的小姑娘，思想簡單，防人心思也不重，這迷藥又是阿水帶著的夥計撒進茶水裡的，將她們劫走便是輕而易舉！

賈天靜贊同地點頭。「阿悠說得對，若是沒人策劃好這一切，黃大娘傷的時機也太巧合了些。」

「可知凶手是誰了？」唐仲捏著手心問道。阿水被折磨成那樣，行醫者最是瞭解渾身經絡，唐仲可以想像阿水被人活生生拔掉指甲時那種非人的痛苦和折磨。

陳悠咬著唇，雙眸中一片恨意。「趙大夫！」

在去碼頭的馬車上，阿北就與她說了凶手，阿北他們在碼頭畫舫找到阿梅和阿杏時，阿水已經被折磨得沒了呼吸。可是陳悠知道，趙大夫只不過是個施刑者而已，真正在背後安排這一切的不會是個沒腦子的人！如今趙大夫被抓到，不過是個代罪羔羊。

秦征並沒有提到這個人，可想而知，這個人的實力，恐怕連秦征都要忌憚，而他們現在想要抗衡就更難了。陳悠從來不是要強的性子，很多時候她都甘於安樂，只要生活富足，能做自己想做的事情，她便很滿足了，可直到這次阿梅、阿杏被擄，才讓陳悠醒悟過來。

現實就是如此殘酷，尤其是在帝王統治的大魏朝，人類的社會階級是如此明顯，若是不做上等人，便只能被人踩在腳下，而她的醫術也終會成為拖累，或許更會變成別人殺人的凶器！有多大的才能便要有多高的地位駕馭，這句話不是沒有無道理的。

如果今日他們身分崇高，她還需要求到秦征那裡？阿梅、阿杏出門也不會只有阿水他們兩、三人保護，更甚者，阿梅、阿杏根本不會被擄！

自從生活變得富足後，陳悠就龜縮到殼中，不但如此，她對秦長瑞擴張百味館還很是反感，所以新藥膳的研製，她已經很少參與了。這兩年，她許多時候都待在保定堂中。

雖然秦長瑞從來沒有怪罪過她，陳悠甚至覺得秦長瑞這樣的努力是不被她認可的，可直到這一刻，陳悠才明白權力、勢力的重要，沒有權力如何保護自己想要保護的人，難道就靠著她這樣單薄的身軀和醫術？

要知道，在大魏朝，絕大多數人可不是死於疾病，而是爭鬥！她已經逃避得夠久了，前世便是這樣逃避懦弱的性子，難道再活一世，還要重走老路？

陳悠從沒有一刻，覺得自己是這樣清醒，即便這種清醒和理智不是她從一開始就想得到和追求的，可是為了身邊要保護的人，又有誰做什麼事都是隨著自己的喜好？有太多的不如意，只能自己慢慢承受！

為了阿梅、阿杏，她一定要變得強大起來！這麼多年下來，她竟是第一次看得這樣透澈！

想通的陳悠雙眸深邃又璀璨，微微抿著的唇和堅毅的神色，讓無意瞥到她的唐仲整個人一怔。

小花廳裡大家都沈默著，等了良久，秦長瑞還是沒有回來。

唐仲抬起頭，道：「累了一日，都去睡吧，這件事明日定會有個了結的。」

陶氏受了驚嚇，回來時又吹了寒風，這個時候有些發熱，精神更便恍惚不濟，也只是憑著意志支撐著。

陳悠觸碰到陶氏的手時，發現陶氏的手心滾燙。「娘，您發燒了，我送您回房休息。」

這可不是矯情的時候，陶氏也早感覺身體不適，虛弱地點點頭。

陳悠和賈天靜一起將陶氏送回房間，給陶氏看過後，賈天靜幫著熬了湯藥，讓陶氏服下，她們二人才從陶氏房裡出來，這時已過子時了。

陳悠呵了一口白氣，瞧著白雪映照的院子，只有廊簷下幾盞搖曳的燭光，遠處不知哪家傳來幾聲雞鳴，打破這寧靜得幾乎要凝滯的夜晚。

賈天靜遞了個手爐給陳悠。「阿悠，莫想那麼多了，回房歇著吧，阿梅、阿杏那邊有靜姨照看著。」

陳悠微微抬頭看著黑洞洞的天空，片刻後轉頭朝賈天靜淡淡一笑。「靜姨，我沒事，一點也不睏，阿梅、阿杏要是醒來瞧不見我會害怕的。」

少女淡笑的臉上染上一層橘光，柔和得簡直能沁暖人心，賈天靜也不強迫她。

「也好，靜姨陪著妳。」

將陶氏房間的門關好，陳悠與賈天靜提著燈籠去阿梅、阿杏房中。

房間門一打開，便有一股暖意襲來，陳悠深深吸了口氣，彷彿嗅到阿梅、阿杏身上淡淡的能撫平她擔憂躁動的香味。陳悠坐到阿梅、阿杏的床邊，伸手給她們搭了脈。

微弦則其氣和，阿梅、阿杏確實還是平脈。脈象上雖然看不出什麼來，可是卻不符合常理。

在他們尋到阿梅、阿杏時，至少已經過了三個多時辰。若只是迷藥餘力，她們早就應該醒過來才對。

陳悠擔憂地瞧著兩個睡顏幾乎一樣的妹妹。「靜姨，您可覺得奇怪，阿梅、阿杏竟然到現在都沒有醒來的跡象。」

賈天靜也早就懷疑了，就算重度迷藥，也不會有這樣的作用，賈天靜坐到床邊的椅子上，也伸手搭了搭阿梅、阿杏的手腕。

「脈氣平，按照道理不應該是這樣。」賈天靜從一旁自己的藥箱中取出一個白瓷細頸小瓶遞給陳悠。「這是我前些日子剛剛配好的清心散，普通人嗅了能醒神清腦，解迷藥最是有效。」

陳悠取過來放在阿梅、阿杏的鼻間，用手輕搧了搧。等了一刻鐘後，她們卻一點反應也沒有。

「這……」賈天靜雙眼瞪大，瞧著這個結果不敢置信，然後語調立即變得嚴肅擔憂起來。「阿悠，阿梅、阿杏絕不是因為中了迷藥的緣故才沒醒來的。」

若是繼續這樣下去，阿梅、阿杏一直昏迷，不能進食，身子根本就堅持不了幾日。

從脈象看一切正常，陳悠也給兩人檢查了身體，沒有任何問題，可阿梅、阿杏為什麼就是不能醒來？

陳悠緊緊捏著床單，盯著兩人稚嫩的臉頰，而後她轉過頭，瞧著賈天靜。「靜姨，您能不能用針灸刺激一下？」

有時候人不能正常醒來，或許是因為意識不能控制身體，或許什麼事情影響了生理紊亂，讓身體不能正常判斷，這時候，便需要外界給予相應的刺激輔助才行。

賈天靜聞言點點頭，現在也沒有別的法子，只能暫且這樣。

陳悠端來熱水，替賈天靜幫銀針消了毒，而後賈天靜拿著銀針分別刺激了阿梅、阿杏的幾處穴位。

瞧著阿梅突然眉心微皺，陳悠一喜。「阿梅、阿杏，妳們能聽見大姊說話嗎？」

可是重複喚了許久，阿梅也只皺了一下眉心，等到賈天靜一套針行下來，阿梅、阿杏竟然一點知覺也沒有，兩個小姑娘就像是被下了魔咒的睡美人一樣，好似永遠也喚不醒了！

陳悠的臉色唰地煞白，賈天靜瞧見她難看的臉色，拍了拍她的肩膀。「阿悠，妳先別急，我們再細細診診，恐怕是有什麼被我們遺漏了。」

陳悠抿抿唇，看了眼賈天靜，點點頭。可是過了半個時辰，兩人也未找出任何問題，阿梅、阿杏渾身沒有一處傷口，脈象正常，只是醒不過來。

賈天靜將劉太醫傳的那套針法行了兩遍，阿梅、阿杏就像是一具木頭身體，任憑如何刺激都石沈大海。陳悠沮喪地伸手摸著阿梅光滑的臉龐，阿梅呼吸悠長，表面看來與酣睡別無二致。

「阿悠，或許妳唐仲叔有什麼法子。」賈天靜安慰道。

她將所有能試的辦法都試了一遍，不過都絲毫無用，她行醫將近二十載，還從未見過如此怪異的病症。

這時，阿梅的眼皮突然動了動，陳悠心口猛地一跳，呼喚道：「阿梅、阿梅，妳能聽到大姊說話嗎？」

阿梅好似陷入了夢魘，原本紅潤的臉色突然開始變得蒼白，不多時，光潔的額頭就滲出細密的汗珠。阿梅夢囈般地「嗚」了一聲，而後無意識痛苦地搖晃著頭。

陳悠心驚膽戰地看著這一切，儘量輕柔地喊。「阿梅，別怕，是不是作噩夢了，大姊在妳身邊，別怕！」她觸摸阿梅臉頰的手，明顯能感覺到阿梅的臉頰正慢慢升溫。

賈天靜瞧阿梅越發奇怪的反應，也伸手摸了摸阿梅的頭，十分火燙，竟是已經發燒了！

可是無論陳悠怎麼呼喊，阿梅雖然意識陷入痛苦中，卻好似與外界隔離。

賈天靜眉頭一皺。「阿悠，妳在這兒照顧阿梅、阿杏，我去打些冷水來。」

陳悠應了一聲，賈天靜起身將房內的窗戶打開一半，又將暖爐移到一邊，阿梅發起高燒，室內要保持通風。

聽到開關門時「吱呀」的聲響，陳悠盯著阿梅陷入痛苦的小臉，腦中忽然有念頭一閃而過，一個讓她心驚膽戰的猜想從腦中清晰起來。

這幾年來，陳悠將藥田空間中的書籍看了大半，她記得有一本醫書上提過：癔病之始，嘗現昏迷不醒，因起於精神之重創，須推大陵，按百會！

或許一直以來是他們太樂觀了，以為阿梅、阿杏身體好好的，她們便是建康的。或許，她們遭受的刺激遠比身體來得更加殘酷。

陳悠的心像被人用力捏緊，摸著阿梅臉頰的手瞬間也嚇得冰涼。深吸了一口氣，她再也不敢往更壞的方面考慮。

若阿梅真因為趙大夫而得了癔病，那這輩子她都不會放過他！

陳悠摸了摸阿梅滾燙的手心，如果真的像她想的這樣，如今喚醒阿梅、阿杏的方法，便只有以毒攻毒了。

陳悠摸了摸阿梅滾熱的手心，用拇指推行大陵穴至曲澤穴，呼出一口氣，在阿梅耳邊喚著阿水的名字。果然，重複兩次後，阿梅臉上的痛苦神色更加明顯了，陳悠能感覺到她在噩夢中掙扎。

陳悠雖然不忍心瞧阿梅這樣，可現在沒有旁的法子。

阿梅與阿杏是雙生姊妹，阿梅這個時候反應劇烈，阿杏臉色也開始變化。

陳悠又以指有節奏地點按百會穴，這樣持續約莫一刻鐘後，阿梅慘叫了一聲，雙眼猛然睜開。

陳悠驚喜地盯著阿梅，淚水瞬間就決堤般溢出紅紅的眼眶。「阿梅，妳終於醒了，急死大姊了！」

阿梅醒來的瞬間，兩眼無光，目光渙散，根本就不聚焦，腦中全是阿水的慘叫聲和那些可怖的畫面，像是魔咒一樣纏著她，揮之不去。她眼睫上濕漉漉的，眨了眨眼，只知曉眼前有光，卻怎麼也沒有意識看清眼前的畫面。

陳悠抹了抹眼淚，吸了吸鼻子，這時候，她也發現阿梅的變化。她輕拍了拍阿梅的臉頰，而後又輕聲叫她的名字。

阿梅的目光終於慢慢聚攏，將陳悠狼狽又擔憂的面龐映入眼瞳中。阿梅張了張口，試了好幾次，才困難地叫了一聲「大姊」。

陳悠一把將阿梅抱進懷裡，輕拍著她的後背，呢喃道：「阿梅，別怕、別怕，大姊在妳身邊呢，大姊會一直陪著妳。」

直到這個時候，阿梅才突然「哇」的一聲大哭起來。「大姊、大姊，好可怕、好可怕，那個人簡直不是人，他們欺負阿水哥，欺負……阿水哥……」

阿梅傷心得哽咽著說不出一句完整的話來，她不敢回想，腦中充斥的都是阿水淒慘痛苦的叫喊，鼻間都是黏膩腥臭的血液味道。

阿水哥為了保護她們姊妹，竟然受盡那個變態折磨。

那個醜陋的男子用鋼針從阿水哥的十指扎進去，她與阿杏害怕極了，兩人縮在角落瑟瑟發抖，她們低聲哀求那個男子，求他不要這樣折磨阿水哥。但是那個男子卻用污穢的言語辱罵她們，阿水哥即便在那樣的折磨中，還要一心保護她們姊妹。

他們越是這樣，那個男人笑得越開心，後來有個漂亮的女人進來了，她蹲下身捏著她們的下巴，用一種看著畜生的眼光盯著她們，然後低聲在那男人的耳邊吩咐一句，嘴角揚起一抹罌粟般的笑容就離開了。之後，那個男人取出鋒利的尖刀，用力在阿水的腹部一捅，阿水為了忍住慘叫聲，死死地咬住身前衣襟。

鋒利的匕首被那男人從阿水哥身體裡拔出來，那拔出時很輕微的「噗」一聲，就像是魔鬼下在阿梅、阿杏耳邊的魔咒，它一直不停地迴響，並且被無限放大。

那男子充滿誘惑的聲音響起。「小兄弟，如果不想受這樣的折磨，就說出來，爺立馬將妳放下來，換那兩個小姑娘。」

阿水被捆在木柱上的身體本來早已沒了掙扎的力氣，聽到這句話後，不知從哪裡來的力氣，狠狠地呸了那男子一口，痛苦喘息地道：「你……你這個畜生，你若是敢碰小姐，我便是死了也不會放過你，你還有什麼本事，儘管朝著我來！」

「喲，沒想到還是個忠奴！小兄弟，看在你這麼忠心的分上，大爺今天就成全你！」話音還未落，又是一刀扎在阿水的腹部。

阿梅和阿杏臉上早就滿臉淚水，她們嘶啞著嗓音哀求行刑的男子。「求求你，放過阿水哥……」

「呵呵，放過他，妳們記住，這些本來該是妳們受的，今天他替妳們都受了，妳們一輩子都是欠他的！」

阿梅和阿杏被男子的話刺激到眼瞳一縮，渾身發抖地抱在一起。

腹部的疼痛幾乎讓阿水喪失意識，可是阿梅、阿杏的哭聲還在他的耳邊徘徊，他用了自己最後一絲力氣朝阿梅、阿杏的方向說：「別……別怕，阿水哥就算死了，也只會在妳們身邊保護妳們……」

阿水虛弱的聲音傳到阿梅、阿杏的耳中，讓她們的眼淚瞬間決堤了。此時，她們只能用哭泣來掩蓋和發洩痛苦。

那男子似乎被兩個小姑娘哭得煩了，他用力啐了一口。「哭什麼哭，大爺心煩得很。」

阿水這個時候已經痛得昏迷過去，那男子拎起旁邊的一桶冰水，從阿水的頭頂淋下，阿水暫時清醒過來。

「還沒結束呢，怎能讓你暈過去！」男子的面容扭曲，他臉上帶著施虐的痛快，從旁邊一只木箱中，取出一個鐵製工具，獰笑著走到阿梅、阿杏的身邊。

阿梅將阿杏護在身後，兩個小姑娘被逼得倒退著。那男子將那奇形怪狀的工具在她們眼前晃了晃。

「小姑娘，看好了這東西長什麼樣子，一會兒我就要用這個東西讓妳們的阿水哥舒坦舒坦。」

那透著鐵鏽的工具上還有斑斑乾涸的血跡，顯然已經不是第一次使用了。

「哼，看清楚了吧！」

然後，男子用力一把拉過阿梅和阿杏，兩三下就將她們捆綁在阿水對面。

阿梅和阿杏叫喊著，可是完全沒用，外面的人與這個男人是一夥的，而她們的力氣根本就無法與這個男子抗衡，身上還餘留有迷藥的藥性，渾身都使不上勁。

男子將兩姊妹捆好後，走到阿水的面前，抓住他的右手，先將一根根鋼針拔出，然後猙獰的面目朝向阿梅、阿杏這邊。「小姑娘，今日我就要妳們親眼看看，妳們在乎的阿水哥是怎麼被我折磨致死！哈哈哈……」

魔音一般的笑聲在這個到處都充滿絕望氣息的房間裡迴蕩著，而後是阿水的慘叫聲，那個男子更加興奮的大笑聲和阿梅、阿杏哽咽的啜泣聲。

整個冬夜的渭水邊，江風都變得陰森起來。

那男子拔掉阿水的指甲後，又用從渭水打來的江水將他沖醒，將鹽撒在他的傷口上，阿水已經喊不出聲來，更分不出心神去關心阿梅、阿杏怎樣了。最後那變態男子在阿水身上捅了幾個窟窿，卻故意刀刀不致命，讓阿水流血過多而死。

阿梅和阿杏被那男子逼迫著看著這殘忍的畫面，兩個小人早已呆滯，她們忘記求救，完全變成兩具木偶。最後在阿水即將嚥氣的一刻，阿梅、阿杏也終於受不了這樣的刺激，徹底陷入昏迷之中……

阿梅緊緊抱著陳悠，顛顛倒倒地說著畫舫中血腥的場面。

陳悠越聽越心驚，最後攬著阿梅的手也開始冰冷顫抖起來。她們竟然受了這種慘無人道的精神折磨！要知道，她們畢竟只是十一歲的孩子而已！

怪不得阿梅、阿杏寧願昏睡也不願意醒來，現實如此可怕，人的意識會不自覺給予保護，兩人長時間陷入昏睡是潛意識的一種身體自衛。這樣殘忍的場面就算是成年人見了也都會噩夢不止，更別說像阿梅、阿杏這樣的年紀。

阿水是為了保護她們這才變成這樣的，這不僅讓阿梅、阿杏見到血腥的場面，更讓她們產生愧疚心理，這種病態的心理如果不能治癒，將會危害她們一生。

陳悠恨不能將這些凶手千刀萬剮，這麼殘忍地對待兩個孩子，怎麼能忍心？

賈天靜在外面就聽到阿梅細細的且啞著嗓子的哭聲，她端著盆和藥箱，快步進來，臉上的神情終於鬆弛下來。她本想問問陳悠是如何讓阿梅甦醒過來的，可是視線一落到陳悠的臉上，賈天靜立即瞪大眼睛。

擁住阿梅的陳悠整張臉都有些扭曲，眼底透出的都是恨意和內疚。

這是怎麼回事？阿梅醒來不是應該高興嗎，為什麼會是這副神情？

賈天靜連忙放下手中的東西，快走幾步到陳悠的身邊。「阿悠、阿悠！」

陳悠被賈天靜的聲音拉回了些神思，她低聲叫了一聲靜姨，然後掏出絹帕給阿梅擦了擦小臉上的淚痕。

「阿梅，讓靜姨先陪著妳，大姊先將阿杏叫醒，好不好？」陳悠儘量放柔聲音對阿梅說。

阿梅轉頭瞧了瞧賈天靜，卻害怕地往陳悠身邊一縮。

阿梅的動作讓陳悠的心跟著一緊。這種下意識的自我保護，是因為精神受了過度刺激留下的後遺症。心理疾病往往要比身體上的疾病更難治癒，這不是有靈丹妙藥就可以的。

陳悠心疼地摸了摸阿梅的頭。她沒有勉強阿梅，而是輕聲細語安慰她。「若是阿梅害怕，就待在大姊身邊如何，只是莫要影響大姊給阿杏醫治。」

阿梅貼著陳悠，揪著她的衣裳，一雙黑白分明的大眼帶著驚恐，然後在接觸到陳悠溫柔的目光後，才把整個緊繃的身子微微放鬆下來點點頭。

賈天靜這個時候也發現阿梅的不同。因陳悠與賈天靜走得近，阿梅、阿杏有時也會跟著陳悠去她的醫館，在賈天靜的印象裡，阿梅是個活潑又自來熟的小姑娘，見到陌生人都能落落大方地打招呼問好，有時還會說笑話逗人開心。

可是現在眼前的小姑娘卻滿眼驚恐，緊緊地攥著陳悠的衣衫，只要她向前微微邁上一步，阿梅就反感又防備地盯著她，小嘴緊緊抿著，再也沒有往日開懷的笑顏。

賈天靜面色漸漸變得嚴肅起來，阿梅醒來給她的喜悅已經徹底被沖刷，反而換來多一倍的擔憂。看得出來，阿梅是受了過度的刺激才變成這樣。

賈天靜只不過是想用濕帕子給阿梅擦拭因發燒而火熱的掌心，阿梅卻一點也不願意接觸她，她只好無奈地坐到一邊，瞧著陳悠替阿杏診治。

陳悠用相同的法子讓阿杏醒過來，許是受了阿梅保護的原因，阿杏雖然也或多或少有些心理創傷，但是遠比阿梅要好得多。

賈天靜在給阿杏擦手臉時，她只是瑟縮了一下，並沒有躲開，感受到賈天靜的善意後，阿杏渾身才放鬆下來，她靠在陳悠的身上，沈默不言。

阿梅不肯給別人接觸，陳悠便親自擰了帕子替阿梅擦洗。

賈天靜配了個安神的方子去藥房取藥材，親自煎藥。

阿梅、阿杏還暫時離不開陳悠，陳悠只能坐在床邊陪伴她們。

賈天靜將煎好的湯藥端來，陳悠餵了她們喝下後，讓她們躺下，可是阿梅、阿杏剛剛閉上眼睛不久，就又害怕地睜開。

阿梅緊緊抱著陳悠的手臂，啞著嗓子道：「大姊，我害怕，一閉上眼睛就都是阿水哥血淋淋的樣子，阿水哥握著我的手，滿臉是血地對著我笑，嗚嗚嗚……大姊，我不敢睡！」

陳悠心口一陣抽痛，阿杏也安靜地睜著大眼無神地瞧著帳頂。

賈天靜配的方子裡其實有安眠和鎮定的成分，可是阿梅和阿杏喝了藥後，精神卻還是這樣緊張。可見阿水慘死的刺激太大，給她們留下不可磨滅的心理陰影。

「那大姊給妳們講故事怎麼樣？」

陳悠也半躺到床上，將阿梅、阿杏摟到懷中，輕聲給她們說起故事來……

賈天靜瞧著這姊妹三人，不知為何，眼眶就一熱，她將空掉的藥碗放回到托盤，一起端了出去，然後輕輕地給陳悠帶上門。

房中的燈火一直到天亮都沒熄滅，在東方泛起魚肚白時，阿梅、阿杏才因為困倦閉起眼睛，陳悠躺在她們中間，動也不敢動。她怕只要自己一動，就將好不容易能睡著的阿梅、阿杏給驚醒。

一層青影籠罩在陳悠的眼瞼下，她長長地吁了口氣，身體很累，可是意識又很清醒，她將事情從頭到尾想了一遍，嘴唇被自己咬出血也毫無知覺。

阿梅口中提到的那個女人，那個背後主使者，她絕對不會放過！

第四十章

秦長瑞直到天光大亮才與唐仲一起回到百味館中。

兩人都是一夜未睡，臉色憔悴不堪。

秦長瑞更是讓人覺得一夜之間老了十歲，由一個儒雅迷人的中年男子變成一個滿是滄桑的老頭。

賈天靜恰好來前院藥房取藥材，秦長瑞和唐仲衣裳也來不及換，攔住她問道：「阿梅、阿杏如何了？」

賈天靜想笑著安慰秦長瑞和唐仲一聲，可是她發現自己根本笑不出來，最後只能扯了扯嘴角，沮喪地說道：「阿梅、阿杏不大好。」

秦長瑞原本微鬆的眉頭再一次緊皺起來。

賈天靜瞧他們疲憊的樣子，嘆了口氣。「我們去花廳說吧，你們用些朝食。」

秦長瑞心中雖然急不可待，可是這件事情算是已經落幕，他就算再如何急，也改變不了結果。

賈天靜讓廚房的夥計端了清粥小菜來，像是皮蛋瘦肉粥、醬黃瓜和鹹鴨蛋，都是開胃的菜，可是秦長瑞和唐仲卻一點都吃不下。

賈天靜長嘆一聲。「你們多少都吃些，回頭還要去官府呢！這一夜不吃東西也不睡怎麼頂得住？阿悠娘已患了風寒，你們若再倒下，難道要將這些都扔給阿悠一個人來扛嗎？」

聽到賈天靜這樣說，兩人才洗了手臉，強打起精神各吃了一小碗清粥，直到兩人都放下碗筷，賈天靜才慢慢開口將她們昨夜救治阿梅、阿杏的過程說了一遍，秦長瑞臉色越聽越難看，唐仲深皺的眉心也未舒展開。

「阿悠呢？」秦長瑞低沈著聲音詢問。

「還在阿梅、阿杏房中，我昨夜沒怎麼睡著，見阿梅、阿杏房中的燭火亮了一夜。」賈天靜心疼地說道。

這個消息對秦長瑞來說簡直就是新一輪的打擊。

昨夜，趙大夫和幾個男子被秦征的人扭送進知州府，秦長瑞與唐仲去牢房見了這幾人，趙大夫瞧見了他，竟然瘋狂地大笑幾聲。

秦長瑞抿唇，瞧著趙大夫的眼神陰鷙。「趙大夫，你定會為了你今日所做的事情付出代價！」

趙大夫卻不拿秦長瑞的話當一回事，他站在牢房中，不屑地瞧了秦長瑞一眼。「陳家兄弟，我勸你有這工夫，還是回去好好照顧你的一雙女兒吧！」

當時秦長瑞眉心一鎖，以為趙大夫在威脅他，並沒有想到阿梅、阿杏的身上。

「這些話，你還是在斷頭臺上再說與我聽吧！」秦長瑞撂下一句話，帶著人就離開了牢房。

唐仲猛地拍了一下桌子，桌上的茶盞跟著一抖動，碗蓋就滑下來。「這幫畜生！」

秦長瑞雙目中暴風四起，最後生生被按壓下來，沈澱在一雙愈加黑沈的雙眸深處。

「我們去看看阿梅、阿杏。」

賈天靜點點頭。「早間我去悄悄瞧了一眼，阿悠說阿梅、阿杏剛睡下不久，這時也差不多該醒了。」

三人心情沈重地去阿梅、阿杏的房間。

阿梅剛剛醒轉，她眼眸中有一瞬間的迷惘，然後又猛然一滯，順時就深陷恐懼之中，陳悠連忙拍了拍阿梅的後背，然後輕輕喚著阿梅的名字，阿梅眼中驚恐才慢慢消散，最後眼瞳變得清澈，映出陳悠一張憔悴的臉來。

「大姊。」阿梅輕聲叫道。

見阿梅恢復正常，陳悠才鬆了口氣。

秦長瑞與唐仲推門進來恰好看到這一幕，兩人臉色都垮了下來。

唐仲上前，想給阿梅、阿杏號脈，可離阿梅還有三尺遠時，阿梅就像是見到陌生人一樣，立即嚇得躲到陳悠身後，將頭藏在陳悠後背，根本就害怕看到唐仲的樣子。

阿梅平日裡的熱情活潑與現在怕生膽小的模樣形成鮮明對比，這比瞧見阿梅受傷更讓秦長瑞心痛。

陳悠無奈地摟了摟阿梅，輕聲在她耳邊安慰幾句，才轉頭對秦長瑞和唐仲道：「爹、唐仲叔，你們現在都不要接近阿梅！」

秦長瑞背在身後的雙手緊攥著，面上是一片的心痛和難過。

阿梅見到兩人坐到桌邊，不再試圖靠近，渾身緊繃的肌肉才放鬆了些。

陳悠慢慢地摸著她的後背。

賈天靜默默出去端了朝食過來，阿梅現在除了讓陳悠接觸外，旁的人都不行，就連秦長瑞也不行。

陳悠慢慢地給她們餵了清粥，吃了小半碗清粥的阿梅和阿杏，眼皮子一會兒就掉了下來，靠著陳悠身邊睡著了。

陳悠自己剛想吃一口粥，卻被賈天靜按住。「阿悠，這粥裡特意被我下了藥，阿梅、阿杏才能睡過去。妳一夜未合眼，現在回房中歇息一會兒，這邊有靜姨照顧。」

趁著阿梅、阿杏昏睡，秦長瑞上去摸了摸兩個閨女光滑的額頭。唐仲給阿梅、阿杏號了脈，眉頭皺了皺，才與秦長瑞一起出去。

陳悠扶著床下來，靠在床頭一晚上，整個身體都麻了，腳一落地，險些栽倒在床邊，幸好賈天靜扶了她一把。在床邊坐了一會兒，讓渾身的麻意減少些許，陳悠才離開阿梅、阿杏的房間。

到小花廳中坐下，賈天靜給陳悠端來重新做的朝食，陳悠勉強用了小半碗。她眼皮下一片青影，臉色也熬得蠟黃，此時卻一點睡意也無。

接過賈天靜遞來的一盞藥茶，陳悠啜了一口，捧在手心中，好像這樣她就能多出些暖意來。

陳悠張了張唇，慢慢將阿梅昨夜與她說的告知秦長瑞他們。

即便是早已猜到阿梅、阿杏受了驚嚇，可是從陳悠口中聽到真相，仍是讓人膽顫心驚。賈天靜驚得捂住嘴，別說是阿梅、阿杏這麼小的孩子，就算是個成年人，遇到這樣的事，也會被逼得崩潰。

秦長瑞眸光似冰，不過他卻什麼都沒說，整個人像是一座雕像一般。

這場綁架給陳悠一家帶來不小的打擊，陳悠被賈天靜催著回房休息，而秦長瑞和唐仲去書房中坐了一會兒，就又出門去華州衙門。

第二日，陶氏高熱還未退，賈天靜一早已叫人去給陶氏煎藥了。陳悠累極、精神又緊繃了一晚上，賈天靜在她床邊守了半個時辰，她才慢慢睡過去。

這件事很快就有了結果，袁知州親自審的案子，判處趙大夫和其同夥年後問斬。可是翌日獄卒替趙大夫送飯時，就發現他已經死在牢房裡。

自始至終，李霏煙都未出現。

即便秦征知道趙大夫是被滅口的，也尋不到證據，而袁知州被夾在二人中間，就更不好多話了。

趙大夫死後，這件事也算是暫且平息下來。

秦長瑞雖說知道這幕後黑手並非是趙大夫，可這個節骨眼，也不宜糾纏下去。他們已經忍了這麼多年，也不在乎多這一年半載。

卻說阿梅的情況不大好，陶氏身體好後，去瞧阿梅，阿梅都不讓她接近，為此，陶氏傷心不已。

今日陳悠與賈天靜回醫館，替錢夫人的腹部傷口拆線後，陳悠不敢在賈天靜醫館中多待，阿梅離不了她多長時間，下午陳悠便坐著馬車回到永定巷。

這一耽擱，離臘月二十三便只有小半月，這段時日，發生了太多事情，華州也不大太平，秦長瑞昨夜就與陶氏決定回林遠縣暫待一段時日，若是來不及回，這年節就在林遠縣過了。

當年他們在林遠縣柳樹胡同租的小院子透過孫掌櫃直接買了下來。後來他們搬來華州城，那院子就留給白氏與陳奇邊照看著店邊住著。前年，陳奇與白氏將挨著陳悠家旁邊的一個院子買下來，住了進去。

自那之後，小院也就留著存放些東西，白氏無事的時候便去打掃，因此現在他們回去住下，什麼東西都是現成的，隔壁又有白氏照顧，方便得很。

趙燁磊先回林遠縣將行李放在柳樹胡同的小院後，就去拜訪王先生和林遠縣縣令薛老爺，而後陪著王先生住了一段日子，倒是很少回柳樹胡同住。

回林遠縣是秦長瑞一早就定好的計劃，東西早準備得差不多了，只差動身出發而已。當夜，陶氏幫陳悠、阿梅和阿杏將衣裳及零碎東西收拾了，而秦長瑞早已派人去私塾替陳懷敏請假。

秦長瑞將百味館幾個分鋪的掌櫃叫來，幾人在書房中商量了一個多時辰，掌櫃們才告辭離開。他又特別交代永定巷百味館的薛掌櫃，這華州的事情才算是交接好。

李阿婆年紀大了，不宜走遠路，唐仲便留在華州城陪著李阿婆，並注意著惠民藥局的勢頭，來年，藥鋪再開張的話，很多地方便要改進，那時藥界局勢肯定有大變動，甚至都要推倒重新洗牌。

陳悠現今最重要的事情便是儘快將阿梅的心病給治好，恰好趁著這個機會，回林遠縣遠離是非，放鬆一番，好好為今後打算。

翌日一早，永定巷百味館門口就停了好幾輛馬車。這些馬車並無特別之處，他們這次回林遠縣要帶的行李已早先一步由阿魚和兩個夥計送過去，現在秦長瑞和陶氏只須帶著幾個孩子和路上要用的一些必需品乘坐馬車去碼頭便可。

因這好不容易的晴日，渭水上的船隻多了起來，年底之前許多因為惡劣的雨雪天氣積壓下來的貨物也可以出航了。一時間，華州城碼頭熱鬧非常，秦長瑞帶著妻子兒女乘坐定下的客船，不多時，船夫撐了船就滑入渭水中。

浩渺的渭水之上，到處都是來往的船隻，這次秦長瑞做了充分防備，回林遠縣的路途算是順利。

林遠縣

阿北從外頭辦差回來，身上的披風還來不及脫下，就匆匆去秦征的書房。他推門進來的時候，白起正在與秦征說事。

白起瞧著阿北渾身狼狽的樣子，眉頭一皺。「阿北，你有沒有一點規矩！這要是在建康府中，你少不得要挨上一頓板子！」

秦征抬頭瞥了一眼阿北。「什麼事？」

阿北也顧不得被白起訓斥，關門快步走過來，從懷中拿出一封信遞給秦征。「世子爺，京中的信，只怕是不好了！」

秦征展開信封中的紙張，一眼掃過，面色頓時就冷下來。「我知道了，要不要早些回去我自會安排，阿北你繼續留意動向。」

秦征將信遞給一旁的白起。

阿北想了想，又說道：「世子爺，陳家一家日前已回到林遠縣，若是我們急著回去，那陳家大姑娘，你還帶她走嗎？」

聞言，秦征抬頭看了阿北一眼，勻稱瘦長的指節摩挲著一旁的青瓷茶盞，秦征沒料到陳家這個時候會回來林遠縣。

「百味館的陳老闆老家便在林遠縣，家中還有一雙老父老母、兩個哥哥，只是聽說關係不大好，所以也就一年回去一次。」白起看完信，將信連同信封一起扔進旁邊的火盆中，慢慢說道。

秦征為陳家做這些，都是為了讓陳悠替祖父治病，若是這個時候陳悠回了林遠縣，倒還真是有些麻煩，可這時候總不能派人將陳悠劫回來，況且這也是他的疏忽，未先與陳悠將事情前後說清楚。

這邊惠民藥局剛開張沒幾日，許多問題都漸漸出現，他每日處理這些問題，都已力不從心，還要應付建康城那邊，根本就分身乏術，哪裡還有時間管到陳悠。

「阿北，你讓人盯著陳家大姑娘的情況，有什麼重要的事再來告訴我。」

「白起，你去尋人通知這幾日任命的藥令，明日過來，我有些許多事情要交代。」

兩人領了命令，一起出了房間。

秦征疲憊地靠在椅背上，一手搭在額頭，室內的昏黃燈火明明滅滅，他俊美的雙目疲勞地閉了閉，而後目光落在書房內一把椅子上。這把椅子空空如也，什麼也沒有，可是他的目光就是不自覺落在上頭。

那正是陳悠那日在這裡坐的椅子，少女憂鬱擔憂的臉孔好似還在眼前徘徊，秦征苦苦地扯了扯嘴角，除了祖父，這個世界上就剩下他一個人了，這幾年的艱辛，只有他自己知道，就算遇到再難的事情，他也只能默默地去祖父床邊坐一會兒。

雖然他待白起他們如親兄弟，可到底隔著一層主僕關係，有些事與他們說並不合適。

什麼時候才會有一個人能夠真心為他擔憂傷心，將他記掛在心上？

有時，他覺得這樣活著真是累人，若不是還有祖父在，他都要懷疑自己能不能支撐下去。他外表看著光鮮，實際上重生幾年來，卻是他兩世為人最難熬的幾年，昔日他從未注意過的人事物，他都要打起心力來應付。一開始，他就只有滿腔恨意，後來父母雙雙出事又給了他打擊。

他雖是重生，可是前世都活在父母的羽翼之下，對建康城的腥風血雨並不瞭解，初掌舵之時，不知吃了多少苦頭，而後漸漸摸索其中的規律，才讓他的日子好過些，又經過四年多的磨礪，才能獲得君主的賞識，只是一顆心早已千瘡百孔。

這一刻的秦征，是脆弱的、敏感的，渴望一份真摯的情意。無論是誰，都有脆弱的一面，現在的秦征便是這樣，可是，他只能一個人在夜晚默默地獨自面對。

放眼望去，整個林遠縣都淹沒在一片雪色之中，純白得就像是一張滴墨未沾的宣紙。

呼吸時帶出的白氣在清冷的空氣中飄散，秦征硬挺的眉宇舒展了些，他已經許久沒像昨夜那樣睡個好覺了。或許是因為房間燒了地龍太過溫暖；也或許是因為這家店叫百味館；又或許他昨日真的累極，總而言之，他昨夜睡得安穩舒適，經常徘徊在他睡夢中的可怕夢境一夜都沒有出現過，讓他好眠到天明。

白起聽到房間裡有動靜，便敲了敲門，秦征心情頗好地道了一聲「進來」。

白起偷偷瞥了眼站在廊簷下的主子，難得沒在主子臉上瞧見憔悴之色，他心中驚奇一閃而過。「世子爺，吃早茶了。」

「放那兒吧，一會兒我再吃。」

白起剛剛還放下的心，又糾結起來了。這早茶可不是真的所謂的吃食早茶，而是湯藥，世子爺經常精神不濟，腸胃不適，這是太醫特地開的調理方子，每日晨間服用的。

「世子爺，您就喝幾口！喝完屬下再去叫朝食。」

秦征眉頭一挑，朝白起掃了一眼，白起立刻閉嘴，站到了旁邊。

秦征的視線又回到窗外，紛紛飄揚的雪花，美則美矣，但是再美、再好的東西，都是過猶不及，也不知這場下不停的雪，阻了多少人的路。

紛飛白雪中，有一道纖細的身影踏雪而來，映入秦征的視野中。

陳悠著一身白底繡著淺藍福紋的褙子和五幅襦裙，外罩著一圈雪白兔毛的斗篷，柔亮黑順的髮絲有幾縷從斗篷中露出來，襯著雪白的肌膚，一時間竟然讓秦征愣了愣。

不一會兒就傳來陳悠與百味館裡夥計說話的聲音，秦征可以聽出，這聲音帶著愉悅，讓他也忍不住彎起嘴角。

白起站在一旁，時不時偷瞥一眼主子，瞧見秦征臉上絕少顯現的愉悅神色時，只覺得頭皮發麻。

真應該叫阿北、秦東他們都來看看，主子這般是不是有病吶！

可轉眼夥計不知道說了幾句什麼，陳悠臉色一變，快步進了百味館。

秦征也不知不覺跟著面色變冷，想著陳悠究竟是為了什麼事情不高興。

站在廊簷下良久，秦征才反應過來自己無意間想了什麼，他有些尷尬地收起面上變化的神色，又恢復往日的冷酷來。

回到桌邊，端起湯藥，幾口喝下後，才問起還站在一邊的白起。

「渭水大概何時能通船？」

白起為難地抬頭看了秦征一眼。「世子爺，這有經驗的老人都說，這雪恐怕要下個三、四天才能停下來，而且就算停了，渭水也不可能馬上能通船，若是我們在這林遠縣乾等著，少說也得等上六、七日才成。」

「不行，時日太長了，宜州的事不能再耽擱，你叫阿北派人去探探陸路，天黑之前給我消息，若是能行，咱們明日就出發！」

「可是咱們走陸路要路過肅州……」

「沒別的法子了，儘量不要驚動李家的人便是。況且我辦的是皇差，李家便是知曉我在肅州，又能將我怎樣？」秦征嘴上雖強硬，但是白起也瞧懂了世子爺眼裡的那份擔憂。

他默默嘆口氣。「那屬下這就去辦！」

白起剛要轉身，秦征又道：「下去時，順道去打聽一下百味館裡發生什麼事。」

白起臉上一驚，忍著要逸出嘴角的笑，嚴肅地應了一聲，快步出了房門。

房間內溫暖如春，香爐裡飄散著淡淡的檀香味，縈繞在室內包裹著暖意的空氣中，舒適得讓人渾身放鬆。

秦征起身靠著放在床邊的一張軟榻上，他眼尖地在軟榻上發現一根黑色的長髮。他挑起長髮，放在眼前仔細看了兩眼，將這根遺留下的長髮在食指間纏繞了幾圈。

他現在住的百味館房間曾經是陳悠住過的……

緩緩靠在軟榻上，鼻尖縈繞著清淡的檀香，秦征摩挲著那根黑髮，似乎腦中的每根神經都是放鬆的，很快，秦征又睡了過去。

當夥計送熱水來後院時，被秦東截住。

「這位大哥，我是來給你們送熱水的。」夥計熱情道。

「有勞了，一會兒我來送到少爺房中。」秦東雖然面上親和，卻很警惕地保持距離。

夥計沒有看出秦東所想，而是笑著問道：「這位大哥，你們少爺睡得可好？小的特意給你們少爺點了香，那香可是我們大小姐上次來這兒住的時候特意留下的，說是用來安神，有助於睡眠。」

因為阿梅受到驚嚇後，時常難以入睡，陳悠才親自動手配了安神香。

秦東眉頭皺了皺，雖然有些嫌棄這夥計話多，可面上工夫還是要做到。「那多謝陳姑娘了，沒什麼事，我就進去了。」

「欸！若是有什麼事，就去前院尋小的，小的就在廚房裡幫忙。」

夥計走後，秦東急忙去秦征的房間，一盞涼茶將香爐內裊裊的煙霧給熄滅了。

雖然昨晚白起驗了這安神香沒問題，可是以防萬一，還是不要多用，而且主子今日也有些奇怪，都巳時中了卻還在睡，說不定就是這安神香的問題。

秦東又小心地在房間裡檢查一遍，確定沒有什麼可疑物件之後，才輕手輕腳退了出去，他幾乎沒發出任何聲音地將房門給帶上，但是門口那道光消失的瞬間，秦征還是睜開了眼。

雖說他之前是在榻上睡著，可是在秦東輕輕推開房門時，他就已經清醒過來，這麼多年發生的事情讓他的神經無時無刻不處於緊繃中，雖是在睡夢中，可誰一靠近，立刻就處於緊張狀態。即便秦東身手再好，他還是聽到了動靜，只不過裝作不知道而已。

秦征從榻上起身，走到香爐旁，瞧見簡單的文王蓮花銅香爐旁的香夾內還放有幾塊未燃的香餅。他鬼使神差地取出一塊，與手間纏繞的黑絲一起放入隨身攜帶的腰間香囊中。

做完這一切，他好像又有些厭棄自己的行為，立馬離開香爐旁邊，甚至躲閃地看了香爐一眼，好似這香爐早已化成一個滿臉笑意盯著他揶揄的少女。

秦征尋了秦東進來，去前院提食盒，用過飯之後，他還有許多公文未處理，便坐在屋內書桌旁翻看起公文。

冬日裡天色黑得早，又是雪天，不到酉時，天已經開始暗沈了。

正巧秦征批了厚厚一疊公文後，揉了揉眉心，踱步到窗邊，自然就朝門口看去。夜色已經籠罩林遠縣，雪花還紛紛揚揚地飄著，雖然小了許多，可是仍然能讓人感受到那份冬日的寒冷。

屋內因為燒了地龍，溫暖如春，可是與外頭一比，室外就是冰天雪地、極寒之地，冷風一吹，秦征都忍不住打了個哆嗦。

可是百味館門口出現的那個人，卻讓他渾身一時間僵住！

秦征緊盯著陳悠與那個清瘦男子一起上了馬車，然後腦中封存的記憶就像是被扔了一顆炸彈，轟然炸開。他有些不敢置信，雙手情不自禁地就捏住窗沿，十指骨節森森發白。

剛才那人……那人不就是前世手段了得的奸臣趙燁磊？他怎麼會在這裡，又與陳家大姑娘是什麼關係？

秦征被震驚得渾身僵硬，愣怔過後，才猛然轉身，喊道：「白起、白起！白起，你死哪兒去了！」

白起正在隔壁端著茶盞還沒送到嘴邊，突然聽到主子的叫喊，茶杯有些燙手，都被他直接扔了，慌慌張張地跑過來，臉上還帶著驚恐。「世子爺，發生什麼事了？」

秦征兩三步走到白起身邊。「查，給我查！將陳永新一家的卷宗給我找出來，快去，我現在就要！」

白起為難道：「世子爺，這時候哪裡弄卷宗？咱們的卷宗都留在華州了，這卷宗您不是一個多月前就看過？」

秦征許多年沒突然這麼激動了，經過剛剛的發洩，他慢慢冷靜下來，坐到案桌前。「白起，你可記得當初那卷宗上是怎麼寫的？」
白起自小記憶力驚人，聞言竟然分毫不差地將卷宗上的記錄背誦下來。
「等等，陳家三房這個大兒子是收養的？」
白起點頭。「約莫是在四年前，林遠縣的老縣令作的保，開的戶籍，只不過這姓卻未改過來，還是姓趙。」
秦征修長深邃的眼眸一瞇。「告訴阿北，讓他派人去查這個趙燁磊的情況，尤其是四年前他是怎麼被陳家收養的。」
「是，屬下這就去辦。」白起雖然不大明白主子為什麼突然要查趙燁磊，但是這其中一定有什麼重要緣由，秦征做事從來都是有憑有據。
白起將門關上時，發出輕微的聲響，屋內的燈火因為門關起帶進的風微微顫了顫。
陳家三房的這個養子若真是前世在朝堂叱吒風雲的那個陰狠男人，那他之前準備的計劃恐怕就要改變了。
在雪夜中啟程的秦征，面上卻一片凝重，阿北帶來的消息不容樂觀，宜州藥商事情已經越鬧越大了，急需他過去處理，肅州的李家又不安好心，關鍵是李霏煙好似也到了肅州。
渭水冰雪不化，暴風雪肆虐的天氣，好像沒一處是有好消息的。他們不能在林遠縣多耽擱了，走陸路繞些路的話，還勉強能在事態惡化之前控制住，所以秦征才突然決定半夜出發，日夜兼程，急行軍從肅州去宜州。

秦征臨走前，抬頭瞧了一眼百味館，主僕一行都是騎馬，這冰雪天氣，人都不好走，更別說馬車了，而且馬車也影響速度。

硬扛著冰雪打在臉上的冰寒，秦征帶著親衛們在雪夜中狂奔。

大雪掩蓋了剛剛留下的馬蹄印，不一會兒馬蹄印就消失在一片雪白之中。

冬日裡，渭水上寒風肆虐，似乎要將江水都凍住。往來船隻都行色匆匆，又怕遇到上次大雪淤了河道，各個都加緊行船。

三日後，陳悠一早抵達華州，恰好是臘月二十三。當陳悠一行人下船時，唐仲與薛掌櫃已在碼頭等著了。

唐仲只知陳悠回華州，並不知道秦長瑞夫妻還留在林遠縣，見到只有陳家的幾個兒女時，還驚訝了一下。

陳悠瞧了唐仲一眼，就知道他在想什麼。往年他們回林遠縣，多半在小年前就回來了，可這次不但回得遲，秦長瑞與陶氏也留在那兒。

「唐仲叔，爹娘還在林遠縣呢，今年指不定不能回華州過年了，說來話長，具體的咱們回去再說吧！」

聽到陳悠的解釋，唐仲只好點頭。

乘了兩日船，不管是阿梅、阿杏、陳懷敏還是陳悠，都覺得有些疲憊，薛掌櫃早讓夥計準備好馬車，停在碼頭入口，直接走過去便可。

站在碼頭邊，北風呼嘯，就算是再厚的灰鼠皮披風都要被掀開小半，頰邊的碎髮隨風揚起，牽著阿梅、阿杏的手，迎著寒風走在前頭的陳悠像是要乘風而去。

趙燁磊的目光一直跟著那抹清淡的蔥綠色，彷彿她就是這整個寒冷冬日，唯一的溫暖和希望。

陳悠一邊走一邊想著事情，回了華州後，首先要派人去賈天靜那裡詢問錢夫人的情況，而後她要親自去一趟保定堂瞧瞧李阿婆，給她請個平安脈。因著不清楚秦長瑞夫妻是不是年前能回華州，她作為家中長女，要擔起治家的責任，過年的一應物事都要準備好才成。至於秦長瑞要在慶陽府開百味館，她還得向薛掌櫃瞭解情況。另外，也不知百味館年底的帳目處理了沒有。總之，操心的事情有許多，她那水培的藥材才試驗一半，看來在過年之前，她都要忙得像顆陀螺了。

今兒臘月二十三，按照大魏朝的習俗，便是小年。大魏朝有「官三民四船家五」的規矩，官府祭灶是在臘月二十三，而一般的民家則是臘月二十四，至於船家就要在臘月二十五了。

他們家不屬官戶，明晚才祭灶，今晚也就沒什麼事。不過，薛掌櫃吩咐廚房做了一頓餃子，俗話說「送行餃子迎風面」，雖然今日小年不能祭灶，但是吃個餃子慶賀一下卻是少不了的。

晚上一起吃餃子，陳悠讓阿魚送唐仲回保定堂，她安排幾個小的早睡之後，便與趙燁磊一起將薛掌櫃和龐忠請到書房，詢問百味館年終軋帳的事。

今日小年過後，永定巷的百味館便歇年假了，要到明年十五元宵過後才會開門迎客。一早秦長瑞在信中也有交代，若是陳悠與趙燁磊先回來，這邊鋪子的事就交由陳悠處理。

薛掌櫃將近日百味館的事宜交代了，就將幾個分鋪年底的帳目給了陳悠。「大小姐，這後半年的帳冊都在這兒了，老夫核對過，總帳目附在最後，您再細瞧一遍，若是有什麼不明的，便尋老夫來解釋。」

陳悠點頭，薛掌櫃要留到臘月二十八才回家，他家就在華州城附近，盯著趕路只要兩、三個時辰，不算太遠。臘月二十六，剩下的幾家百味館分鋪也要關門歇業，到時候分鋪的幾個掌櫃要來永定巷匯總，薛掌櫃負責整合帳目，幾年下來，這帳目都沒錯過，秦長瑞對他很信任。

「薛伯，辛苦你了，爹娘不在，年後，慶陽府那邊也要忙起來，到處都缺人手，若是這些日子有空，你去挑幾個人回來。」陳悠說道。

這事薛掌櫃也早就想說了，只是東家去林遠縣去得倉促，本沒指望大小姐能理事，但現在陳悠既然提到，那也一併說了。

「大小姐，早先我看上兩個人，一個是我大哥家的親姪子，從小也是讀書的，只是後來歇了考功名的心思，一心鑽到做生意上，這兩年性子也磨礪出來了。還有一個就是分鋪的二掌櫃，年紀不大，也就二十出頭。大小姐您看如何？」薛掌櫃說這話的時候有些尷尬，因他舉薦的人畢竟與他沾著關係，而且是親姪子，他怕陳悠懷疑他徇私。

龐忠也怕陳悠誤會。「大小姐，薛伯那姪子真是做生意的好料，我也是親眼瞧過的。」兩人的話讓陳悠輕聲笑起來。「舉賢不避親，薛伯、龐叔，在你們眼裡，我就這麼多疑和小心眼？爹娘不在，阿磊哥哥又要應考，百味館的事情還要你們多多操心才是，你們覺得合適的人便先用著。」

陳悠是給這兩個百味館的老人面子，薛掌櫃和龐忠又怎麼會不明白。

薛掌櫃忙道：「那可不行，明日中午，我把這二人帶來給大小姐過過眼，至於旁的人手，這兩日，老夫與龐忠便留意留意。」

商量完百味館的事，陳悠才得閒回去歇息。趙燁磊將她送回房間後，未立即歇下，而是又轉回書房溫書直到子時。這次恩科對他來說特別重要，不管是為了他的親生父母還是陳家三房抑或是陳悠，他都只允許自己成功！

臘月二十三有沐浴去塵的習俗，陳悠回房熱騰騰地洗了個澡，便熄燈歇息了。想到許久未進入藥田空間，此時阿梅、阿杏又不在身邊，陳悠默唸靈語，已置身在藥田空間中。

大湖邊一片榕樹林，樹頭在暖風輕拂下，發出「沙沙」的聲響，眼前靠近的那些藥田，草藥繁盛，蒼翠蔥蘢，靠近大湖邊那幾塊自生藥田中也長著她之前用意識種下的草藥。

陳悠先將自生藥田中的藥材收取後，突發奇想在裡面種了些蔬菜。在這樣大雪紛飛的嚴冬，她已經多日沒吃到新鮮蔬菜了，藥田空間中的生長速度是外界一倍，自生藥田的速度更快，若是按照普通蔬菜的生長週期來算，頂多五、六日就能取用了。最後她去不遠處的小院內取了幾本醫書翻閱。

做完這些，她才漫步走到大湖邊，靠在榕樹巨大的樹幹上，享受著微風拂面，周身滿是藥香的環境。自從去了林遠縣，阿梅、阿杏一直在她身邊，陳悠許久沒有像這樣放鬆過了。

不管藥田空間變成什麼樣子，也是祖父留給她的，只要在藥田空間中，陳悠就能感受到一種熟悉感，彷彿祖父就在那裡和藹地看著她一樣，這樣，不管她身在何處，做什麼都不會感到害怕了。

正當陳悠舒服地要昏昏欲睡時，眼前忽然白光一閃，星星點點的銀芒從湖泊中升起，她纖眉一擰。即使她在假寐閉上眼睛的時候，彷彿這種信號是與她的意識綁定在一起，白茫閃現的時候，她就已經知道，想裝作錯過都不行。

陳悠睜開眼睛，只見面前微小如螢火蟲的白色光點很快匯聚在一起，組成一段閃著光芒的字。

無奈地看向那段話，其實就算陳悠不看，也能憑著意識感受到這段話的意思。

藥田空間升級了，從地級一品升為地級二品。

想到之前藥田空間的任務，陳悠便若有所思起來。「結識秦姓男子」，難道說秦姓男子指的便是新藥政秦征？

再抬頭，上頭閃著柔和白光的字跡還未消散。

「恭喜完成任務，藥田空間升至地級二品，由於任務超過時限，暫時不予嘉獎。」

陳悠好不容易才平復自己情緒，藥田空間竟然不給獎勵？本來任務就夠坑爹了，任務完成後的獎勵已經是她能夠唯一得到的安慰，現在竟然獎勵也沒有了，還能更坑一點嗎？

原本的好心情完全被破壞，陳悠當真不想再睜開眼看下一行字，但這不是她閉上眼睛裝作不知道就能逃避得了。

下一行便是地級二品的任務，很短的幾個字。

「排憂解難，限時三個月！完成後將有驚喜！」

陳悠實在是憋不住，飆罵了一句粗話。藥田空間升級任務難些也就罷了，但這樣模稜兩可的條件，連一點提示也沒有，要她如何完成？

「排憂解難」？排什麼憂、解什麼難，替誰排憂、替誰解難，這些通通沒有，這簡直是個不可能完成的任務！

陳悠冷笑兩聲，氣憤地出了藥田空間。

原本以為憋著一股悶氣，不大能睡著，可誰知躺在床上不久，就睡意襲來，陳悠沈入夢鄉。

翌日，陳悠一大早就起床，將昨夜列好的年貨清單交給薛掌櫃，讓他派人去置辦，又讓阿魚送信給賈天靜，她在後院領著阿梅、阿杏打掃屋子，整理物件。

趙燁磊站在書房的窗口，盯著陳悠忙碌的身影，胸腔既溫暖又滿足。往年過年，什麼事都有陶氏出頭，他們坐享其成便行，而今年陶氏不在，陳悠當家，她忙碌得就像個新成家的當家婦，他想年年都看見陳悠為他們家這般忙碌，想瞧見他們可愛的子女……

趙燁磊連忙控制住自己越扎越深的思緒，將它們拉回來，視線落在陳悠身上良久，嘴角也止不住地上翹，最後不捨地瞧了一眼，才走到書桌邊，沈下心力集中精神。

中午後，陳悠與趙燁磊一起見了薛掌櫃帶來的那兩位人選：薛鵬年紀較大些，已而立之年；鄭飛還是個小夥子，才剛成家不久。

陳悠與趙燁磊點了頭後，薛鵬與鄭飛就暫時先被留在永定巷的百味館中，跟著薛掌櫃身後先打理慶陽府即將開張的百味館事宜。

陳悠家置辦的正經宅子也在永定巷這條街上，離百味館其實就半刻鐘的路。二進的宅子實際上不大，陳悠一家又經常在百味館後院起居，宅子裡就只留了一個半百的老管事看門。不過，當初置辦的時候，秦長瑞是打算常住的，所以宅子裡的布置都一應俱全。

下午，陳悠與趙燁磊帶人去給宅子除塵的時候，陳悠提議讓趙燁磊年前搬到宅子來住，宅院這邊人少清靜，適合溫習。

永定巷這邊即使已經歇業了，來來往往的人也多，加上年底事情都紮堆了，陳悠每日要處理許多，怕影響他讀書。

趙燁磊有些不捨，可是想想陳悠說的話，又覺得在理，左右還有不到十日就除夕了，他就算在宅子裡，離百味館也不大遠，沒事的時候，晃蕩幾步就過去了。

兩人說好後，陳悠就讓阿力帶著人暫時先將趙燁磊一些常用的東西搬過來。指揮著人將宅子打掃乾淨，又在宅子裡添了個婆子做日常掃灑和一些雜事，這邊阿魚就回來了。

阿魚先去賈天靜那裡，而後繞到保定堂，聽薛掌櫃說陳悠在宅子這邊，就趕了過來。阿魚在宅子的後院尋到陳悠與趙燁磊時，兩人正在院中散步，今日天晴，溫暖的陽光照在身上，讓人渾身暖洋洋的。

小院內一棵桂花樹下，年輕男女的身影瞧起來是如此般配，就連阿魚都捨不得上去打擾了。

陳悠一回身見到愣在院門前的阿魚，瞇起眼睛，笑容綻開。

趙燁磊轉頭恰好見到金色陽光下，嬌顏綻放的美麗少女，他的心就像是被重錘擊中，一時間那種突來的悸動難以克制，心底如奔騰浪濤般湧起的感情好似在猛烈撞擊著海岸，讓他險些克制不住。

深吸了一口氣才將感覺克制住，趙燁磊緊攥了攥藏在寬大袍袖中的手，也跟著迎向阿魚。

「阿魚哥，怎尋到這裡來了？」陳悠笑問。

阿魚索利地將唐仲交代的事情說了一遍，李阿婆讓他們幾個去保定堂，一起過小年。

「行，我知曉了，阿魚哥你先回百味館安排馬車，我們隨後就到。」

天色已不早，阿魚應了一聲，匆匆去安排。

陳悠與趙燁磊回到書房，將書房又看了一遍，確定沒有遺漏後，才一起出了宅子，朝百味館走回去。

路上，陳悠隨意地和趙燁磊說著年前的打算。「等明日，我再叫阿力哥給宅子這邊送點前些日子我調的安神香，阿磊哥哥要是覺得心神不寧就燃一些，這香加了各色草藥，平心靜氣很有效。還有，前陣子在林遠縣，阿魚買過一種茯苓糖，我突然想起在醫書上瞧過茯苓做的一種吃食還沒試過呢！在林遠縣的時候沒有時間，趁著快要過年，做出來給幾個小的嚐嚐……」

陳悠難得多話起來，趙燁磊並不打斷她，只是嘴角幸福地上揚，認真傾聽著她與他說的每件小事。

第四十一章

小半刻鐘的路程在陳悠說話間眨眼而過，等到兩人到百味館門口，阿魚已經準備好馬車。

傍晚，陳悠與趙燁磊帶著阿梅、阿杏、陳懷敏三個小的，一起去保定堂。李阿婆早在門口眼巴巴盼著了，她有一個月未見到陳悠，心裡想得慌。

趙燁磊先抱著陳懷敏跳下馬車，隨後大步走向後面的馬車，掀開車簾，扶著陳悠下來，而陳悠後又將阿梅、阿杏扶下來。

站在門口的李阿婆早迎過來了，李阿婆先摸了摸幾個小的頭，陳懷敏脆生生地叫「阿婆好」。

陳悠也笑著喊「阿婆」。

李阿婆嗔了他們一眼。「早便叫你們來了，真是會磨蹭，都快進屋裡，省得凍著了。」

陳悠帶著弟弟妹妹們進屋。

保定堂此時人也不多，自從惠民藥局開張後，保定堂就一直歇業，藥源又緊，唐仲與秦長瑞商量過，怕保定堂又惹來不必要的麻煩，就決定等明年再開張，因此今年年底倒是少有的清閒，保定堂裡的夥計都放回家過年了，只留下一個住家近的看管倉庫的藥材。後院人就更少了，只有一個負責掃灑幫廚的大娘。

唐仲笑著將孩子們都帶到後院主廳內。「你們阿婆擔心你們這群孩子不會過年，不知曉過年的規矩，清早就囑託我要把你們都帶來。」

陳悠笑著說不會，雖然她也只能算個半路出家的，可也在大魏朝過了四、五個年頭，哪裡真的不懂大魏朝的年俗。

唐仲說她逞能，陳悠也不解釋，一群人和和樂樂、有說有笑地在廳中聊了一陣子，太陽便已經西沈，只留下夕陽的餘暉。華州城內有人家放起鞭炮，送灶君上天。

李阿婆指揮唐仲在院內擺設香案，貼上灶君的年畫，然後唐仲將昨兒一早李阿婆在早市上買的一隻紅冠大公雞抱出來，香案上擺了芝麻糯米糰子、綠豆粉團等四色糕點，兩小杯清酒，李阿婆將灶馬拿出來在香案前的火盆裡燒了。

隨後抱著大公雞，李阿婆一邊在灶君的香案前行禮，一邊口中念叨道：「今年又到二十四，敬送灶君上西天，有壯馬、有草料，一路順風平安到，供的糖瓜甜又甜，請對玉帝進好言。」說完，又向著香案拜了拜。

從這一刻起就有許多禁忌，不許說忌諱的話，就連平日做事都要心平氣和，莫與人爭吵。

陳悠帶著幾個小的在旁看著，然後依次給灶君老爺磕了頭，她有些哭笑不得，要照著這個規矩這般送灶，她還真不懂。前幾年，秦長瑞夫婦祭灶也不這樣的，趙燁磊就更不知了，若是陳悠，頂多焚香磕頭，一家人吃頓飯就罷了。

之後李阿婆還熬了灶糖，將灶糖分給阿梅、阿杏和陳懷敏幾個孩子，陳悠也無奈分得一塊。

祭灶後，唐仲才將早準備好的爆竹拿到保定堂門口放了，噼哩啪啦一團喜氣。

天色完全暗下來，此時的華州城內，爆竹聲一片連著一片，當真是有過年的氛圍。

李阿婆早就與幫廚的大娘做了晚飯，留著陳悠兄弟姊妹幾個吃了飯，因弟弟妹妹年紀還小，陳悠與趙燁磊吃完飯沒敢耽擱，就回了永定巷。

這小年一過，日子就像是飛逝一般，陳悠每日都忙得團團轉。秦長瑞雖然不在華州，但是華州城內每年有來往的朋友年禮卻不能少，不同的人要準備不同的禮，送禮輕重，要把握好分寸。還有年底軋帳後，一些人的分紅也要及時送過去。

還有她自己給幾個小的準備的新年禮物，和一些分別要送給唐仲、李阿婆、賈天靜的年禮。幸好有薛鵬和鄭飛幫忙，不然陳悠真連合眼的時間都沒有了。

賈天靜那邊傳信來，說是她臘月二十六的時候要過來一趟，有些事情要當面才能說清楚，陳悠便想著恰好趁這個時候請賈天靜與他們一起過年。

往年，賈天靜都是回建康城與劉太醫一起過年節的，但是今年不知出了什麼事，賈天靜到現在都沒動身。若是現在趕路，別說陸路，就算是走水路，也得至少七、八日，趕到建康城指不定除夕都過了。

今年秦長瑞與陶氏也不知還能不能三十前趕回來，這邊有唐仲、李阿婆，他們人多在一起也熱鬧，省得賈天靜一個人在醫館過年冷冷清清的。

臘月二十六，才好轉沒幾日的天又開始陰陰沈沈的，天黑得早，就覺得白日更短了。今年臘月沒有三十，所以二十九便是除夕，扳指頭算算也只有兩、三日，照這個勢頭，秦長瑞與陶氏怕是留在林遠縣不會回來了。

因李阿婆年紀大，今年冬天又冷，他們與唐仲商量了，今年除夕便在保定堂後院過。除夕當晚沒有宵禁，他們回百味館的路上還能去夜市逛一圈。

早晨，陳悠帶著阿梅、阿杏準備過年的吃食，旁人家的點心大部分都是街上買現成的，但是過年就圖個熱鬧，何況陳悠自己做的點心絲毫不比外頭那些點心鋪子差。

阿梅、阿杏跟著大姊學做翠玉豆糕、吉祥如意卷還有金桔薑絲蜜，一個上午一晃就過去了。

陳懷敏今日一早就去了宅子，早上與陳悠說好了，他要與阿磊哥哥一起將春聯寫好，中午帶過來。陳悠笑話他字寫得醜，寫出來的對聯壓根兒不能貼上門，陳懷敏就朝她做鬼臉。

午間，賈天靜趕過來，趙燁磊也恰從宅子那邊過來，他一手牽著陳懷敏，一手拿著已寫好的對聯。

陳悠將賈天靜迎進屋，賈天靜原來滿是笑容的臉上頃刻黯淡下來。「阿悠，師父來信，說是京都時事不穩，宮中有貴人病重，太醫院內人人自危，他怕我被牽累其中，特囑託我今年莫要回建康，安心待在華州城。」

原本劉太醫對賈天靜說的這些事應是皇城中的密事，賈天靜不應透露給任何人。可是在賈天靜心中，早就將陳悠視為愛徒看待，更甚者，陳悠更像是她的女兒，她若是早成婚，有了孩子，也不過陳悠這般大。

這個消息讓陳悠一驚。「靜姨，那劉太醫可有危險？」

這麼一問，賈天靜的臉色就更難看了，她眸中黯淡無光，就連勉強遮掩的藉口都說不出口，只因為她知曉，師父就是為宮中這位貴人治病的主診大夫，一旦有什麼不測，那當真是喪命的事。伴君如伴虎，太醫從來都不是好做的，師父不讓她回建康，也是怕如果有個不測會牽累她。

陳悠見賈天靜的面色就已了然，劉太醫是太醫院的婦科聖手，便可推測這位貴人定然是個女子，在宮中的女子，如果不是妃嬪，那就是皇后、公主抑或是太后。

就連陳悠也感受到這件事情的嚴重。她給賈天靜的杯中續了茶水，安慰道：「當今皇上開明睿智，定不會胡亂定罪，何況劉太醫以前可是治好過太皇太后的隱疾，看在太皇太后的面子，劉太醫也不會有事，靜姨，您就放心吧！」

陳悠雖然覺得自己說的理由有些牽強，但是當前也只能這麼安慰賈天靜。

賈天靜僵硬地扯了扯嘴角，見此，陳悠急忙岔開話題。「靜姨，今年您便與我們一起過年吧，除夕我們都去保定堂，還有唐仲叔和李阿婆。」

賈天靜有些驚訝。「阿悠，妳爹娘不回來了？」

「今兒都二十六了，還是沒消息，估摸著他們要在林遠縣過年了。」

賈天靜的醫館裡年尾也沒什麼人留下來，現在秦長瑞夫婦沒回來，倒真是可以一起過年，她算是陳悠的長輩，照顧小輩也算是個由頭。

「那我今兒回去收拾些東西，明兒再過來，醫館也得交代人看著。」

陳悠想了想點點頭。「靜姨，讓阿力哥陪著您回去吧，明兒你們再一起過來。」

賈天靜知道陳悠擔心她的安全，也就隨她了。

時間猶如指間沙，兩日時光眨眼而過，很快就到了臘月二十九這日，今晚便是除夕。賈天靜已在百味館陪了陳悠兩日，而林遠縣那邊也捎了信，說年前是趕不回來了。

大清早便是霧茫茫的，陳悠打理好百味館中的一切，便與賈天靜、趙燁磊帶著幾個小的一起坐馬車去保定堂。

街道上的人不多，這時候大家大多忙著過除夕，兩邊的商鋪都關了門。他們到了保定堂後，李阿婆就迎過來。

還是第一年保定堂過年這般熱鬧，往年陳悠他們都與父母一起過年，保定堂就只有唐仲與李阿婆，大年初一的時候，陳悠一家才會過來道賀年節。

「都快些進來，外頭冷，唐仲一大早煮了藥茶，都進來喝一杯暖暖身子。」李阿婆樂呵呵地高聲說道。

到了保定堂，大家都各自忙開了，人多準備的東西自然就多。

陳悠和賈天靜帶著阿梅、阿杏在廚房中幫廚，處理昨日就買回來的雞鴨魚肉，李阿婆領著阿梅、阿杏在一旁案桌上包各色餡的餃子還有素肉餡的包子。大娘燒熱了油鍋正在炸丸子、魚塊和瀝水的老豆腐。

陳悠讓阿魚將她帶過來的新鮮蔬菜搬過來，這些都是來自藥田空間，她事先取了出來。李阿婆瞧見鮮蔬嚇了一跳。在冬季，想要吃到這些蔬菜可是很難的。

「阿悠，這些菜是哪裡來的？」

賈天靜也好奇地看向陳悠。

陳悠取了把菘菜出來俐落地摘著，笑道：「靜姨還記得我那水培藥材的屋篷嗎？」

賈天靜點點頭，陳悠揚起臉一笑。「我便是用那屋篷培育出來的。」

「真的？」賈天靜眼睛一亮，那屋篷保暖，說不定還真像阿悠說的能培育出蔬菜。「那等我回去，可要看看妳那屋篷。」

陳悠笑著應了。由於外頭天冷地寒，陳悠提議除夕的年夜飯再準備一份暖鍋。所謂「暖鍋」便與現代「火鍋」異曲同工，只是南邊稱作「暖鍋」，而北邊則稱為「涮鍋」或是「邊爐」，南邊的暖爐底湯偏向鮮香，很少用辣味的底湯。

正好這時候菜色齊全，陳悠記得一味中藥鍋底，恰在這個時候做了，就算吃多了也不會上火傷身。

男人這邊又寫了幾幅對聯，保定堂門頭多，先前帶來的還差上幾幅。陳懷敏拿著年畫，跟在趙熚磊身後，幾人將各個門頭和門上都貼好了，最後只要等著年夜飯前將大門口的對聯貼上，便算是開始過除夕了。

陳懷敏給李阿婆窗上貼了「福壽雙全」的年畫，在唐仲房間的窗戶上貼了「天官賜福」，剩下的「金雞報曉」不知該貼哪裡，便轉過頭撓著腦袋看向趙熚磊。

趙熚磊摸了摸他的頭，好笑地道：「懷敏，你再想想。」

陳懷敏這個小人兒在院中轉了一圈，最後指著不遠處的馬棚。「貼在這兒！」

保定堂不養雞，陳懷敏指著馬棚也勉強得體，趙熚磊端著漿糊跟在陳懷敏身後。「懷敏可知這金雞報曉有何意義？」

小毛頭撇了撇嘴，有些嫌棄地道：「阿磊哥哥，我怎麼覺著你比大姊還喜歡為難我，金雞不就是一種神雞，《東荒經》上可有記載呢！」

趙熚磊無奈地笑了笑。「不過是問問你，你這小傢伙便說我考你！小心回頭我告訴阿悠，將你那些醫書都收回去！」

陳懷敏快速將年畫貼在馬棚上，迅速跑過來拽著趙熚磊的袖口。「阿磊哥哥別這麼小氣嘛！下次我一定聽你的話。」

趙熚磊沒好氣地捏了捏他的包子臉。外頭鞭炮聲一陣連著一陣，已有人家開始吃年夜飯了。

陳悠瞧了一眼準備得差不多的吃食，笑著對李阿婆道：「阿婆，我去前院與唐仲叔說一聲，我們也擺飯吧！」

李阿婆朝她揮手。「快去吧，這湯也煲好了。」

除夕年夜飯前是要祭祖的，但是他們這麼多人聚在一起，並非同宗，也就省去這個規矩。唐仲只領著陳悠去房內給神醫華佗和唐仲已過世多年的師父上了一炷香。

李阿婆與賈天靜將豐盛的菜色端上桌，最後將暖鍋擺放在中央，旁邊是吃暖鍋的各色蔬菜和肉菜。

爆竹聲中一歲除，春風送暖入屠蘇。

這時，每家每戶都是歡聲笑語，一年的忙碌終於到了團聚的時刻。

幾乎空無一人的華州城街道上，卻突然傳來馬蹄聲。

黑夜已經悄然降臨，空寂的街道讓馬蹄聲更是明顯，偶爾遠處的一陣鞭炮聲將馬蹄聲淹沒。

為首的棗紅馬前蹄一抬，一聲雄壯的嘶鳴，那騎在馬背上的人俐落地翻身下馬。

跟在身後的白起連忙趕過來，同樣跳下馬。「世子爺，咱們要留在華州過年嗎？」

秦征揭下斗篷，原本一絲不苟束起的髮絲因為急行軍有幾縷落在頰邊，隨著寒風在空中飄飛。他將視線落在某一處，而後道：「就留在這兒吧！讓阿北通知不用，府裡的事情多注意著些。」

「是，世子爺，我這就去安排，只是華州城的宅子還未收拾好，可要委屈世子爺一晚上了。」

如今這個時候，不管是酒樓還是飯館都早已關門，就連秦樓楚館都歇了業。他們是匆忙以急行軍趕回華州城，根本就沒時間準備，若是這個時候去打擾袁大人也太不厚道了。

秦征手下的人再得力，做事也是需要時間的，加上又是除夕，需要的東西都沒地方買，各家鋪子早就關門。

秦征其實在華州城是置辦過房產的，不過那宅子久不住人，必須要好好打理一番才成。除夕夜，他急行軍趕到華州，還要睡滿是霉味的屋子，實在也是太淒涼了些。

「你先派人去收拾宅子，讓阿北帶人去永定巷看看，快些來彙報我。」

白起偷眼瞧了主子一眼，心想，世子爺不會是又在打陳家大姑娘的主意吧？

他們所在的地兒離城東永定巷不遠，阿北快馬去一趟來回也就是一刻鐘時間。

秦征牽著馬走到一棵已落光葉子的梧桐樹下。刺骨的冷風中，他的唇角乾裂，背脊卻挺得筆直，在這團聚的夜晚，他的心中是如此空曠，不知為何，他似成癮一般渴望著溫暖。

垂在身側冰冷的一隻手摸向腰間的荷包，而後骨節分明的修長手指緊緊地捏住它，彷彿從冰冷的荷包上能汲取暖心的溫度一般。

秦征深深吸了一口氣，按捺下心中湧起的思緒，視線轉到身邊的棗紅馬上，他輕撫著馬匹的脖頸，棗紅馬打了兩個響鼻，秦征孤寂道：「越影，這些年也就你陪著我了。」

身後響起腳步聲，阿北下了馬快步走過來。「回世子爺，百味館空無一人，陳家大姑娘帶著家人去保定堂了。」

秦征視線朝保定堂的方向看過去，他雖然一句話沒說，但是阿北見他翻身上馬，也明白世子爺這是想去保定堂。

攔阻的話卡在喉嚨口，阿北苦著臉朝白起看去，這除夕團圓的時候，他們世子爺跑人家家裡不是招嫌嗎！

白起瞪了他一眼，對他擺著唇形。「少廢話。誰是主子！我看你是皮癢了！」

阿北立刻低下頭。

果然如阿北所想，秦征一路朝保定堂的方向狂奔，等抵達保定堂的這條大街，秦征突然停下來，恰在這個時候，飄起了小雪，紛紛打落在秦征一行人身上。

跟在身後的阿北、白起、秦東等人聽到秦征問道：「羅功呢？」

後頭騎馬的護衛中立即出來一人。「世子爺，羅功在！」

秦征深邃的目光朝他身上看去。「傷可好了？」

羅功立即很漢子般地高聲回道：「多謝世子爺關心，屬下這點小傷不足掛齒！」說完昂了昂脖子，像是在顯示自己已經完全痊癒一樣。

他們這一路急行軍過來，一日吃飯休息都未曾超過兩個時辰，一路上也是危險重重，羅功的傷就是半路上被襲時弄的，左腿骨折，腿上還受了一箭。但是他們這群糙漢子都健壯得很，是專門受過訓練的，哪會像那些紙糊的女人一樣，碰一點都要瘀青幾日。除非是被一擊斃命，否則生存能力很強，基本的傷勢也能立即處理。他們脫離危險後，羅功的腿就被接上了，腿上的箭傷也撒藥粉包紮了，除了行路不方便外，騎馬一點也不受影響。

雖然傷勢已好了許多，羅功也覺得這些傷不必在意，他們跟在世子爺身後，受的傷勢比這重的時候多了去。但是世子爺這般關心他，羅功瞬間就覺得感動不已，被冷風吹了幾日都皴得開裂的臉瞬間就紅了。

誰想，秦征下一句話卻道：「竟好得這般快，倒是我失算了。羅功，記住，現在你受了重傷，越重越好，沒有我的命令，你不能自行恢復，可知了？」

秦征這般高冷地騎在駿逸高大的馬上，卻說出這番話，一時讓羅功的腦子轉不過來。

白起走過去瞪了他一眼。「羅功，這是命令，記住，你現在是重傷傷員！」

羅功為難地「哀嚎」一聲，原本騎馬時挺得筆直的後背就軟下來，捧著自己的右腿，就要從馬背上摔下來。

白起在一邊「及時」扶住要栽下馬的羅功，低聲提醒他。「腿錯了，另一隻！」

羅功立即換了一隻腿抱著。身邊瞧著發生這一切的護衛不忍直視地撇開頭。

羅功這小子，演技略浮誇啊！

白起板著一張撲克臉，一本正經又毫不臉紅地對秦征道：「世子爺，羅功受了重傷，如果不馬上醫治，他這左腿就要廢了，現在該怎麼辦？」

「都還愣著做什麼，你們難道有誰是大夫？趕快找家醫館！」
於是，羅功就變成與白起同乘一騎，一群糙漢子就厚著臉皮跟著主子去給兄弟尋醫了。
同乘一騎的羅功乾巴巴地時不時哀嚎一聲，白起恨恨地給了他好幾個白眼。「你若是裝得不像，就等著世子爺治你吧！」
羅功臉上一苦，讓他殺人還行，讓他演戲，他演不出來啊！
羅功哀怨道：「沒想到我第一次同騎，是與白大哥你，真是不甘心啊！」
羅功的話惹來白起一個白眼。「知足吧，你以為我願意用我的馬馱你這頭肥豬？」
羅功被一噎，嘀咕道，他這不是肥，是健碩！他腹部可是有八塊腹肌的！
秦征朝他們這邊冷冷瞥來一眼，兩人立時噤聲。
到了保定堂大門口，大門上已經貼了嶄新的對聯。
一直跟在身後的秦東瞧見秦征斗篷被雪花覆了一層，有些雪花融化，將斗篷都浸濕了，他怕秦征生病，從隨身的包袱中取了一件新的貂皮披風送到秦征身邊。
「世子爺，您身上的斗篷濕了，換這件吧！」
誰料，秦征只冷冷給了秦東一眼，理都未理。白起嘆口氣，忙向秦東使眼色，秦東只能無辜地將貂皮披風重新放回包袱中。
他們主子為了吃頓熱的年夜飯，這是在使苦肉計呢，偏這小子眼色不好，要上去找冷臉，活該！若是穿得整齊華貴還怎麼博取同情！

秦征故意在保定堂門口停了片刻，雪下得越發大了，雪花落在他的身上，直落了他滿頭滿臉，甚至還有些因為接觸到臉上熱度，化了開來，變成水珠黏在輪廓分明的臉上。

估摸著差不多了，秦征向阿北看了一眼，阿北識趣地上去敲門。

在後院吃年夜飯的陳悠一群人正熱鬧地敬酒，唐仲早前買的「杏花村」，這酒清甜，實際上是種果酒，酒精度數低，所以就連不大沾酒的陳悠都能喝幾杯。

鬧騰間，陳懷敏突然道：「唐仲叔，我好像聽到前頭有人在拍門。」

陳懷敏這句話一出口，大家都放下杯盞，花廳內一時間就安靜下來。靜下後，敲門聲就很明顯，「篤篤篤」帶著些急促。

唐仲皺眉，想不到除夕夜還會有誰找上門來，他轉頭朝陳悠他們說道：「你們先吃，我去前頭看看。」

陳悠不放心唐仲一個人去，也要一同去，於是趙燁磊只好道：「我與唐仲叔、阿悠一同前去，阿魚、阿力也跟著，阿婆與靜姨帶著孩子們等著，我們片刻就回。」

為了以防萬一，阿魚和阿力還特意尋了武器拿著。

走到前院，拍門聲就格外響起來，唐仲站在大堂裡高聲問道：「外頭是什麼人？」

阿北終於聽到人聲，面上一喜。「唐大夫在嗎？我們有人受傷了！拜託唐大夫施以援手！」

被趙燁磊護在身後的陳悠眉心一皺，覺得說話的人聲音有些熟悉。

唐仲沒想到是來求救的人，這大過年的，又下著雪，也不好將人拒之門外，他們行醫，遵醫道，況且救人一命勝造七級浮屠。

「你們等等，我這就開門，傷患千萬不要亂動！」

阿魚、阿力幫著唐仲將門打開，映入眼簾的一群人讓人吃了一驚。只見保定堂大門前六、七個騎馬的男子立著，身上都積了一層雪花，衣裳髒污，渾身狼狽，個個面上都冒了青色的鬍碴，嘴唇開裂流血，面上皴得厲害，髮絲凌亂，就連身側的馬匹都好似筋疲力盡，呼呼喘著粗氣精神不濟。

陳悠瞧見站在中間、高大頎長的男子，她嘴巴微微張開，明亮好看的雙眸中盡是驚訝。

這不是秦征嗎？怎麼這個時候會在這裡？

前幾次見到他都是衣著華貴，渾身傲氣，可是今日他就像是個落難犬一樣，用求助又真摰的眼神看著她，渾身濕漉漉的，髮絲散亂，原本一張乾淨又俊美的臉此時都是鬍碴，一身簡便的行裝衣襬上都是泥點子，甚至還有幾塊被刮破了，拿著寶劍的右手背上有還未癒合、發紅發腫的小傷口。

這群人到底去做什麼了？怎麼這樣一身狼狽？

唐仲同樣皺眉瞧著秦征一行。「誰受傷了，快些抬進來，耽誤就不好了。」

白起聽後，忙將羅功扶進大堂，羅功邊走邊哀嚎著，只是聲音讓人聽了有些奇怪，白起怕穿幫，趁著旁人沒注意，在羅功腰上狠狠掐了一把。

羅功沒忍住，忽然慘烈地叫出聲，把唐仲嚇了一跳。

「快，將我藥箱尋來！」

阿魚早已機靈地拿來藥箱，遞給唐仲。唐仲剪開羅功小腿上的布料，那隨意包紮的流箭傷口就暴露出來，傷口因為拔了箭頭，所以猙獰難看，但是意外的是沒有化膿感染，顯然是被臨時處理過。按理說這樣的傷口過了新傷的階段沒有那麼疼了，怎麼這小哥叫得那般厲害？

唐仲邊為羅功處理傷口，邊奇怪地看了他一眼。

羅功心虛，為了遮掩，他急忙補救道：「大夫，我這左腿當時也骨折了，不知接沒接好，以後會不會跛，膝蓋疼得慌，您再幫我看看。」

聞言，唐仲抬起羅功的左腿，有技巧地動了動，果然有骨折的症狀。

「傷得是有些重，不過幸好小夥子身體結實，倒是沒什麼大礙，我給你敷了膏藥。你再吃幾劑方子，一個月不到就能好了，只是這左腿以後可要小心著些。」

唐仲轉頭瞧見秦征帶著護衛們還站在門口，有些於心不忍。「大冷天的，都站在外頭做甚，快進來暖暖身子。」

許是男人的直覺，站在陳悠身邊的趙燁磊下意識就覺得秦征不大對勁，他警惕地看著他。

秦征得了唐仲的同意才帶著屬下進了保定堂。鹿皮靴子濕漉漉的，進來時，在大堂的地磚上留下一排腳印。

秦征面色有些蒼白，他劍眉微微蹙著，跨門檻時，突然身子傾斜，白起連忙扶住他，低聲焦急問道：「少爺，您沒事吧？」

秦征推開白起的手臂，輕輕搖頭。似乎在儘量忍耐，讓自己保持清明，然後抿了抿唇，朝陳悠友好地一笑。

唐仲行醫將近二十載，最能瞧人面相，他嘆了口氣，這大年夜的這群人這副樣子，還真叫人同情。「這位少爺，還是在我這醫館坐下歇歇吧，你這是疲累過度！好好休息幾日就沒事了。」

陳悠自然也看出秦征是怎麼回事，她在心中暗嘆了口氣，終於軟下心腸，輕輕在唐仲耳邊道明了秦征的身分，唐仲吃驚地瞧著陳悠，陳悠再次點點頭。

上前一步，陳悠詢問。「秦公子怎麼這個時候在華州？」

秦征「虛弱」地咳嗽兩聲，白起連忙接話道：「陳大姑娘，是這樣的，天冷，路不好走，我們又在宜州耽擱了些日子，這回華州的時候又遇著劫道的，所以羅功才受了傷，咱們少爺馬不停蹄地終於趕到華州，這不，就除夕了！看來，回家是來不及了。剛到華州沒多久，才派人去尋住的地方，還沒信兒呢！」

唐仲聽了唏噓。「這年尾，連劫匪都差錢，你們幸好練家子多，不若一般人家就遭殃了。大年節的，客棧酒樓都關了門，這時候找住的地方哪兒找得著！」

「這位大夫，是這個理兒，可咱們這兒還有傷員，總不能睡大街，身上有銀子便慢慢找吧！哎……」

白起這聲嘆息好似嘆在陳悠心上，想著這時候找地方住總不是辦法，加上當初阿梅、阿杏能夠安全，多虧了秦征，她張口道：「若是不嫌棄，就住在我們家百味館吧，便是永定巷那家，秦公子也是知道地方的。」

唐仲想想也成，畢竟秦征這身分不好得罪，陳悠將百味館空出來借給他們住也是賣了個人情。

趙燁磊聽到陳悠這麼說後，更加防備起來。他有些擔心地看了陳悠一眼，見到陳悠眼神清明才稍稍放下心。

白起急忙上前給陳悠拱了拱手。「陳大姑娘這次真是幫了咱們少爺一個大忙！」

陳悠禮貌地笑了笑。

秦征微微斂起的眼眸中亮亮的，如堅冰般的內心裂開一塊，他抬起狼狽卻不掩俊美的臉對陳悠真切地露出一個笑容。「有勞陳大姑娘了。」

陳悠急忙說不用。

本來在後院等候的賈天靜與李阿婆，也憂心地過來瞧是怎麼回事，一進大堂就看到一群人。

賈天靜吃驚地看向多出來的這群人，直到瞧見秦征的臉，眼睛更是瞪大了一圈。袁大人當初給她介紹過秦征，雖然他的具體身分賈天靜不大清楚，但是瞧袁大人對他的態度便能推測，定然不是一般人。

李阿婆也看見這群狼狽的年輕人，她扶著賈天靜的胳膊走到陳悠身邊。「阿悠，這是怎麼回事？」

李阿婆是個熱心腸的人，聽完陳悠簡潔解釋之後一錘定音。「大年夜的回不了家也可憐，既然這樣，便在我們這裡一起吃了年夜飯，今日老婆子我恰好準備得也多，不差你們幾個。」

陳悠有些哭笑不得，李阿婆不知道秦征是什麼身分，還以為只是普通流落在異鄉的年輕男子，人家實際身分卻不是他們高攀得起的，他們準備的那些尋常人家吃的年夜飯菜，還不知道別人嫌不嫌棄呢！

可這裡就數李阿婆年紀最大，她又不好駁了阿婆的面子，只能苦了一張臉等著秦征他們回話。

秦征一行人一進保定堂的大堂，就聞到後院傳來勾人饞涎的食物香味。

秦征主僕六、七人急行軍，一路上吃的都是乾澀的冷饅頭和醃製的肉乾，能喝口熱水已算不錯，吃多了這些東西，嘴上都長了燎泡，現在又空著肚子大半日了，現下就算給他們一鍋熱呼呼的稀飯都能讓他們滿足。

秦征當然也聞到食物的香味，他口中的唾液有些不受控制地分泌，嚥了一口，勉強掩蓋他飢餓的尷尬。

「老阿婆如此好客，秦某就恭敬不如從命了。」

秦征的幾個護衛見他答應下來，臉上都是掩不住的喜色，當真是難得能吃口熱呼呼的飯菜吶！

李阿婆就喜歡熱鬧，瞧這小夥子這麼爽快，滿是皺紋的臉上都是喜色。賈天靜知曉秦征的地位，當然也不會傻到上去攔阻。

唐仲將人請到後院，馬匹都拉到馬廄中。李阿婆讓大娘在花廳旁邊另外又開了一桌給秦征的那些手下。

秦征一身衣裳實在狼狽不堪，唐仲便找了一件自己半新的冬袍讓他換上。

用熱水洗了手臉，換了衣裳出來，秦征就像是換了個人。長髮用一支木頭簪子束起，棕灰色長袍穿在他身上顯得剛剛好，雖然顏色深了些，卻讓氣質有些張揚的秦征顯得內斂許多。

李阿婆瞧了，就笑開來。「這袍子原先是我給唐仲做的，他穿得有些大，我還想著過完年給他改改，沒想到穿在你身上倒是合適，你們瞧，這小夥子拾掇乾淨了竟不遜色於阿磊呢！」

陳悠怕李阿婆又說出什麼話，無意中得罪秦征，急忙岔開李阿婆的話，扶著她坐下。秦征心情很好，因為李阿婆的話竟然嘴角都微微翹起來。「還是老阿婆的手藝好。」

「老婆子手藝哪裡好，這幾年眼睛不成了，都快不能做衣裳了，小夥子嘴真甜。」

秦征被唐仲請到身邊坐下，瞧了一眼滿桌的菜，雖都是家常菜，但菜色新鮮，香味誘人，難得的是竟還有暖鍋和新鮮的蔬菜。

冬日裡能吃上新鮮的菜蔬，許多富商家裡可都做不到。

唐仲瞥見秦征眼中的驚訝之色，介紹道：「這些菜好些都是阿悠做的，秦公子嚐嚐可還合胃口，暖鍋也是阿悠的主意。」

秦征目光從陳悠臉上一晃而過，而後提著筷子嚐了一口近前的酒釀清蒸鴨子。鮮香從舌尖化開，油而不膩，就連吃慣山珍海味的秦征都要在心中讚一句，他轉頭瞧著陳悠白淨的臉龐。「沒想到陳大姑娘竟還有這樣的好手藝。」

旁邊一桌菜色沒有主桌上多，不過也能說得上齊全了。中央是一只已燒熱的暖鍋，旁邊擺了各色涮鍋的肉菜和素菜，另有魚肉和湯品，李阿婆怕這幾個男人吃不飽，特意叫大娘多放一倍的菜量，還有唐仲端來的烈酒，幾個風餐露宿好些日子的小夥子，早就忍耐不住地開動了。

羅功偷瞥了眼旁邊桌，憨厚對身旁的白起笑道：「白大哥，咱這次傷勢裝得也不虧！」

白起怕他口無遮攔，在桌下用力踢了他一腳。「這麼多菜都堵不住你的嘴！」

羅功捣著傷腿，硬是忍著痛沒敢喊出來，而後什麼話也不敢再說，低頭大口吃著菜，恨不能將臉埋進碗中。

白起朝桌子看了一圈，剩下的所有兄弟連忙都低頭吃菜，白起冷哼一聲，收回冷厲的眸光，要挾起面前一盤新鮮的小菠菜，發現盤子已經空了，幾個飯桶的碗中都泛著綠色。他氣不打一處來，用筷子點了點身邊的幾個人，也不多說，要是再說下去，他這頓是什麼都吃不著了。

不過就是幾日未吃好，這幾個飯桶用得著這樣嗎？看著好像世子爺虧待他們似的。羅功挾了片從暖鍋裡涮的菘菜葉子給白起。「白大哥快吃吧！不然你連湯都喝不著了。」

白起終於反應過來，在美味的食物面前，這群糙漢眼裡就只有一個字「搶」。

秦征雖然吃相優雅貴氣，但是他吃得一點也不少，坐在他面前的陳懷敏最後拿著筷子，都驚訝得抬頭盯著他。

怎麼會有這樣的人，明明氣質瞧著像是富貴高門的公子，禮儀標準猶如標杆，吃飯的姿勢也好看，可是如果陳懷敏記得沒錯，他吃的東西比他與大姊加起來的還要多，而且專挑那些沒骨頭的吃，即便吃得多也絲毫讓人找不到痕跡。

陳懷敏嚥了口口水，正要開口，就被一旁的陳悠拉住。

陳悠俯身對小弟陳懷敏笑著說：「懷敏吃飽了？」

陳懷敏看了下桌子點點頭。

「大姊給你準備了禮物，你自己去大姊常住的屋裡拿吧！還有些是給李阿婆、唐仲叔他們的，你一道拿過來。」

聽到竟然還有禮物，陳懷敏畢竟年紀小，頃刻就把自己剛才要說的話忘記了，他高興地仰著被屋內暖爐燻得紅紅的包子臉。「大姊，我這就去！妳給我準備了什麼好東西？」

「你去瞧就知道了。」陳悠捏了捏他的臉頰。

陳懷敏急忙掙開，飛奔去房間拿禮物。

秦征眼角餘光瞥見陳悠方才的舉動，眉尖挑了挑。

喝了酒，吃了好些菜，他才感覺渾身好受些，秦征給自己杯中蓄滿酒水，站了起來。

「多謝各位今日對秦某的一飯之恩，先乾為敬。」

大夥兒也連忙站起來，紛紛舉杯，痛快飲盡杯中酒。

趙燁磊坐下時，瞧著秦征的眼神很複雜。

陳悠瞥見趙燁磊面有不豫，頓時眉頭就皺起來。「阿磊哥哥，你可是身上不舒坦？要不要我給你診診脈？」

趙燁磊連忙笑了笑，只是在這樣溫暖熱鬧的廳堂中，他的笑容是那麼蒼白。「阿悠，我無事，一會兒我帶你們去放煙火。」

陳悠有些擔心趙燁磊的身子。「阿磊哥哥，煙火交給阿魚哥和阿力哥放也是一樣的。」

「你們要去放煙火？」

陳悠耳中突然出現一道清冽又低磁的聲線，轉過頭，就見到秦征正淡淡笑看著他們。

到底是過年，給人冷臉不好，陳悠禮貌地笑了笑。「隨便買了些普通煙火，逗幾個小的開心。」

言下之意，你便不要來插手了。

秦征卻好像沒聽懂話外音一般。「哦？是那些孩子喜歡的煙火嗎？許多年未玩過了，沒想到今天倒有機會。」

趙燁磊隱在燈影中的雙眸一沈。

別人都說到這個地步了，陳悠又怎好拒絕，況且她也不想在這樣的小事上得罪秦征。

「那吃了年夜飯，秦公子與我們一同前去吧！」

第四十二章

說說笑笑間，一頓年夜飯過得很快，酒足飯飽，聽著華州城內此起彼伏的鞭炮聲，讓秦征這行人才有些過年的感覺。

以往在建康城的除夕夜，皇上都會賜宴，但所見都是往日裡朝堂上一張張戴著假面具的人而已，連敬酒祝賀都是口不對心。回到侯府後，便隻身一人，外頭家家戶戶團聚歡笑，茫茫天地間，卻好似只有他孤身一人。

往年，秦征參加完宮中宴會，前半夜在祖父床前陪著，後半夜在父母房中獨守到天明，這樣也勉強算盡了孝道。

卻未承想，幾年孤寂後，卻在一個小藥鋪中再次感受到過年喜慶的氣氛，這裡的每個人笑容都是真心的，他們毫無遮掩地在朋友親人面前展示自己，這種直接讓戴著防備面具已久的秦征有些錯愕又嚮往。

年夜飯用得差不多後，李阿婆拿出幾個紅包給孩子們。

「阿悠，來，這是妳的。」李阿婆將紅包塞到陳悠手中。

陳悠有些哭笑不得。「阿婆，我都這般大了，您還給我紅包，我會不好意思的！」

「就算妳是大姑娘，在阿婆面前也是孩子，現在過年阿婆給妳紅包，以後嫁了夫君，便是夫君派給妳嘍！」李阿婆笑得眼睛彎彎，一句話說得陳悠臉通紅不已。

趙燁磊臉側也有些熱，他瞧了陳悠低垂的眸子，長長的眼睫在眼瞼上留下一排好看的陰影，心口都跟著燙起來。

秦征瞥眼瞧見這幕，就連他都未察覺到自己臉上方才的真心笑意已經消失了。

唐仲和賈天靜也同樣給陳悠紅包，過完年，陳悠就是十六歲的大姑娘了，今年除夕竟然還收到三份紅包。

坐在另外一桌的白起見到這邊情況，急忙機靈地從懷中掏了紅紙出來，將幾張銀票分別塞進去，隱蔽地送到秦征手中。

秦征挑了挑眉，給白起一個讚許的眼神。

「既然長輩們都給了紅包，我也湊個趣！」秦征將手中最大的一份紅包遞到陳悠面前。

陳悠眼睛瞪大，都不好意思伸手。

「怎麼？陳大姑娘是覺得我這紅包難看，還是覺得我這紅包小了？」

唐仲朝陳悠使眼色，陳悠只好接過紅包，看起來大紅包輕飄飄的，裡面並沒有裝銀子，陳悠鬆了口氣，以為秦征是瞧別人都給了紅包，心裡不自在，臨時湊數，這麼一想，心中就沒了多少壓力。

阿梅、阿杏也將秦征給的紅包收了，陳悠讓妹妹們謝人。

趙燁磊見秦征這個舉動，內心壓抑得難受。被陳悠拿在手中的那個簡單紅紙包，就像是針一樣扎他的眼睛。

陳懷敏從房中抱了一大堆禮物出來，歡快地跑到陳悠面前。「大姊，是這些嗎？」

陳悠點頭，從陳懷敏手中接過那些禮物，將其中一個藍色小木盒遞給陳懷敏，輕輕摸了摸他的頭。「懷敏，這是給你的。」

陳懷敏快樂地接過去，好奇又期待地拆起來。

陳悠準備的都是些小禮物，有的用荷包裝著、有的用精緻的木盒裝著，反正沒有一樣一眼就能瞧出是什麼。

這些禮物雖然不貴，但都精巧好用，而且送人也能容易給人驚喜，最關鍵的是，可以讓人享受那種收到禮物時的喜悅和拆開禮物時期待的心情。因已經事先做好記號，所以陳悠很快就分發完禮物，幾乎是在座的每一位都有。

圍著桌子走了一圈，陳悠才將禮物發完，當走到秦征身邊時，她懷中已空，可是秦征竟然用滿目期待的眼神盯著她，陳悠被看得有些僵硬，她覺得今晚的秦征與往日她遇到的那個貴冑一般的秦大人很不同，像他這樣高貴又冷傲的人，怎能做出這種像是大狗撒嬌求溫暖的表情？

陳悠覺得又一個高冷俊男子的形象在自己心中崩塌了，她轉身想要狠心走開，可是秦征的視線就一直追著她，她剛才還收了人家紅包，儘管那紅包有作假的嫌疑，但所謂禮尚往來。

最後，陳悠只能狠下心，有些肉疼地將最後剩下留給自己的那個小荷包遞給秦征。

白起、秦東幾人雖然表面上裝著與兄弟們聊天，但實際上，都在盯著旁邊桌子的動靜，秦征方才的神情他們自然或多或少也都看到了。

白起皺著臉轉過頭，直搖頭，那畫面太美，他們都不敢看！

陳悠回到桌邊，瞧著一桌子人拆她準備的禮物。

給唐仲的禮物是他早就念叨的幾張藥方；賈天靜是一盒胭脂；趙燁磊是一幅字畫；李阿婆的是一對由陳悠親手做的護膝；阿梅、阿杏則是兩對可愛精緻的陶瓷娃娃；陳懷敏的是一本陳悠親手記錄抄寫的草藥手札；而秦征手中卻是一枚形狀古怪的玉珮……

其實那形狀並不多古怪，就是一個奧運會福娃而已。前世，她與祖父一起去看北京奧運會。祖父買了一套玉製的福娃，他們家一人一個。陳悠想念祖父，這才畫了圖樣，特意請刻玉的師傅雕刻的，她本想當作給自己的除夕禮物，誰知會突然多出一個秦征。

秦征撚著這塊綴了五色絡子的玉珮看了兩眼，什麼也沒說便收了起來。

陳悠默默哀嚎，她好不容易請刻玉師傅做的福娃……

禮雖輕卻對了人心坎，每個人都笑得開懷。這一鬧騰，時候就不早了，陳悠一行人還要回百味館。

告別了唐仲與李阿婆，原本李阿婆還有些擔心他們走夜路，可現在有秦征一個大男人照顧，就放下了心，叮囑他們大年初一再過來。

百味館讓給秦征住，陳悠與趙燁磊商量了，便帶著阿梅、阿杏回永定巷的宅子裡，那邊剛剛整理過，一切也都是現成的。

一行人先回百味館，陳懷敏一直惦記著要放煙火，陳悠便讓阿魚將早買好的煙火拿出來，放在院中，讓阿魚和阿力看著，陳悠和趙燁磊帶著秦征的幾個手下，與他們說明住的房間。

等到都安排妥當了，陳悠與趙燁磊才順著迴廊走過來。

四方院子中，都迴盪著陳懷敏的笑聲。秦征蹲在地上用火引將煙火點著，一聲長長哨聲，從地上猛地飛射而出，而後在天空一閃，響亮的聲音傳到眾人耳中。

煙火微弱的光芒映照在秦征的臉上，雖然不甚清晰，但那開懷的笑容卻深深映入陳悠心底。

陳懷敏從旁邊的木箱中又取出兩支煙火。「秦大哥，快點快點！」

陳悠有些擔心陳懷敏，什麼時候這個小傢伙與秦征混得這麼熟了？

她快步走過去，趙燁磊步子遲疑了片刻，也跟上去。

陳懷敏聽到腳步聲，仰著一張快樂的包子臉迎過來。「大姊、大姊，妳瞧見方才的煙火沒？飛得可高了！妳站在這裡看著，我再讓秦大哥放！」

秦征也帶著笑看過來。

大年節的，陳悠又不好說小弟，只能嗔了陳懷敏一眼，小聲道：「懷敏，秦公子一路騎馬回到華州，已是很累了，你莫要多纏著別人，可知了？」

陳懷敏皺了皺小眉頭，最後還是乖巧地點頭。又放了兩支煙火後，陳懷敏就主動與陳悠說要回宅子歇息了。

陳悠拉著陳懷敏的手，將一些零碎事情交給阿力，便與趙燁磊帶著弟弟妹妹回陳家永定巷的宅子。

秦征站在冷清下來的院內，抬頭看著漆黑一片的天空，片刻後，白起過來彙報。「世子爺，房間收拾好了。」

秦征未回他的話，白起見他身邊放著一箱燃放一半的煙火，試著詢問。「世子爺是想將這煙火放完再休息？」

秦征轉回身，冷冷瞥了眼白起，一句話都未說，撇下白起，大步回到房間。

白起嘆了口氣，只好吩咐人將煙火小心收好。

卻說今夜除夕，若是秦長瑞、陶氏在身邊，他們是要守歲的，不過他們卻不在，陳悠也不勉強守著這些規矩，陪著阿梅、阿杏洗漱後，早早歇下。

姊妹三人躺在床上，陳悠正與阿梅、阿杏說閒話，突然想起晚上收到的紅包。

一張用紅紙臨時做成的紅包只薄薄一層，捏了捏好似裡面什麼都沒有，陳悠拿在手上笑了笑，而後隨手打開，展開後，原本還有些困倦的腦子就徹底被嚇醒了，紅包裡的那張紙竟然是一張五百兩的銀票！而且還是大魏朝隨處都可兌換的聚彙錢莊的通兌！

陳悠僵硬地扯了扯嘴角。有錢，就是任性。

她又將秦征給阿梅、阿杏的紅包拿過來拆開，其中包著的銀票面值最少的竟然有一百兩……

阿杏不知大姊臉色突然變化是怎麼了，直到往陳悠這邊一瞥，瞧見陳悠手上捏著的銀票才驚訝道：「大姊，怎麼拿這麼多銀子出來？」

陳悠無奈地扯了扯嘴角。「這些都是晚上與我們一起吃年夜飯的秦公子包在紅包中的。」

阿梅、阿杏接了紅包，也只當是這突然出現的大哥哥瞧見唐仲他們給了紅包不好意思，才臨時湊合的，以為紅包裡也是紅紙，就算再有錢，有幾家會給孩子包上一百兩銀票的紅包？所以阿梅、阿杏連拆都未拆開，若不是陳悠向她們要去，說不定她們直接扔了也有可能。

陳悠覺得收了別人這些銀子畢竟不妥，就算秦征一行在百味館中住，這些銀兩也是足夠了。

將銀票疊在一起收好，陳悠打算找個時間將銀票還給秦征。

除夕與大年初一一過，時光就似飛逝一般。

住在百味館的秦征才過了兩天放鬆又舒坦的日子，建康城中便有不好的消息傳來。

阿北捏著一封信急匆匆進了房間。「稟世子爺，建康有消息捎來，走的是暗哨流鷹的那條線。」

這條消息線路很少會用到，基本上都是採取飛鴿傳書，喜歡走這條線給他捎信的建康城中便只有一人——十三王爺。

秦征站起身，從阿北手中接過只有手指粗細的鐵管，將一張紙條從鐵管中抽出來。展開細長的紙條，上面只有一行雲流水般的字跡：「姻緣天賜，征兄自求多福！」

瞧見這上頭寫的內容，秦征俊臉一沈，他想到前世皇上給他與金誠伯府三小姐的賜婚……可這件事明明是明年才會發生，怎麼提前了？

秦征猛地捏緊手中的紙條，十三王爺捎來的這句話，明顯帶著幸災樂禍。

一想到李霏煙，秦征胸腔中的恨意便止也止不住！那個女人，這輩子他都不會再娶。早已對感情失望的秦征，自重生那刻起，就做好孤獨一生的準備。

骨節分明的修長手指用力地將紙條捏在一起，恨不得將這張小小紙條捏得粉碎。不過有一點好處，這消息既然是十三王爺捎來的，便意味著還沒有成為定局，還有可以挽回的可能。

書房中，阿北見主子面色陰晴不定，同樣擔憂起來。「世子爺，我們該怎麼辦？」

秦征朝他搖搖手。「咱們暫且先按兵不動，至於十三王爺那邊，我給他回封信，你派人送回京都。」

阿北應了聲「是」。

秦征很快寫了一行字捲起塞進鐵管中，將鐵管交給阿北後，他在案桌後坐了一個時辰，連杯茶水也未要過，最後他突然站起來。「白起！」

白起匆匆跑進來。

「準備禮物，去一趟袁府。」

秦長瑞與陶氏回來的船隻正好是初五這日到達華州碼頭，陳悠和趙燁磊一同去接人。

陳悠到了碼頭後，秦長瑞的船隻還未到。兩人便在碼頭邊的茶水鋪子裡點了壺茶水和兩份小點心等著。

小二吆喝著將茶水端上來，趙燁磊急忙護著陳悠不被滾燙的茶水燙到。

陳悠正要伸手拎茶壺倒茶，卻被趙燁磊一把攔住。「阿悠，這茶壺燙手，我來。」

陳悠笑了笑，便由著趙燁磊。

趙燁磊細心地用帕子將陳悠面前的茶杯擦過，才替她面前的杯子蓄滿茶水。

百無聊賴間，陳悠眼神一瞥，原本裹著貂裘的身子很暖和，這時候卻覺得好似一盆涼水兜頭澆下，將她渾身的暖意都驅散殆盡。

鋪子角落坐著的那個人，優雅地端起茶盞，喝了一口茶水，分明是普通的粗茶，別人卻會有一種是在品茗的感覺。

那人熟悉的眉眼，就算臉上沒有笑容也微微翹起的嘴角，眼尾一顆顏色淡淡的淚痣，本該是有些女性化的臉龐生在他的臉上卻一點也不讓人感覺違和，而且很是英俊不凡。

陳悠像是掉進冰窟中，渾身都是要將她吞沒的冰寒。下意識的，她伸手想要緊抓脖頸上掛著的藥田空間戒指，等什麼都沒摸到後，才後知後覺恢復些意識，戒指早已變成紋身印在她身上。

趙燁磊被她方才的樣子嚇得憂心不已，他剛剛一直在叫陳悠，她都像是失魂般回不過神。以前，就算是再難熬的日子，陳悠都未這樣，她突然的變化，讓趙燁磊也嚇得半死。

朝陳悠空洞眼神的方向看去，角落裡坐了一個長相有些娘氣的青年男子，那男子見他視線看過來，還友好地朝他笑了笑。

陳悠深深吸了一口氣，此時她臉色煞白難看，連嘴唇都有些蒼白之色，額頭有細密的冷汗。

趙燁磊換了個位置坐下，擋住陳悠瞧過去的目光，輕聲詢問道：「阿悠，妳方才怎麼了？」

陳悠尋回些理智後，苦笑著搖了搖頭，她總不能和趙燁磊說，她見到了與前世男友長得一模一樣的男人，然後突然就怔了，被嚇出一身冷汗吧！

「阿磊哥哥，我沒事，許是這幾日沒休息好，所以一時不大舒服。」陳悠的理由是如此蒼白和拙劣。

他們一家因為陳悠是大夫的關係，或多或少都有些醫術上的常識，趙燁磊雖然不懂診脈治病，但也跟著看過幾本基礎的醫書，對於最基本的望聞問切還是略懂皮毛，他用眼角餘光又看了眼坐在那邊的男人。既然陳悠不想道出真相，他不會逼她說出來。

「既如此，喝杯茶暖暖，許是會好些。」

趙燁磊替陳悠重新取了杯盞，倒滿熱茶，移到陳悠面前，他神情溫柔，說話低沈磁性，有一種撫慰人心的力量。

陳悠對趙燁磊勉強扯了扯嘴角，冰涼的雙手抱住茶盞，汲取著上面的溫度。她在努力給自己做心理建設，其實對面男子是前世那人的機率根本太小了，她不用過多擔心，退一步說，就算這個人真是他，他也不會認識現在的自己，藥田空間更與她分不開，她有什麼好怕的？

就算要怕也應該是他害怕才對！前世他使盡手段接近她，甚至為此欺騙她的感情，最後被她發現後，他還不是什麼都沒得到。就算她將一切都毀掉，她也不會讓自己祖傳幾十代的寶物落到有非分之想的壞人手中！祖父早就與她說過，藥田空間是他們家族最大的秘密，就算是最親密的人也不能分享！

陳悠當時不知道他是從哪裡得知這個秘密，她與祖父一直都很小心。這般想後，她終於慢慢恢復了平靜。

阿魚快跑進來，臉上都是笑意。「大少爺、大小姐，老爺夫人的船到碼頭了！」

趙燁磊點點頭，而後轉頭問陳悠。「阿悠，可好些了，要不要再歇一會兒？」

陳悠急忙搖頭。「我們去接爹娘吧！」

她現在恨不得快點離開這個茶水鋪子，一點也不想知道那個與前世男友長得一樣的人是誰！

阿魚還沒明白發生什麼事，他奇怪地看了眼陳悠和趙燁磊。

趙燁磊扶著陳悠，腳步有些匆匆地離開茶水鋪子。

坐在角落的年輕男子不解地皺皺眉，對身旁冷著臉的成熟男人道：「阿茂，方才那位小姐是怎麼了，難道是被小爺我英武不凡的外表給吸引了？她不會愛上我了吧？只可惜我不是華州人吶，要不然，爺勉為其難將她帶回京城？」

阿茂眼皮動都沒動。「十三爺，您眼光有些不大好，回去還是儘早找大夫給您看看吧！」

「哼，一塊木頭，真沒意思！你就該早點滾回娘身邊去，跟著小爺連個笑話都不會說！」

阿茂這次沒有毒舌，但是已經變為刀槍不入的「鐵人」。

年輕男子埋怨了兩句，轉頭看向陳悠離開的方向，一張美貌的臉上，雙眸中的神情瞬間變化，犀利得猶如山中日出覓食的鷹隼。截然不同的反差簡直讓人不敢相信這是同一人。

當陳悠與趙燁磊進了茶水鋪子，其實他就已經注意到他們了。即便是在華州城，能夠穿他們那身精緻衣裳的人也不多。而且兩人外表都很吸引人，站在一起，可以用郎才女貌來形容，想不被人注意也難。

而後那個姑娘無意間瞥見他後，表情就變得很精采，他有些疑惑，自小過目不忘的他，肯定從來沒見過這個姑娘，為何她一副像瞅見鬼的眼神？沒想到，頭一次來華州就遇到這麼有趣的事。

他頭一轉，又恢復成那副玩世不恭的模樣。「阿茂，還沒見到秦征，就有熱鬧可看了！不去的話，豈不是白來這趟？」

話音一落，茶水鋪子中很快就沒了年輕男子的身影。

「阿茂，你派人去查查這家人是什麼身分？」

阿茂雖然整天擺著一張撲克臉，時不時也會神補刀一句，但是辦事卻是索利謹慎得很。

片刻後，阿茂就回來了。

「回十三爺，說是華州百味館的東家。」

「竟只是個做生意的……」年輕男子低低念叨了兩聲。

連著一天一夜加緊行船，秦長瑞與陶氏才能這麼快趕到華州。

夫妻倆剛下船，陳悠就迎上來，拉著陶氏急切問道：「娘！你們怎麼到現在才回來？」

陶氏瞧女兒關切又心疼的眼神，心裡暖暖的，笑著拍了拍陳悠的手。「辛苦你們倆了。」

陶氏給陳悠緊了緊身上的毛披風。「給妳做的狐裘披風怎麼不穿，那件搭裡頭的淺粉紋錦長裙才好看！」

陳悠沒好氣地笑起來。「娘，怎一見面就擔心我的衣著打扮了，咱們快回家去，阿梅、阿杏、懷敏還等著你們呢！」

趙燁磊與秦長瑞站在一旁，笑著瞧她們母女說話，等她們說完了，才一起朝自家馬車的方向走過去。

馬車行駛得既快又平穩，車外除夕夜積下的雪已經消融殆盡，彷彿陰寒的冬季將要過去，生機盎然的早春就要來臨。

不過，此時坐在馬車中的秦長瑞與陶氏不知道秦征就住在百味館中。秦征當時來得突然，再加上又是年節時候，所以陳悠與趙燁磊都還未找到時間將這件事告訴他們，而方才一敘話，兩人都將這件事拋到腦後。

直到馬車到了永定巷，陳悠才想起這件事，但是秦長瑞與陶氏已下了馬車，想說都沒了機會。

陳悠不知道秦征與父母有這段淵源，所以完全沒把這件事放在心上，權當百味館只是住了個貴客而已，而這樣的無意卻給秦長瑞夫婦一個措手不及。

薛掌櫃聽到巷口的動靜，已經迎過來，身後跟著龐忠還有年前就在百味館中幫忙的薛鵬和鄭飛。

「老爺、夫人，你們終於回來了！」薛掌櫃滿臉高興地向秦長瑞行禮。

「這陣子辛苦薛老哥了。」秦長瑞拍了拍薛掌櫃些微佝僂的肩膀。

夫妻倆被迎進大堂內，剛坐下，還未來得及說上兩句話，百味館門口就傳來一陣急促的腳步聲。

早先，秦征去了袁府，然後從袁知州那兒得知一個讓自己十分蛋疼的消息，十三王爺竟然來華州城了！

頓時，他就沒了好心情，匆匆與袁知州道別，回了百味館。

白起一臉苦色地跟在秦征身後。「世子爺，要不咱們今晚收拾收拾便回建康？」

秦征回頭瞪了他一眼，白起急忙閉了嘴。

疾步進了百味館大堂，秦征卻敏銳地發現今日的百味館有些不同，好似人有些多。這麼一想，秦征才記起來，他進來時，瞥見百味館的夥計趕著兩輛馬車繞到後院去。

秦征正要讓白起去打探怎麼回事時，薛鵬從百味館旁邊的一間會客廂房內推門出來。

「給秦公子請安，秦公子莫要奇怪，方才外頭的馬車是咱們東家的。」

秦征是瞧過陳悠的父母，但是幾次見面也都只是點頭打招呼而已，連最起碼的交流都沒有過。袁知州與他提過這個百味館的老闆，說是個儒商，值得相交，他之前一直想找機會見一面，都因為公事繁忙沒得空，今日可真是巧了！

「你們東家從林遠縣回來了？」

薛鵬笑了笑。「恰是今日回來，這不，才從碼頭過來的，回來歇下還沒一刻鐘，秦公子就回來了。」

「不知秦某可否去見一見陳老爺？」秦征話雖是詢問，但是他面色自信，帶著貴氣和高傲，卻不容人拒絕他的要求。

「這有何不可，秦公子這邊請，我們東家就在廂房裡。」

秦征對薛鵬禮貌地笑了笑，便跟著薛鵬進屋內。裡面薛掌櫃正與秦長瑞說著百味館年底的一些事，廂房的門就被推開了。

薛鵬將秦征和白起請進來時，秦長瑞恰好抬起頭來，然後，眼前忽然出現的年輕男子，讓他瞬間驚得腦中空白一片。

征兒怎麼會在這裡？

秦長瑞情不自禁站起身，朝秦征的方向迎上前一步，一聲「征兒」還未呼出聲，與一雙疑惑又帶著防備的眼神對視後，心一瞬間涼了下來。

秦征知道在座哪一位是百味館的東家，只不過他打招呼的話還未出口，就見到秦長瑞失態地盯著他。剛重生那會兒，他遭遇許多挫折，所以幾年磨礪下來，防備心很重，瞧見秦長瑞反常的舉動，下意識就多了一絲防範。

秦長瑞到底是經過風浪的人，很快，他的表情已與陌生人初次見面沒什麼不同。

「秦公子，方才我還聽薛掌櫃提到您，請這邊坐。」對著自己親兒子的身體說著這番話，秦長瑞心中當真不是滋味。

秦征疏離地笑了笑，而後被秦長瑞請到首位坐下。

兩人心思各異，彼此都帶著防備，而且薛掌櫃等人都在，就算是想攤牌也不是時候。

這時，陳悠恰好扶著陶氏進來，剛跨入廂房，陶氏的眼神就黏在秦征的身上，再也移不開。

陶氏心中的震驚一點也不比秦長瑞少，若不是廂房中滿屋的人，她定會不顧形象地撲上去。

陳悠納悶陶氏怎麼見到秦征時情緒波動這麼大，她不解地瞧了眼兩人，然後輕聲在陶氏耳邊道：「娘，這位便是秦公子。」

陳悠的話到底還是讓陶氏恢復了些許理智，陶氏按捺下心緒，問了禮，幾人在廂房中寒暄一番。

陳悠坐在陶氏身邊，就算房中氣氛瞧著再和諧，陳悠也敏感地察覺出一絲奇怪的情緒在空氣中瀰漫。

閒聊中，秦征發現袁知州說得沒錯，眼前的陳老闆一點也不像是個農家出身的漢子，若是不知他底細的人，說他是科舉出生也不會有人懷疑，不管是說話還是氣度都給人博學睿智之感，秦征也漸漸卸下防備，真心交流起來。

在這樣輕鬆的交流下，時間飛逝，不知不覺小半個時辰就過去了。

秦長瑞精通交流的技巧，他只與秦征說些無關痛癢的話題，也不問秦征來去。秦長瑞博古通今，當年讀過許多雜書，而秦征自小受秦長瑞的影響，也跟著看了許多，再加上他幼時聰慧，觸類旁通，重生後經過磨礪，又替皇上辦事，四年多來，幾乎將大半個大魏朝都跑了一遍，眼界見識漸長。所謂讀萬卷書不如行萬里路，經歷過的秦征才真正明白。

陶氏頻頻將目光落在秦征身上，即便是薛掌櫃都瞧出秦長瑞夫婦與平日不一樣，更不用說陳悠了。

陳悠朝趙燁磊使了個眼色，而後兩人都退了出來。

秦征的目光不經意從趙燁磊與陳悠身上一晃而過，而後又與秦長瑞說起話來。

陳悠與趙燁磊出了廂房。

「阿悠，有何事？」

陳悠擰著眉頭與趙燁磊將她的疑問說了，似乎爹娘對秦征有著異於常人的耐心和關切。

趙燁磊心中頓升起一股危機感，不過他心中的想法卻與陳悠截然不同。按照大魏朝的慣例，姑娘家及笄後，就要說親了，有些有身分地位的大家閨秀，甚至十一、二歲就開始議親，陳悠過了年便十六了，早就該說親，不知為什麼，秦長瑞夫婦一直未提，而他們對秦征熱絡異常，這讓趙燁磊不亂想都難。

秦征身分高貴，就算他此時中了解元，也無法與秦征相提並論，甚至可以說是雲泥之別，更別提他身上還壓著趙家抄斬的案子。如果秦長瑞真有將陳悠許配給秦征的念頭，他又該如何是好？

越是這麼想，趙燁磊就越像是陷入一個深潭中，他越是掙扎只會陷得越深，沒有一刻他是如此討厭自己的身分。他來到陳悠家中就已經十六，早已有自己的人生觀，就算秦長瑞夫婦與陳悠他們對他再好，趙燁磊也總有種寄人籬下的感覺。一個男人的自尊心一直不允許他就這麼墮落下去，所以這幾年來，他就算再喜歡陳悠，也從沒有表露過情感。他的感情雖然濃烈但也是自卑的，感情上壓著自尊這座大山，讓他喘不過氣。

之前秦長瑞夫妻未提及陳悠的婚事，他卻是慶幸的，因為這樣，他便還有希望。

「阿悠，妳莫要多想，說不定爹娘只是覺得秦公子為人正直不阿，起了結交之意而已。」說這話時，連趙燁磊自己心中都帶著忐忑。

陳悠轉頭朝廂房看了一眼，面有不解，可最後還是點頭。「但願如此！阿磊哥哥，你快些進去陪陪爹娘吧，我去廚房吩咐一趟，晚上多添幾個大菜。」

陳悠剛想轉身，百味館門口又是一陣喧鬧。大堂門口說話之人的聲音洪亮，夥計的聲音聽起來很是無奈。

陳悠眉頭微擰，這個時候，會是誰來百味館，這大年初五，街上的店可沒一家開門做生意的。

「阿悠，我們去瞧瞧。」趙燁磊提議道。

陳悠點頭，便與趙燁磊一前一後走到前堂，只見夥計還在門口苦苦解釋。「這位少爺，不是我們不想做生意，您也不看看，這才初幾，這華州城還沒出年節呢！有哪家招待客人的，小的說句不好聽的，就連那城北勾欄都還歇著呢！而且就算您進了小店，也沒人招待您哪，廚子小二還都在家中過年呢！」

「那爺不吃飯了，爺找人，就找姓秦的，你叫他滾出來，就說十三爺來尋他了。」

阿茂抱著一把大劍冷著面站在年輕男子身後，也不幫著說一句，好像眼前的一切都與他沒關係。

陳悠在瞧見門口站的人時，呼吸就一窒，怎麼會是這個人，他怎麼會找上門來？

就連趙燁磊也沒想到門口的人，會是他們在碼頭的茶水鋪子裡見到的那位年輕男子。

雖然早給自己做了心理建設，可陳悠還是沒忍住，渾身打了個寒顫，藏在毛邊長袖下的手指握成拳，指甲戳進了手心，直到感覺絲絲疼痛，她才穩定自己的情緒。

在她認為自己早已將前世的記憶拋諸腦後重新開始時，她發現自己遇到相同的一張臉時還是會害怕和恐懼。幾年前在林遠縣看到那張告示時的情況她還歷歷在目，這一直是她逃避和恐懼的根源。可是，就算她再害怕，難道要一輩子逃避？

想到這裡，陳悠終於鼓起勇氣，想要強大，就只能面對自己所要經歷的一切。

那一世，她與他已經同歸於盡了，這一世她還有什麼好怕的！

陳悠保持一絲恰到好處的笑容，走到了門前。

夥計見到她與趙燁磊結伴而來，朝兩人點點頭。「大小姐、大少爺，這兩位偏要進咱們百味館，怎麼說也說不通。」

陳悠朝夥計揮揮手，小夥計便下去做事了。

「這位少爺，方才我家夥計已經說清楚了，還請回吧！」臉上笑容雖然如一朵含苞的芙蓉花，但陳悠的聲音卻是清冷的。

說話間，陳悠一直注意著對面男子的眼神和表情，片刻後，陳悠發現，眼前的人，除了與那人有一張相同的臉，別的沒有一樣是相同的，而且看她的眼神也真似個陌生人一樣，若非如此，那麼便是眼前人太會掩飾自己。以陳悠的觀察力，相信絕對不是後者。

「這位姑娘，若是小爺沒記錯，我們在碼頭的茶水鋪子見過吧，當時妳還多看了小爺幾眼，怎麼，這麼快就翻臉不認人了？再說，小爺我只是來尋好友的，這與你們鋪子有無開張可沒什麼關係。」

年輕男子說話帶著股風流勁，趙燁磊聽後臉色一變，他立即上前一步，擋在陳悠身前，高大的身軀幾乎將陳悠眼前的視野占滿。

「這位少爺，請立即將您說的話收回去，向阿悠道歉！」

平時溫文的趙燁磊說這話時，竟然帶著一股讓人膽顫的狠勁，就連陳悠也嚇了一跳。陳悠怕他憤怒後，情緒失控犯病，連忙拉著趙燁磊的胳膊扯了扯。

年輕男子自小橫行霸道慣了，他要想橫著走，還沒人能讓他豎著走，就連如今在位的皇上都慣著他。

年輕男子嗤笑一聲。「你算什麼東西？可有功名在身？敢在小爺面前讓小爺道歉？」

早在邊上偷瞅著的阿北見事態不好，也不敢作壁上觀，貓著腰，身子一閃，就去裡頭廂房向自家主子報信去了。

秦長瑞故意將人支開，廂房內終於只剩下他與妻子還有秦征三人。

陶氏灼灼瞧著秦征，淚水就快忍不住奪眶而出，可在沒確定兒子的身分前，她卻要忍著滿心滿腹的情緒。

秦征坐在首座，防備又不解地看向眼前這對夫婦，他又不癡傻，當然能感受到秦長瑞夫婦對自己的不同。

「秦公子，說了這般多，我這裡倒是有個離奇的故事，不知秦公子願不願意聽陳某道來。」

秦征眉心微微聚攏，不過卻沒有拒絕。「陳老闆但說無妨。」

秦長瑞的鎮定自若在這一刻通通都不管用，他有些緊張地乾咳一聲，才壓抑著顫抖的聲音娓娓說道：「世間離奇事情縱有千百，可沒想到我與妻子卻也碰上了一件，有一天晚上，我與妻子突然一同從夢中驚醒，而後，互相訴說之下，竟然發現我們作了一個相同的夢，這個夢，直到現在我們還有些不敢相信！夢裡我們已然經歷了一場人生……」

「哐」一聲，門被阿北從外頭推開，打斷了秦長瑞要說的話。阿北跨進廂房，瞧見秦長瑞夫妻緊皺著眉頭、黑著臉看向他，也知自己恐怕是莽撞了，可這事不能耽擱！

阿北只好歉意地朝秦長瑞夫妻笑了笑，快速地奔到秦征身邊，俯下身子在秦征耳邊說了兩句話。

秦征前一刻還算是平靜的臉上，下一刻表情就崩塌了。「阿北，你去將消息告訴白起，讓他早做準備。」

秦征起身，歉意地對秦長瑞夫婦施了一禮。「陳老闆、陳夫人，秦某暫且有事，便失陪了，故事下次有時間再聽。」

說完，秦征霍然轉身，與阿北快步出了廂房，獨留秦長瑞與陶氏孤寂地站在房內，內心五味雜陳。

秦長瑞哪知他好不容易下了決心，卻有這樣的意外；陶氏原本提到嗓子眼的心，這會兒的感覺不是放下心來，而是湧起一股止也止不住的失落感。

當秦征帶著人出現在大堂時，便見趙燁磊原本就比一般人蒼白的臉這會兒顯得慘白烏青。

矛盾一觸即發的時候，秦征熟絡地走到年輕男子身前。「十三爺怎麼會出現在這兒？真是讓秦某驚詫！」

十三王爺笑著上前勾上秦征筆直的背脊。「秦九，你知道小爺這番找你費了多少工夫，還不快請小爺進去坐坐？」

秦征隱蔽地朝陳悠打了個手勢，從這個場面，陳悠也瞧出些門道來，恐怕秦征口中這位叫十三爺的年輕男子身分地位很不一般。

兩人稱呼親密，而且隱隱有年輕男子為大的勢頭，陳悠不是不識時務的人，輕輕地朝秦征感激地點了下頭，急忙拉著趙燁磊退下了。

第四十三章

陳悠與趙燁磊回到書房後，立即給臉色仍然難看的趙燁磊診脈，直到確定他無恙後，她才鬆了口氣，起身到桌邊，替趙燁磊倒了一杯溫熱的茶水，端到他面前。

陳悠明白趙燁磊的不易，他住下的這幾年，雖然他們把他當作真正的家人看待，可是又有哪個有點自尊心的男兒是希望寄人籬下的？

「阿磊哥哥，那人的話你別放在心上，我相信你總有一日，能夠憑自己的努力為趙家平反，在朝堂立足。」

面對心愛的少女真切的鼓勵，趙燁磊的那口鬱氣也漸漸消散，他飲了半杯溫熱茶水，帶著些懊惱道：「阿悠，方才是我不好，我過於衝動了。」

「阿磊哥哥只是為了維護我。我記得阿磊哥哥的好，阿磊哥哥今日有什麼想吃的，晚間我親自下廚。」陳悠寬慰道。

過了元宵，緊接著就是鄉試，陳悠不希望有一丁點地方會影響到趙燁磊的發揮，他多年苦讀，應該獲得他應有的成績，那些不穩定的外因，她要替他排除。

陳悠陪趙燁磊說了幾句話，便出去了。

趙燁磊內心還是難以平靜，就坐到書桌邊去溫書，可是一刻鐘過後，一個字都未看進腦中。沈默了片刻，他尋了墨彩出來，筆走龍蛇間，宣紙上就出現一個活靈活現的少女，少女一手挎著小巧且盛滿草藥的竹籃，一手輕撫著頰邊被吹亂的髮絲。

她行走在開滿各色野花的山野間，布衣釵裙，卻似個靈動歡樂的仙女，她轉頭回眸，幾縷髮絲拂在臉上，笑顏綻放，明媚了他整個黑暗的世界。

趙燁磊放下筆，靜靜坐在桌前盯著這幅畫良久，直到畫上墨跡徹底風乾之後，他才小心翼翼將這幅畫摺疊起來，藏到自己常讀的書中。

另一廂，秦征帶著十三王爺回了自己的房間，阿北與阿茂自動留在門外。

十三王爺抬頭瞧了房間裡的布置，撇了撇嘴。「小爺還擔心你在這華州城吃苦，沒想到秦九你活得如此滋潤，倒叫小爺白擔心了一場。」

秦征嘆口氣，若他還是前世的秦征，絕對不會懷疑眼前一副紈袴相的十三王爺。而今他知道十三王爺嬉皮笑臉下實是野心勃勃的人，也知曉他並非這般紈袴和無所事事。

十三王爺是個危險的人物，他若是真要與他站在同一邊，就必須要步步小心，所以他一直以來都在試圖遠離這個人，可是這一世，十三王爺偏偏看中了他！

「秦征多謝十三爺掛念，不知十三爺急急趕來華州有何急事？」秦征客氣又疏離。

十三王爺好像沒聽懂秦征的話，他閒閒坐到桌邊，瞧著桌上剛換不久的一壺熱茶。「秦九，我來華州瞧你，你難道連一杯茶也不請我喝？」

秦征只好轉身走到桌邊，替十三王爺倒了杯藥茶。

十三王爺本是想著裝模作樣喝上一口，誰知藥茶到了口中，味道清甜又帶著一股淡淡香味，倒是不輸於他喝過的上品毛尖。「秦九，不錯啊，小爺說你怎麼會選了這個小巷子來住，沒想到這家館子還真有些絕學。得！我也乾脆在這裡住下了。阿茂、阿茂，進來！」

像是石頭般站在門外的阿茂聽到十三王爺的聲音，立即進了屋內。

「阿茂，去與這鋪子老闆說，多加兩間房，小爺也要在這裡住下。」

阿茂領命轉身就出去了，還守在門邊的阿北卻是皺了臉。

你說誰來華州不好，偏偏來了這位爺，十三王爺與當今皇上是一母同胞。十三王爺雖然與皇上是親兄弟，卻與皇上相差十多歲。先帝疼愛這個幼子，再加上太后娘娘當初為了誕下十三王爺狠狠受了一番罪，所以十三王爺一出生，就受盡寵愛。

不但先帝親自給他賜名，還提前給他選好弱冠後的字，當時還是太子的皇上也很溺愛這個幼弟，就算是現在，太后娘娘仍把他捧在手心中，若是在外受了一點委屈讓太后知道了，定然要大發雷霆。

就是這麼個燙手山芋，現在跑他們主子這裡來了，而且身邊還只帶了阿茂這麼一個護衛，阿北想想，心就好像被懸在鋒利的刀口上，可別在他們世子爺這裡出什麼事，他們世子爺是一步一步硬拚上來的，不知吃了多少苦，才得皇上今日這般看重。

阿茂走在陌生的百味館中。後院要大很多，他尋到一個夥計問了兩句，便直接朝薛掌櫃的房間去了。

此時，秦長瑞攙扶陶氏跨過一道有些高的門檻，一抬頭就見到一張熟悉的臉。這張臉比他記憶中要年輕幾歲，現在還沒有蓄起鬍鬚，雖然表情沒什麼不同，可還未如同上一世那般滿身冷厲殺氣。

秦長瑞與陶氏被一株一人多高的桂花樹擋住，所以阿茂沒有瞧見他們，他揹著大劍，快步朝薛掌櫃的房間走去。

陶氏也早發現了阿茂，她捏著丈夫的衣袖，似乎有些不大相信，這個人怎麼突然出現在百味館中。

秦長瑞眼眸深處暗沈，他緊捏著陶氏的一隻手，聲音輕得只有陶氏一人能聽見。「十三王爺來了。」

只要有阿茂在的地方，十三王爺一定在附近。因為阿茂是先帝賜給十三王爺的護衛，是從二十四暗衛中挑出來最出類拔萃的一個，原本他在暗衛中的代號是「貓鼬」，後來成了十三王爺的護衛後才改名叫阿茂，而且還被先帝賜予國姓。

當年，秦長瑞親眼見過阿茂的身手，正是因為他無意中得知那個天大的秘密，他才成為阿茂要殺的對象！

秦長瑞的雙眸中暗流洶湧，良久，他低下頭，替妻子理了理身上的披風。「文欣，咱們得快些動手了！」

陶氏顯然也意識到歷史的齒輪已經提前運轉，她深吸了一口冰冷的空氣，看著夫君堅定的眼眸，重重點了點頭。

當晚，陳悠與趙燁磊帶著弟妹便被陶氏趕回宅子住。

秦征不知十三王爺葫蘆裡賣的什麼藥，只能讓白起吩咐人小心防備，可即便是這樣，十三王爺帶來的一個消息，還是立即讓秦征決定回建康城。

而且十三王爺也不宜長時間待在華州，時日一長，皇上和太后定會派人來尋，那時，觸怒太后可就麻煩了，所以秦長瑞在十三王爺來後就再也沒找到機會與秦征獨處，而埋藏在心中的秘密自然也沒機會能夠說出來。

兩日後，陳悠一家從白起那裡得了秦征第二日就要啟程回建康的消息。惠民藥局的事情告一段落，接下來，皇上會派遣專門的藥政來管理。

白起又特意叮囑陳悠，說秦征在臨行前想要見她一面，並且提到當初陳悠答應秦征的那個條件。

陳悠想著秦征給她與弟妹們的幾百兩銀子還未找到機會還給他，便答應下來。她將這件事告知秦長瑞之後，秦長瑞非但沒有阻止她與秦征見面，還將一封信交給陳悠，讓她親手轉交到秦征手中。

陳悠坐在房中，瞧著手中這封用蠟封的信，提起手，剛想拆開，想了想後還是放下了。罷了，既然親爹不想告訴她，她又何必庸人自擾？直接照著他說的，將信交到秦征手中便是。

第二日，風清氣爽，難得迎來年後的好天。

陳悠一大早就起身來到百味館，白起在百味館帳房中尋到她，便請她到二樓雅間敘話。

雅間不大，卻布置得極為雅致，這些布置都是秦長瑞的手筆，秦征坐在雅間中就有股熟悉的感覺迎面而來，就像是身邊有個你極為渴望又熟悉的影子一樣。他伸手觸摸著雅間牆壁上掛著的一幅潑墨山水，這幅山水，他曾經在父親的書房中看過，當時父親還詳細地與他解釋過這幅山水畫的來歷，只不過眼前這幅畫卻是贗品，完全少了原作那份肆意，顯得拘束又壓抑。

陳悠進了雅間時，就看到秦征背對著她正抬頭看著牆上的山水畫。

「秦公子，這幅山水是阿磊哥哥畫的。」

秦征想到見到趙燁磊時，他那份克制隱忍的樣子，又看看眼前這幅畫，確實是有他的影子。他笑了笑，轉過身，深邃又柔和的目光落到門口的少女身上。「哦？怪不得筆鋒成熟，即便我看過這幅畫的真跡，再瞧眼前畫，也覺得能以假亂真了。」

陳悠進門，也轉頭看向那幅畫，搖了搖頭。「阿磊哥哥的心放不開，畫這種山水，與真跡差別太大了。」

秦征眼角餘光瞥見少女嫩白的臉頰，嘴角揚了揚。

陳悠想起她來的目的，頓時也為自己汗顏。「秦公子，您尋我何事？」

秦征請陳悠坐下，開門見山道：「想必陳大姑娘還記得答應秦某的事情吧？」

「自然記得。」

「秦某想請妳醫治吾家祖父。」

陳悠略有所聞秦家的情況。一個昏迷四年多的人，而且還是一位年過半百的老人，就算有現代醫學器材輔助，陳悠也不敢說能讓他醒來。

「不過……這件事我可沒有十足的把握。」

「無妨，只要陳大姑娘肯盡力，秦某就感激不盡了。」

陳悠點頭，治病她自然會拿出十二萬分努力，想到秦征竟然在華州城裡這麼隨意過了年，她也起了攀談的心思。其實，秦征這個人真要是誠心相處起來，並非表面看來這般冰冷。

「冒昧問一句，秦公子，您在這華州過大年，難道家中父母兄弟姊妹不會擔心？」陳悠撲閃著一雙好奇的大眼問他。

秦征聽到這個問題，卻不像以往那樣覺得傷感起來，他無所謂地笑了笑。「家中除了重病的祖父，再也沒有其他人了，又怎會被惦記？在哪兒過年都是一樣的。」

這麼幾年，他都熬過來了。還有一年，他帶著手下在外執行任務，大年初一，他們卻在冰天雪地裡跋涉，渾身冰寒，只靠著一股毅力走下去。最後他們尋到一處黑熊的山洞，與洞中的一雙黑熊殊死搏鬥後，才能在洞中歇下，在火上烤著幾隻熊掌，分著吃了後，便烤著火睡了一覺，也算是過了年。與那年相比，今年可是幸運許多。

秦征那無所謂的語氣，卻戳中陳悠的心，讓她禁不住一顫，她突然不知道該怎麼看待眼前這個男子。

那時常冰冷的外表下，究竟藏著什麼樣的感情？

稍晚，天終於晴朗了，積在屋脊背陽面的雪終於融化，「滴滴答答」從屋簷滴落下來，砸在牆角的青石板上，發出清脆悅耳的聲音。

秦征站在窗邊，眼前如雨簾般滴落的雨滴像是敲打在他的心上，竟然讓他情緒好轉起來。

轉過身，雅間內桌子對面還放著一杯半涼的茶盞，那是陳悠留下的。少女有些清冷的聲線還在他的耳邊迴蕩，他深吸了口清晨沁脾的空氣，拿出陳悠給他的那個信封。

方才在雅間內，陳悠也與秦征說過些日子，恐怕就要去慶陽府的事。慶陽府與建康城僅有嵩州之隔，若是趕路也不過兩日，到時候去建康城就方便許多。

等趙燁磊應試完差不多要兩個月後，所以秦征與陳悠約好陽春三月，他去慶陽府尋他們，帶她去侯府替祖父治病。

陳悠原本要還他除夕夜的紅包，秦征嘴角卻揚了揚，並未接回。「當作是我給陳大姑娘去慶陽府的路費好了。」

他這般說，陳悠便不好堅持，勉為其難地收下來，並將秦長瑞要她轉交的信給了秦征，陳悠才告辭出了雅間。

秦征方想伸手將封蠟的信封拆開時，白起進來彙報。「世子爺，東西都準備妥當，咱們可以出發了。」

秦征將信封塞進袖中，快步走出雅間。「我去尋十三王爺，咱們就離開。」

「是，世子爺。」

當秦征來到十三王爺的房中，他還在房中研究藥茶。

秦征站在門口，瞧著門內這個只知吃喝玩樂的王爺，心中卻一個冷笑，如果一個人外表瞧著陰森可怕還不算什麼，真正可怕的是外表與內心不一，表面裝得再無害，其實內裡早已被腐蝕，這樣蟄伏在暗處的猛虎才是最傷人的。

十三王爺的眼角餘光瞥見秦征站在門口，他放下手中的茶具，有些不大高興。「秦九，聽說你今日就要回建康？」

「是，十三爺。您也要和我一塊兒回去。」

「我還沒玩夠呢！我可不回那座大籠子，無什麼意思，還不如這華州城好玩的事多，阿茂你說是不是？」

阿茂自然沒有回答，只冷著臉站在一旁。

「十三爺，您是來尋我的，結果我一個人回去，豈不是要受皇上和娘娘責難？您就體諒臣一回吧！」

「哈！沒想到一貫冷傲的秦九，也會在我面前低頭，要我回去也不是不可以，若是你能給我弄來這藥茶的方子，我便跟著你回建康。」

秦征不想與十三王爺糾纏，只能點頭答應下來。出了門，就交代白起去辦這事。其他的差事，白起從不喊苦喊累，只是向別人要藥茶的秘方，這不是奪人生財之道嗎？這般缺德的事情總是讓他做，白起覺得心好累。

白起厚著臉皮去尋了薛掌櫃。此時，薛掌櫃正與薛鵬、鄭飛兩人商量著年後慶陽府那邊鋪子的安排。

元宵一過，薛鵬和鄭飛就要先啟程去慶陽府，鋪子的土地和宅子都已購置好，薛鵬和鄭飛要先過去打理。

薛掌櫃殷殷叮囑兩位後生，白起敲了敲門，薛掌櫃開門瞧見是他後，愣了一下，才擺開笑臉。「白小哥不是要與秦公子啟程回建康，怎會來尋老夫？」

白起嘴角抽了抽，乾脆心一橫，就將他來的目的說了出來。

「老掌櫃，若不是我家少爺被逼得無奈，我也不會這般厚著臉皮來要方子，放心，我們少爺絕對不會白要了這方子。」說著，白起從腰間解下荷包，雙手奉到薛掌櫃面前。

薛掌櫃有些為難，他是生意人，自然知道一道秘方對鋪子的重要。「白小哥，你暫且等等，這主意小老兒也拿不了，待我去問過大小姐再來回覆你，乞就委屈著先在這裡歇上片刻。」

如此正當的要求，白起又怎好拒絕，只好點頭應下來。「那有勞薛掌櫃了。」

薛掌櫃給薛鵬和鄭飛兩人使了個眼色，兩人客氣地陪著白起說起話來。

薛掌櫃有些頭疼，秦征的人定然是惹不起的，但這藥茶是大小姐親自配的方子。

薛掌櫃推門進入後院的藥房中時，陳悠正在裡頭替趙燁磊配藥。

見到薛掌櫃滿臉糾結的模樣，陳悠放下手中的草藥，走了過來。「薛伯，怎麼回事？」

薛掌櫃搖頭嘆氣。官大欺民，就算他們經商的錢再多有什麼用，遇到當官的，還不是得裝孫子！

「大小姐，方才秦公子手下的那位白小哥，來要咱們百味館那藥茶方子……這……」

「薛伯，就這件事？」

「大小姐，這可不是小事！這可是咱們百味館的生財之道！」薛掌櫃有些急。

陳悠微笑地拉著薛掌櫃走到書桌邊。「薛伯，不過就是一張藥茶的方子，有什麼大不了的，他們要就寫給他們便是。」

陳悠坐到桌前，就著桌上剛磨好的墨，迅速將那張方子寫下來，然後遞到薛掌櫃的面前。「薛伯，方子。」

薛掌櫃有些肉痛，那時候，多少人向他們百味館要過這藥茶的方子，他可是都未答應，卻被大小姐這麼輕易給人了。

「大小姐，真要給他們？」

陳悠臉上的笑容加深。「薛伯想要新的藥茶方子還不簡單，我這裡還有許多呢！咱們也不用在乎這一張。」

她什麼不多，就是藥方多得很，藥田空間裡的那些醫書，都是這個世界所沒有的，甚至還有一本她只匆匆瞥過一眼，專論藥茶之道。

薛掌櫃頓時一雙老眼放光。「大小姐說的可是真的？」

陳悠無奈。「薛伯，你何曾見我騙過人？」

「那大小姐怎不早告訴小老兒，咱們百味館可是有些日子未上新品了。」

陳悠有些慚愧，那時，她想著躲避自己的恐懼，就壓根兒沒有為百味館的未來考慮過。

陳悠只好搪塞過去，又應下一會兒就寫幾個新的藥茶方子，這才將他送走。

另一廂的白起在房中等得有些著急，視線頻頻朝門口瞥去，等到終於瞧見薛掌櫃，才鬆了口氣。

「薛掌櫃……這……」

薛掌櫃將手中的方子給了白起。「白小哥，大小姐親自寫的方子。」

白起展開看了一眼，而後欣喜且小心地摺好放入懷中，最後朝薛掌櫃深深行了一禮。

「這次多虧你們相助，白起和少爺定然都會記著各位。」

薛掌櫃帶著薛鵬和鄭飛將白起送到門口，瞧著他快步出了院子，這才回轉。

鄭飛有些不解。「薛伯，大小姐真就這麼將藥茶的方子給了白小哥？」

薛掌櫃點點頭，突然想起什麼一樣，不忘叮囑。「大小姐有時心軟，在方子上頭也不怎麼在乎，可她一個人不在乎，咱們可不能這樣，東家老爺那日與你們說的，你們還記著吧？若是真想在百味館中做下去，就得處處維護著百味館！」

薛鵬和鄭飛都急忙點頭。他們不傻，又都是精明的生意人，秦長瑞給他們那麼大的利益，他們不會傻到放棄。

鄭飛將白起落下的荷包遞給薛掌櫃。「薛伯，這是白小哥留下的。」

薛掌櫃接過，打開瞧了瞧，裡頭竟然是一千兩銀票。

「一會兒送給老爺吧！」

鄭飛接回荷包，恭敬地應「是」。

而白起將方子交到秦征手中後，秦征展開瞧了瞧，突然眉頭一皺，這細瘦卻蒼勁有力的字跡突然打開他記憶的窗，他腦中白光一閃，終於記起是誰的字跡了。

趙燁磊！

當年趙燁磊獲得殿試頭名，皇上將他的答卷在國子監張貼幾日。那時，他就對趙燁磊的字跡印象非常深刻。

「這方子是陳家大少爺所寫？」秦征冷聲問道。

白起不知道世子爺怎這個時候情緒有些不對勁，他恭敬答道：「並非陳家大少爺寫的，薛掌櫃去尋了陳家大姑娘，是陳家大姑娘親手寫的方子。」

秦征心口微微有些酸意，這種澀澀的感覺很是奇怪，讓他感到渾身不大痛快，低頭又看了一眼紙張上的字跡，秦征想到那日陳悠給他藥方時寫的字，那時他就覺得有些熟悉，不過卻未聯想到趙燁磊身上。

只要一想到趙燁磊手把手教陳悠練字，他心中一股莫名其妙的火就燒得他渾身不暢快，怒氣忍也忍不住。

白起在一旁瞧得心驚膽戰，卻不知世子爺為何滿面陰沈。

秦征突然走到桌邊，然後拿起青玉筆架上的毛筆，很快，藥茶方子就被謄寫了一份，他將這份謄寫的藥茶方子交給白起。「拿去給十三王爺，我們便上路。」

白起接過方子，瞧了秦征一眼，急忙去了。

秦征又低頭瞥了眼陳悠寫的方子，深吸了口氣，他將藥茶方子摺疊起來，放入隨身的荷包中。

秦征與十三王爺總算離開華州，而在華州城牆上，獵獵寒風吹著，秦長瑞一人立於其上，瞧著秦征一行人的車隊消失在官道，最後化為一個黑點。

藏在厚厚披風之下的雙手握成拳，秦長瑞的面上一片隱忍和不捨。

那個秦征到底是不是他們的孩兒？

一過年關，時光就似飛逝般，華州城上大大小小的鋪子接連放了鞭炮送年開張，華州城又恢復往昔的繁華熱鬧。

秦長瑞要忙慶陽府百味館開張的事，可又不放心趙燁磊一個人參加鄉試，便與家人商量，待到趙燁磊鄉試後，再啟程去慶陽府。

元宵過後，唐仲的保定堂也開張了，因去年底受到惠民藥局的打擊，今年初，華州許多藥鋪都直接關門易主了，一時間，華州城的藥鋪少了一半，加上藥源也一時供應不上，剩下的幾家藥鋪開與未開也沒甚不同。

只有保定堂仍是病患不斷，正月十六第一日開張就人滿為患，讓清閒一個多月的唐仲再次變得忙碌起來。

李阿婆現下的眼睛越發不好，現在是什麼針線活也不能做了，所以每日為了打發時間，也常去前堂幫忙，與大娘一起張羅唐仲和保定堂夥計們的吃食。

時光飛逝，轉眼第二日便是鄉試首日。這次華州鄉試的主考官是袁大人的舊識，秦長瑞本就與袁知州關係不錯，再加上陳悠救了錢夫人，袁知州對陳悠一家就更有好感。

有袁知州在旁說話，主考官大人是怎麼也不會為難趙燁磊。鄉試前一日，袁知州還親自送來他當年參加科舉所用的文房四寶。

鄉試這日，秦長瑞夫婦、陳悠、阿梅、阿杏還有陳懷敏親自將趙燁磊送到華州城的貢院，貢院外都是各處來應考的考生，趙燁磊拎著小竹籃，對他們笑著揮揮手，才轉身匯入考生的人流之中。

陳悠站在父母弟妹之間，瞧著趙燁磊高大挺拔的背影，在心中默默祝福他能夠高中，達成為父母洗刷冤屈的心願。

而後一家人回了百味館，秦長瑞還沒坐下歇一盞茶的工夫，唐仲就已急匆匆地趕來。

陳悠端著茶水出來，見到唐仲，奇怪問道：「唐仲叔，保定堂那麼忙，您怎這個時候過來了？」

唐仲見他們一家人都在，先緩了口氣，然後在陳悠不解的目光注視下，才開口道：「陳家大哥、嫂子，還有阿悠，天靜出事了！」

陳悠一驚，差點將手中的茶水傾倒出來。「靜姨出了什麼事？」

唐仲搖頭嘆氣。「我是中午剛得的消息，是她醫館裡的夥計急匆匆來向我說的，說是今早突然來了一幫人，將天靜帶走了。」

陳悠心中一沈。「靜姨素日仁心又是個大夫，京中還有劉太醫，究竟是誰會將她劫走？」

秦長瑞也想不出賈天靜會被誰劫去。

「那群劫走賈大夫的人是何模樣？」秦長瑞皺著眉頭問道。

唐仲將那夥計說的複述了一遍，秦長瑞與陶氏聽著越覺得不對勁，最後他們夫妻二人互相看了一眼，心中同時有了一個答案。

「唐大夫你且先回去，我們去向袁知州打探打探，一有消息便派人告訴你。」秦長瑞這般安撫道。

陳悠看了看唐仲，又看了看秦長瑞，也未多說。等到他們將唐仲送走後，陳悠疾步去秦長瑞的書房。

書房中，陶氏也在，正坐在書桌前寫著什麼，陳悠轉身關上門，快步走了過去。「爹、娘，有些事情我要與你們說。」

秦長瑞抬頭瞧著大閨女。「阿悠要說什麼？」

陳悠坐到兩人身邊，將賈天靜為何會在華州過年的原因說了。這件事她本不應該與父母說的，只是賈天靜遇到這樣的意外，陳悠覺得與京中劉太醫少不了干係。她雖精通醫藥，可對朝堂之事卻不清楚，秦長瑞可能也不大瞭解朝堂事，可他這幾年在外做生意，結識許多官員，總比她見多識廣。

「爹、娘，你們說這些人會不會是皇宮裡的？」

劉太醫是皇宮裡那位貴人的主治醫官，如果他也治不好那位貴人的病，十之八九就會連累賈天靜，而賈天靜莫名其妙被人帶走也有了解釋。

秦長瑞點點頭。「聽唐大夫描述，那些人的確是皇上身邊的御林軍，至於他們抓人的目的，多半是與劉太醫有關。」

陳悠目光一凝。「爹，我們該怎麼辦？」

「阿悠，妳莫要急，既然妳靜姨是因為要救人才被抓走，那段時日內必定沒有危險，我們遠在華州，想要快速知道建康城的消息可是天方夜譚。當務之急，應該先派人去建康城打探，如果真的是這樣，不可能一點風聲都打探不到。」秦長瑞理智分析道。

陳悠略想了想也點頭。「那我去告訴唐仲叔。」

「薛鵬和鄭飛也正要去慶陽府，順道讓他們其中一人直接去建康，待到阿磊大考完，我也立刻出發去一趟建康。」秦長瑞迅速作了決定。

安排妥當，秦長瑞又專門去袁府打聽消息，由陳悠直接去保定堂傳話。

陳悠將秦長瑞的打算與唐仲說了後，唐仲立即表示他要與薛鵬他們一起先去建康，如果真是為了治病這件事，他也是大夫，說不定能有什麼法子。

陳悠本想阻止，她不願意唐仲蹚渾水，這醫道一旦與官家沾了關係，可便沒有現在這般自在了。可是一想到唐仲與賈天靜這麼多年的好友，她心中也由衷希望兩人能在一起，於是她狠下心，不再說勸阻的話語，只叮囑他帶夠銀兩和路上保暖的衣裳，千萬要保重自己的身體，又讓唐仲莫要擔心，保定堂的一切後續事宜，她都會幫他打理好，李阿婆她也會照顧好的。

有了陳悠這個後盾，唐仲自然走得更加放心。

「唐仲叔，您先去，等阿磊哥哥這邊鄉試一結束，我與阿磊哥哥也會迅速趕過去，您可要小心照顧自己。」

唐仲抿了抿唇，點點頭。「阿悠，快些回家去吧，我明日一早將李阿婆送到永定巷去。」

陳悠不放心地又說了兩句，才匆匆告辭，上了由阿魚趕的馬車，離開了保定堂。

初春的清晨，還是涼意襲人，陳悠將身上披著的淺粉緞子毛披風緊了緊，不一會兒，永定巷的巷口就傳來清晰的馬蹄聲，陳悠帶著人迎上去。

馬車停下來，阿魚接過馬匹的韁繩，陳悠則到馬車邊掀開厚厚的氈簾，將裡頭的李阿婆小心扶了出來，隨後唐仲也跳下馬車。

「阿悠，怎突然要接阿婆來你們家住？」李阿婆不知道其中原委，老人家年紀大了，大家都不敢將事情告訴她，怕她擔心。

陳悠笑著挽著李阿婆的手，親密道：「當然是因為我想阿婆了，怎麼，阿婆難道不願意陪我一段日子？」

李阿婆用手拍了拍陳悠白皙的手背。「就數妳嘴甜，老實說吧，妳這丫頭，妳以為阿婆真信吶！」

「果然什麼事情都瞞不過阿婆，慶陽府那邊的鋪子要開了，爹娘緊接著都要過去，永定巷只有我一個人，就想接阿婆過來與我作伴。」陳悠撒嬌著說道。

李阿婆自是信了八分，將李阿婆扶到後院休息，陳悠便與父母將唐仲送到後院門口。那裡，收拾好行李的薛鵬和鄭飛還有六、七個夥計已經在等著了。陳悠將唐仲的包袱放到馬車上，然後從袖中取了一個信封出來。

「唐仲叔，這裡是五百兩銀子，您帶在身上，若是還不夠，便從薛叔那兒支用，總之，萬不能讓靜姨吃苦。」

保定堂生意雖好，可消耗也大，而且唐仲不是做生意的人，保定堂的帳目這幾年都是陳悠在管著，總是到了年尾，陳悠將帳目報給唐仲聽，他都懶得搭理。

保定堂開的是藥鋪，若不是昂貴藥材也賺不了多少銀子，與百味館一比，自是差遠了。這四年多下來，統共才存了五千多兩，這次全被唐仲帶在身上。而陳悠雖然管著帳目，其實自己並沒有私房，若是平日裡用的也都是直接在帳房支取，所以這五百兩銀子，還是秦征過年時給她的紅包，卻是拿不出其他了。

這個時候唐仲也沒時間與陳悠客氣，接了銀票後，鄭重頷首。「阿悠，我都知曉，妳便放心吧！」

陳悠與父母將唐仲、薛鵬和鄭飛等人送上馬車，瞧著馬車快速駛離永定巷，消失在視野中。

陳悠面色凝重，直到現在她才發覺手中沒銀子是真不行，看來以後她又多了件事做，便是賺銀子。

「阿悠，我們回去吧。」陶氏輕喚了一聲陳悠。

陳悠應了一聲，便攙扶著陶氏一起回到百味館中。

在去往建康的官道上，秦征在馬車中閉目養神，同時也在腦中想著這幾年來朝廷的變化，忽然想起他臨行前，陳悠給了他一封信。

從懷中摸出信封，當瞧見信中的內容時，秦征的手一抖，心中湧起驚濤。

信中竟然提到讓他提防十三王爺！再仔細瞧信中所寫，確實是這番意思。

陳悠說這封信是陳老闆給他的，為何陳悠她爹會懷疑到十三王爺？

當初他讓白起特意調查過陳悠一家，三代以內都是面朝黃土背朝天的泥腿子，就連陳家祖上都未出過什麼有些名氣的人物，芝麻官都沒當過。而陳永新未開百味館前，家中還窮得要賣女養兒。這次接觸陳永新夫婦，如果不是事實擺在眼前，秦征是怎麼也不會相信這對夫婦出身鄉野。

種種猜測讓秦征的眉頭不禁糾結起來，而後他吩咐在外頭騎馬的白起進了馬車，交代他讓阿北派人去盯著陳家。

在陳悠與父母的焦急等待下，鄉試終於結束了，接著便是放榜。

趙燁磊從貢院中走出來的時候，恰是夕陽正好時，金色的霞光灑在他的身上，掩蓋了他的半分病氣，讓他顯得分外意氣風發。

陳懷敏瞧見他朝他們走過來，高興地迎上去。「阿磊哥哥！阿磊哥哥！」

秦長瑞見他自信滿滿的模樣，也放下心來，看來這次鄉試是不用擔心了。

等趙燁磊拉著陳懷敏走到陳悠面前，陳悠將手中披風遞給他。「阿磊哥哥，快披上，還是早春呢，一會兒就要冷了。」

趙燁磊將留有陳悠手上溫度的披風披在身上，從頭至尾，他臉上淡淡卻由衷發出的笑意都在臉上，讓別人瞧了也會不自覺心情變好。

秦長瑞早安排在永定巷百味館擺了酒席，不過沒有請旁人，只是一家人在一起團聚。恰好，秦長瑞夫婦過年時也沒與孩子們一起吃年夜飯，這頓也算是補上了。

飯後，秦長瑞才將賈天靜的事情與趙燁磊說了，同時也將他與陶氏的決定告訴趙燁磊與陳悠。

現下趙燁磊鄉試已畢，就等著放榜，若榜上有名，次年就要參加會試。會試在建康城，到時取得貢士資格還會參加殿試，這些都要提前去建康準備。

慶陽府那邊已經等不及了，秦長瑞必須先過去，又怕陳悠在百味館中忙不過來，便想將阿杏和陳懷敏先帶過去，而阿梅有些離不開陳悠，便讓阿梅先跟著她。等放榜後，陳悠與趙燁磊再一同去慶陽府。

陳悠與趙燁磊想了想後，也覺得這番安排挺妥當，便都點頭答應下來。

陳悠不知道的是，趙燁磊心中卻為秦長瑞夫婦這個決定很高興。因兩個包子不在身邊，他與陳悠相處的機會便更多了。

秦長瑞夫妻在臨去慶陽府的前一日，分別將陳悠與趙燁磊叫到書房中說話。

陳悠自是沒什麼好交代的，只叮囑她照看百味館，有什麼事便讓阿魚送信給他們夫妻，他還給女兒一千兩銀子，讓她私用。

至於趙燁磊，日後是要涉入官場的人，秦長瑞作為一個官場老手，自然有很多事要交代他。中了舉後，後面的會試可不僅靠著一身才學就成的，官場的錯綜複雜，有些人浸淫幾十年都未必瞭解清楚。

趙燁磊在聽了秦長瑞的一番話後受益匪淺。

陶氏瞧了瞧眼前謙遜又溫潤的趙燁磊，道：「阿磊，你與阿悠暫且留在百味館，要替叔嬸嬸照顧好她，阿悠畢竟是閨女，就算是要強了些，也是總有一天要嫁人的。」

陶氏這席話充滿了暗示，讓趙燁磊頓時心跳得飛快，他急忙應是。「叔、嬸放心，我會照顧好阿悠與阿梅的。」

陶氏和藹地笑起來，上下打量了兩眼趙燁磊，才讓他出去了。

趙燁磊出了書房片刻後，秦長瑞端起放在一旁的茶盞，抿了一口，姿態雖優雅，面色卻不大高興。

陶氏將幾本常看的書收進書箱中，轉頭瞧見丈夫不大高興的樣子，不解地起身走到他身邊。「永凌，怎麼了？有何不高興的？」

秦長瑞看了妻子一眼。「文欣，妳想促成阿悠與阿磊？」

「怎麼了？阿磊對阿悠的好，你我可是都瞧在眼中，況且阿悠也到了成親的年紀，可不能一直拖下去。」

秦長瑞盯著妻子，而後嘆息道：「文欣，可是阿磊的身世……而且阿磊的病也不知什麼時候能夠根除，上一世他未娶妻，妳可還記得？」

「可是……」陶氏本想要說服丈夫，可是瞧見秦長瑞眼中滿滿的不贊同，生活這麼多年的兩人，怎麼會不知道對方心中的想法。

「文欣，你問過阿悠的想法沒？若阿悠只將阿磊當兄長看待，阿悠日後能幸福嗎？」秦長瑞一句話點醒了陶氏。

兩人在一起首先要考慮的便是當事人的感覺，許是趙燁磊在陶氏身邊這麼多年的緣故，導致陶氏的想法不自覺偏移了。在外人眼中，或許趙燁磊真的是陳悠的良人，他對陳悠滿心疼愛寵溺又關懷備至，可是感情這種東西不是用旁人的眼光來衡量的，是要靠當事人自己去感受。

而今陳悠有這個條件，婚姻不用受家族或是父母的牽制，為何不能將主權交到她手中，讓她選擇一個良人？

儘管陶氏已經領會到這些，可她還是不大願意放棄趙燁磊。「永凌，等孩子們都去了慶陽府，我便親自問問阿悠的想法。」

秦長瑞雖然當初決定收養趙燁磊，卻從未想過將陳悠嫁給他，並非是對趙燁磊有偏見，而是他更愛護自己的閨女。

秦長瑞也不再勸妻子，他知道，不讓陶氏問清楚，她心中便會一直惦記著。到如今，陳悠在他們心中的分量已經不亞於秦征了。

第四十四章

翌日，秦長瑞、陶氏還有阿杏、陳懷敏離開之後，百味館一下子變得清靜起來。

陳悠在華州並不忙碌，百味館有薛掌櫃管著，倒也不用她費多少心思。她在百味館中試了幾個新的藥膳方子和藥茶方子，給百味館上了新品。陳悠還抽空試著製作龜苓膏，想了好些能賺錢的法子，準備到了慶陽府就著手做。

陳悠有空又開始整理藥田空間醫書中提到的藥方子，這些日子，陳悠每日進一遍藥田空間，給自生藥田種下她所需要的草藥，而後便將這些草藥收集起來，這般反覆，藥田空間中已經儲存好些常用藥材。

雖然現在用不著，但是放在那兒，說不定就有了應急的時候，而且每日這樣，絲毫都不費事。

時光如梭，轉眼就過了一個月，停留幾個月的寒冷漸漸退卻，春天的氣息隨著春風吹遍華州城。

趙燁磊終於等來放榜的時候，放榜這日，恰好是二月二十日，也是趙燁磊的生辰。

陳悠正與趙燁磊出門看榜，還未走到百味館門口，就被來報喜的人攔住了。報喜官差是從衙門裡派出來的，早搶了頭幾名頒下的文書先一步奔到這些人家中討賞了。

永定巷的巷口一片鑼鼓聲，走在前頭一身暗紅官差服的當差，手中捧著一只紅綢，走到百味館門前。官差滿臉喜氣，好似高中的人是他一般。

「敢問陳家大少爺可在？」

趙燁磊心中雖激動緊張，但是面上還能保持鎮靜，他毫不扭捏地回道：「在下便是！」

而後就是官差的一片賀喜之聲。「恭喜恭喜，公子來日必定連中三元！」

陳悠聽了滿臉驚喜，趙燁磊竟然得了解元，這可是鄉試頭名！她連忙取了銀錢給送喜報來的官差。陳悠給的這錠銀子有三、四兩，官差得了高興，又對著趙燁磊說了好些吉利話，一旁瞧熱鬧的人聽到是中了頭名，也大聲恭賀起來。

陳悠撇頭瞧見趙燁磊臉上真切的笑意，也由衷為他高興。這麼些年，趙燁磊雖然也經常笑，可是笑容中總有陰霾，而現在他的笑是這般純粹暢快。

永定巷出了個解元，這是幾十年都沒有過的事了，就連那些鄰居們都奔相走告，薛掌櫃也是滿臉笑意。

薛掌櫃小聲在陳悠耳邊提建議，陳悠點頭。

只見薛掌櫃走到人群中高聲宣布。「為了慶祝咱們大少爺高中，今日華州城所有的百味館都免費一日，直到一日的藥膳賣完為止！」

趙燁磊捏著手中的喜報，他的手心炙熱得出了汗，轉頭看了眼笑咪咪的陳悠，眼睛亮得猶如天上的繁星。

阿悠，我終於有了能向妳表達心意的資本！

不過還沈浸在歡樂中的陳悠沒有注意到趙燁磊這璀璨又飽含感情的眼神。

消息像是長了腿一般，傳得飛快，還不到一日，就連在林遠縣的張元禮都知曉了。

趙燁磊與陳悠連夜將這個好消息派人送去給秦長瑞，他們也著手收拾東西準備去慶陽府。

放榜第二日，袁知州與錢夫人還親自來百味館拜訪賀喜，趙燁磊自然留了飯，這次鄉試能夠如此順利，也有袁知州的功勞。

袁知州問了趙燁磊接下來的打算，也是有心提點他兩句。

趙燁磊將他們要去慶陽府的事情說了，袁知州點點頭。「我早知陳老闆眼光長遠，沒想到他早已先一步想到了，明年便是會試，你早些去建康城打點才妥當。你雖中了解元，但你們家中在建康並無根基，後面會試可就只能靠你這一年多在建康的人脈和真才實學了。」

袁知州想了想，從袖口中掏出一封信。「阿磊，這封信你拿著，到了建康，便可拿著這封信去拜訪我的恩師徐大人，信中附有他的近況。」

趙燁磊沒想到袁知州竟然會這樣提攜他，甚至還為他引薦恩師。先不考慮袁知州的目的，單就這件事，袁知州這般看得起他，也值得趙燁磊好好感謝一番，他起身向袁知州鄭重行了一禮。

陳悠陪著錢夫人說話，這邊袁知州又與他細說會試的注意事項。

時間過得很快，轉眼就到了傍晚，陳悠與趙燁磊將袁知州與錢夫人送到永定巷的巷口，兩人才一道步行回百味館。

這個時候，正是夕陽迷人之時。趙燁磊心潮澎湃，而身邊又是自己珍惜的人，這一刻的生活如此美好，竟然讓他感覺到有一絲不真實。

光明大道就在前方，照著這個步伐走下去，他定能實現所有的願望！

深吸了一口略微清冷的空氣，趙燁磊渾身舒泰，然後他聽到陳悠的聲音說：「阿磊哥哥，你要用袁知州給你的人脈嗎？」

趙燁磊被陳悠拉回現實，他轉頭瞧著身側柔美的少女，多麼想將心中的想法和渴望立即告訴她，可是又怕太快而嚇到陳悠。

趙燁磊掩在袖中的手指動了動，他好想去摸一摸少女柔嫩白皙的臉頰，可理智還是讓他忍住了。他笑了笑。「阿悠是在擔心我還未入朝堂就被束縛住了嗎？」

陳悠點點頭，她雖然不大懂朝中現在的局勢，也明白如果趙燁磊接受袁知州的幫助，也就意味著站到袁知州這邊，而且袁知州給趙燁磊介紹的不是別人，是他的恩師。

還未入朝堂，就站了隊，這不是好事，雖然徐大人在某些方面真的能給趙燁磊便利，但是他們也不能這麼草率，畢竟他們沒有根基，更應該慎重決定，因為他們只有一次機會！

趙燁磊很感動，因為陳悠竟然這般為他著想，甚至都考慮到這一層。

「阿悠，妳放心，現在咱們還不清楚局勢，等我們到了建康，詢問叔、嬸的意思後，再作決定。」

「阿磊哥哥能這樣想就好，這樣我就放心了。咱們快些回去，將華州這邊打理好，我們就立馬上路。」

與百味館的薛掌櫃商量過後，陳悠與趙燁磊準備三日後就啟程。

秦長瑞與陶氏走時，就將阿魚和阿力留在華州照顧陳悠與趙燁磊，現在阿魚阿力正好與他們一路，陳悠又不放心將李阿婆一個人留在華州，便帶著李阿婆一起去，不過，這樣的話，行程就要慢些了，所以他們才要提前啟程。

就在陳悠與趙燁磊商議好啟程的時日，慶陽府與建康城的信恰好同時送來了。秦長瑞的信還是一句之前發的，而建康那邊來的信，日期比秦長瑞的遲幾日。

陳悠、趙燁磊與薛掌櫃在前院的小花廳內看信。秦長瑞在信中未提到什麼要事，只是讓幾個孩子好好照顧自己，還有一些帳目和事情交給薛掌櫃，另附上陶氏問他們幾時啟程去慶陽。

而從建康那邊來的信卻有兩封，一封是薛鵬的親筆、一封是唐仲寫的。陳悠先拆唐仲寫的那封信，信中說賈天靜被帶入太醫院，雖然還未出來，卻無生命危險，還提到若是必要的時候，他會去太醫院請命，去瞧一瞧那位宮中貴人。

瞧了這封信後，陳悠心剛放下一半，拆開薛鵬寫的信後，陳悠一顆心又提到嗓子眼。

薛鵬信中提到的內容竟然與唐仲描述得完全不一樣，他與鄭飛一起先去慶陽府，而後鄭飛留在慶陽府，他與唐仲趕往建康城。過了嵩州就是大魏都城，倒也不遠，唐仲很快就打探到賈天靜的消息，賈天靜確實是因與劉太醫的關係被抓到宮中給人治病，可半月過後，那位貴人的病症並無效果，反而愈加病重，皇太后便將罪責推脫到賈天靜與劉太醫這對師徒身上，要用他們師徒的性命洩憤。

若不是太皇太后攔著，只怕賈天靜十個腦袋此時都沒了。雖然有太皇太后護著，可是也不能一直這般僵持下去，唐仲救人心切，就自請進宮代替賈天靜。而這封信寄來的時候恰是唐仲進宮的時候……

陳悠腦筋一轉，便知道唐仲為何要隱瞞真相了。皇宮中的事情不是兒戲，可以說是危機重重，他雖然隻身進去為賈天靜解圍，卻不希望陳悠摻和進去，唐仲隱瞞她實則在保護她，可是陳悠怎可能眼睜睜瞧著唐仲陷入危險而不顧？在她最困難無助的時候，便是他幫助她守住了秘密，還無私地包容她。

趙燁磊瞧見陳悠的臉色瞬間變得煞白，嚇了一跳。「阿悠，怎麼回事？」

陳悠轉頭，眼神有些愣怔地看著趙燁磊，喃喃道：「唐仲叔進宮了……」

將手中薛鵬的信遞給趙燁磊，趙燁磊快速瀏覽後，眉頭也鎖了起來。「阿悠，妳暫且不要過於擔心，唐仲叔醫術精湛，定會化險為夷。咱們快些趕到建康去，再想想旁的辦法。」

趙燁磊知道現在他這番話很沒有說服力，可是除了這樣安慰陳悠，他覺得自己幫不上一點兒忙，他心中滿是懊惱，變強的決心也愈加強烈。

陳悠無意識地點點頭，其實根本沒將趙燁磊的話聽進去。因神經緊繃著，陳悠想要一個人靜一靜，好好想一想，她有些艱澀地扯了扯嘴角。「阿磊哥哥，我去房中歇一歇。」

翌日早春的清晨寒風料峭，百味館後院中新發芽的嫩枝上沾了露水，在天光下閃爍著耀眼的光芒，就像陳悠思考一夜後如明鏡一般的心一樣。

「嘩啦」一聲，陳悠的房門被她從裡頭打開，她走到院中，早晨的空氣清新中又藏著些微冷意，很是提神。經過一夜，陳悠臉上已不見昨日接到信時的恐慌和害怕，她面色淡然又平靜，就好像什麼事都沒發生過。

趙燁磊房中，他只著中衣站在半開的窗前，視線緊緊追隨院中那個淺緋色的身影，直到陳悠的身影消失在轉角，趙燁磊的眼神還怔著。

其實，在陳悠剛剛推開門的時候，他就已醒了，他昨夜並未睡好，一直記掛著陳悠，後來深夜躺在床上，也是在半睡半醒之間，院中只要有一點風吹草動，他便能立馬睜開眼睛。

原本他是想等著放榜後，就向陳悠表明心意，可他剛剛鼓起勇氣，卻橫插了這樣一件事，趙燁磊難免鬱卒。這個時候，顯然已錯過表白的最好時機，即便他心中後悔不已，也只能耐心等待下一次更合適的機會。

陳悠在帳房中匆匆用了朝食，又提筆寫了兩封信，將薛掌櫃尋來，把一些重要的事囑託給他。安排好這一切，她才起身去尋趙燁磊。

毫無意外的陳悠在書房中尋到了趙燁磊，他正端坐在書桌前看書，陳悠敲了敲開著的書房門。

「阿磊哥哥，我有事要與你商量。」陳悠端著盤子進了書房，走到趙燁磊身邊，將盤中的藥茶和三色糕放到他的案桌上。

其實趙燁磊心中早有隱隱的猜測，只是他不大想知道陳悠的決定而已，他們這般在一起相處的時光是這麼短暫，短暫到他都沒來得及表明他的心意。

趙燁磊心中有種衝動，他想不管不顧，現在就抓住陳悠纖細的手腕，將她拉到懷中，把他心中壓抑克制多年的感情毫無保留地展現在她面前，通通都告訴她！

可是，他膽小、他不敢……他怕這樣會失去陳悠。他喜歡得這麼小心翼翼，是這麼卑微，想要得到幸福，他就不容許自己失敗！

趙燁磊的心情壓抑到不行，端坐書桌前的身子也因為克制而僵硬著。

「這是我今早新做的三色糕，在林遠縣與一個大嫂學的，今兒還是第一次做，也不知好不好吃，阿磊哥哥你嚐嚐？」

少女天生帶著些冷意的聲線在趙燁磊耳邊徘徊，彷彿要撞入他的心中，他撇頭，用盡所有忍耐，才將眸中那絲渴望的纏綿抹去，他淡淡笑了笑，只是配著他略顯蒼白的俊顏讓人有些心疼。

「阿悠怎麼想做三色糕了？」說著，從善如流地將切成小塊的糕點撚了一塊送進嘴裡。

鬆軟甜香的三色糕入口，趙燁磊卻只嚐到了苦澀。

「臨中午的時候恰好沒事，便做了些。」陳悠在趙燁磊身邊坐下。

趙燁磊抿了口藥茶。「阿悠有什麼事要與我說的？」

陳悠瞧著趙燁磊鄭重道：「阿磊哥哥，我要先去建康城，我不放心唐仲叔和靜姨。」

趙燁磊心中已有數。「阿悠，我不同意，妳這般不管不顧地趕去，若是出了什麼事，讓我如何與叔、嬸交代。」

趙燁磊還是第一次這麼堅定拒絕陳悠的要求，他與唐仲的想法是一樣的，都不想她摻和到皇家的事情。

想要救唐仲與賈天靜，陳悠只能自己親自出手！而這樣站在如此突顯的位置上，就如同高高掛起的箭靶子，危險重重。

陳悠放軟了聲音。「阿磊哥哥，我知道你擔心我，可我怎麼能看著唐仲叔隻身陷入危險？到時候，唐仲叔如果也沒辦法醫好那位貴人，恐怕連太皇太后都保不住他們了。」

「就算妳去了，妳就能保證醫治得好？」趙燁磊一激動，話中難免就帶了怒氣。

陳悠被他這一吼，瞬間低沈下來，書房內安靜良久，她才低低緩緩難過地說道：「可是……如果我不去，唐仲叔和靜姨或許連最後的機會都沒有了，如果他們因此喪命，我一定會內疚一輩子。」

她抬起一雙濛濛的水亮大眼瞧著趙燁磊，裡面滿是堅決和誠摯的懇求。「阿磊哥哥，我不想做讓自己後悔的事情，生命只有一次，我不要在多年過後，去後悔自己現在的懦弱而錯失了救唐仲叔和靜姨的機會！」

趙熚磊被陳悠一雙水眸猛然撞進心中，他怔了怔，發現自己竟然狠不下心來拒絕她提出的任何要求，最終趙熚磊還是妥協了。

陳悠長長吁了口氣，其實不管趙熚磊答不答應，她都要先趕去建康城，唐仲的事情可不能拖下去。趙熚磊能理解她當然更好，若是不同意，她也會有別的安排。

「阿磊哥哥，我先走的話，阿梅與阿婆就要託你照顧了。」

「放心吧，我會照顧好阿梅與阿婆，妳將阿魚和阿力帶上，路上定要小心。」

陳悠謝過趙熚磊，快速出了書房。只剩下趙熚磊一人獨自坐在書房中，苦苦笑了兩聲，怎麼也沒想到，這麼快，他就要與陳悠分別。

陳悠得了趙熚磊的允許，準備得很快，收拾了一些必要的東西，下午便帶著阿魚、阿力與另外兩個護衛上路了。

他們輕車簡行，速度要快上許多，只可惜陳悠不會騎馬，不然還能更快些。

而趙熚磊安排好他們要回慶陽府的行程後，又幫著打理一些保定堂的雜事，忙得抽不開身。當張元禮找上門的時候，他還在核算保定堂藥材的進出獲利。

張元禮已是舉人，同樣要參加明年在建康舉行的會試，他們同窗早就在林遠縣時相約好了，現在張元禮來尋趙熚磊倒也不奇怪。

張元禮跟著薛掌櫃進了後院，薛掌櫃上前敲了敲門，趙燁磊的聲音在書房內響起來。「進來。」

趙燁磊從帳目中抬起頭，就見到多日不見的好友，終於露出一絲笑容。「元禮，你怎麼來了？」

「阿磊，還未恭喜你中了解元。本想放榜那日就趕來恭賀，被祖父交代的事情絆住了身，未來得及，阿磊莫怪！」

「元禮，快坐，我怎會怪你。」

薛掌櫃已吩咐夥計上了茶水。

兩個好友聊了好一會兒，張元禮才奇怪地問道：「怎未見陳家妹妹？」

趙燁磊無奈地苦笑一聲。「阿悠昨日已趕去建康了。」

張元禮放下手中茶盞，不解地看向趙燁磊。趙燁磊便將賈天靜與唐仲的事情與張元禮說了。

張元禮聽了也是吃驚不已，他想了想道：「在京中我也有一二熟人，許是可以幫上點忙。」

「那就有勞元禮了，說實話，我也擔心得很。」趙燁磊眉心顯出一道溝壑，面上同樣也憂色盡顯。

張元禮瞧著趙燁磊這模樣，暗裡皺了皺眉頭，他張了張口，像是要說什麼，可見趙燁磊的臉色又不忍打擊他，最後還是下定決心，將自己的疑惑問出來。

「阿磊，你難道喜歡陳悠？」

被說中心事的趙燁磊心口猛地一沈，而後吃驚地瞧著張元禮，最後自嘲地輕笑一聲，苦澀地點點頭。

張元禮舒展的眉頭也一下子緊皺起來。「阿磊，有些事我說了，你或許不想聽，但我還是要說。」

張元禮帶著些怒氣，盯著趙燁磊緩緩開口，明明是清朗的聲音，卻像是鋼針一樣扎進趙燁磊的身體，針針陷進血肉，直通五臟。

「阿磊，你告訴我，你養父養母可與你提過你與陳悠的婚事？」見趙燁磊沒有回應，張元禮冷哼一聲。「陳悠年紀也不小了，過了年已十六，若是成家早的姑娘，在夫家已有孩兒。阿磊，你這般喜歡陳悠，你養父母又豈會不知？可他們卻從未與你提過這件事，他們是根本沒有想過將親女兒嫁給你！說句不好聽的話，你在他們眼裡，到底只是個養子，寄人籬下，他們又怎會真的將掌上明珠交與你呢？」

趙燁磊滿臉難過，他在想，那一日秦長瑞與陶氏對秦征的殷勤。他真的很喜歡、很喜歡陳悠啊！他會努力給陳悠幸福，給她最好的，為何叔、嬸從未考慮過他？

「阿磊，你還有你父母的冤情壓在肩頭，你怎能為了兒女情而忘了孝義！你當初能夠逃出來，可是你母親用性命換出來的，這些難道你都忘記了嗎？」張元禮一聲比一聲犀利。

趙燁磊幾乎被這些話壓得喘不過氣來，張元禮見好友已受不了，他緩和了語氣。「阿磊，像我們這種人，變強大唯一的辦法便是涉足官場，位極人臣，到時權力捏在手中，你還需要擔心冤屈不能伸？想娶的女子娶不到嗎？」

張元禮的話就像是個燒紅的烙鐵，突然烙在趙燁磊最軟弱的心口。

「阿磊，只有你變強大了，才能輕而易舉拿到你想要的一切，這便是這個社會的法則，永遠是強者的世界！」

趙燁磊艱澀地扯了扯嘴角。「元禮，你放心，我會的。」

晚間，趙燁磊將自己關在房中，在黑暗中想了一夜。

父母與他分開時聲淚俱下的叮囑、陳悠的音容笑貌、秦長瑞夫婦對他的教導……全部在他的腦中徘徊，讓他的心亂成一團，直到第二日一早，他才勉強壓下心中這些雜亂的情緒。

因著要趕行程，趙燁磊與張元禮第二日就要出發去慶陽。去慶陽府的一應行李和隨從早已安排好，現下只不過一路上多了張元禮而已。

李阿婆牽著阿梅上了馬車，張元禮與趙燁磊卻未坐馬車，而是騎馬走在後頭，兩家人馬並到一起，頗像是個小型車隊了。

另一廂的陳悠幾乎是馬不停蹄地趕到建康城，途中十來日，日日只要天光微亮，他們就啟程出發，甚至是路經慶陽府，陳悠也只不過派阿魚去與父母打了個招呼。

等到薛鵬在建康城北門接到她的馬車時，都有些不敢相信，大小姐竟然在短短時日內就趕來了。

建康城不愧是大魏京都，繁華遠在華州城之上，位於內城的皇宮更是華麗又壯觀，可是陳悠此時根本無心欣賞大魏首都讓人眼花撩亂的美景和繁華，她現在只想好好睡一覺，然後打起精神來思考唐仲與賈天靜的事情要怎麼處理。

薛鵬也發現陳悠臉上的疲憊。「大小姐先好好休息一晚，明日一早我就來與大小姐說唐大夫的情況。」

陳悠感激地朝薛鵬點點頭，之後，她回到薛鵬在建康臨時置辦的小宅子裡，昏天暗地睡了將近六個時辰，方被外頭一個婆子敲門的聲音喚醒。她揉了揉眼，撐著痠軟的身體起床，才發現已是第二日辰時了。

薛鵬體貼地尋了個手腳乾淨的婆子來伺候陳悠，泡了杯醒神的茶水飲著，一夜的好眠已讓她恢復大半，只是身上還是痠痛，不過這個也無妨，等她配了方子，喝上幾碗湯藥，兩、三日就能好了。

來照顧她的婆子傳話，說薛鵬已在書房中等著她了。

陳悠應了一聲，讓婆子照著她方才的法子泡了藥茶給阿魚、阿力和幾個同她一起來的夥計送去，就轉身快步去薛鵬的書房。

「薛叔！」

「大小姐快坐。」

陳悠坐到薛鵬的對面，急著問道：「薛叔，唐仲叔他們在宮中的情況怎樣了？」

自唐仲進宮代替賈天靜後，自是不能再送信出來，薛鵬花了千兩銀子才買通一個經常出來採辦的內侍，從他那裡瞭解到唐仲的一些情況。只是情況不樂觀，患病的貴人身體日漸孱弱，而唐仲新開的方子也無絲毫用處，病患只是在乾耗著，若藥方或者治療措施沒有改變，那位貴人根本就撐不了多久。

陳悠聽到這個消息心裡一沈。就算能打探到唐仲與賈天靜在宮中的消息，但她在宮外也於事無補，救不了他們不說，難道還要眼睜睜瞧著他們再次觸怒太后？

陳悠不瞭解這個病患的情況，若是想要幫助賈天靜和唐仲，她唯有進宮看診。

「辛苦薛叔，情況我都知道了。」

薛鵬怕她衝動，繼續道：「大小姐，老爺大約後日就到建康了，到時候有老爺出手，唐大夫與賈大夫都不會有事的。」

陳悠自有一番想法，她不能將所有希望都寄託在親爹身上，況且每個人都不是萬能的，就算是當朝皇上，也有做不到的事情。

陳悠回到房間，阿魚就立即來彙報他今早出去打探的消息：皇宮中重病的人是已出嫁十多年的長公主——清源公主，魏延意。清源長公主是當朝皇上的親妹，由太后娘娘所出，比當今聖上小八、九歲。夫家是京中世家姜家，姜家尚武，世代忠義，又是從前朝就延續下來的，所以地位超然，娶大魏朝最為尊貴的金枝玉葉也配得起。

清源長公主婚後生活美滿，與姜家嫡長孫姜戎琴瑟和諧，十多年夫妻感情還是甚篤，讓外人羨慕不已。清源長公主已過三十，唯一的遺憾就是只誕下一個小公子，早已被皇上封了郡王。

小郡王出世後，就再也沒懷上過，去年年底，清源長公主沈寂十來年的肚子突然傳出喜訊，說是被診出喜脈，這一喜事瞬間就傳遍整個皇宮和姜家，姜戎自然也是興奮非常，就連皇上和太后都替清源長公主高興，連日裡賜下許多寶物和安胎的靈藥，皇上甚至還親自去姜家探望親妹，關懷備至。

宮中太醫連連被派去姜家給清源長公主保胎，儘管如此小心，在胎兒五個月的時候還是出了紕漏，好好養胎的清源長公主突然出現腹痛難忍的情況，將身邊長年侍奉的女官嚇個半死，連忙派人去宮中告訴太后。

太后急忙派最好的太醫趕去姜家，長公主的胎終於穩定下來，可是太后卻不放心清源長公主待在姜家，便下了懿旨，讓清源長公主搬去宮中在太后身邊養胎，由照看太后身體的杜太醫親自照顧。

不過，噩耗卻接連而襲，清源長公主的身體本就不大好，又有積年陳疾，腹中孩子的狀況越來越不好，最後杜太醫實在無法，只好與太后建議，將長公主體內的胎兒拿掉。

這件事被清源長公主知道後，竟然不顧臥病在床，親自跪在太后面前相求，不管如何，只要有一絲希望，也要將孩子保下來，這是她與夫君好不容易才留下的骨血，是她盼了十多年的孩子，她不能眼睜睜失去他。一旦失去這個孩子，她覺得這輩子都不可能再懷上了。

清源長公主是這麼堅定，她的堅決讓皇上和太后也動容，不忍讓她再傷心。皇上甚至下了聖旨，要求整個太醫院都盡最大努力保住長公主與她腹中的孩兒。姜家為此同樣感動不已，姜戎被太后特許留在宮中照顧長公主。

不過，上天好像特意與清源長公主開了一場玩笑。即便有最好的大夫、用之不竭的名貴藥材，清源長公主腹中的孩子仍然沒能保住，就在元宵前後，還是流產了，隨後劉太醫被推上主治之位，後面的事情陳悠也都知曉了。

清源長公主失去了孩子，根本不配合治療，身體每況愈下，即便有姜戎在身邊，清源長公主還是缺乏求生意志。皇上還張貼過皇榜，求名醫進宮醫治長公主。不過事關皇家私密，具體情況，皇榜中卻是隻字未提。

陳悠正考慮要不要等秦長瑞來再商量，便先讓阿魚再去打聽消息。陳悠回到房中，房門關上反鎖，默唸靈語就進了藥田空間，直奔向小院，而後翻出她現在所有能看的且關於婦科的醫書。

陳悠在藥田空間中待了一個多時辰，這才出來。她長呼了口氣，將自己做的手札放在桌上，琢磨著清源長公主的病情。

但是沒有見到病人，未能親手診脈，她現在做的全部都是空的，要想治好病患，她必須得親自接觸才行。想到這裡，陳悠又是滿面憂色，希望唐仲能將清源長公主治好。

剛從房中出來，阿力就小跑著來尋她。「大小姐，秦公子在前院等著妳。」

陳悠有些訝然，她來建康不過才第二日而已，根本未派人通知秦征，秦征怎麼就找上了門？

儘管有些驚訝，但陳悠還是快步去前院，她還欠著秦征的人情，秦征可以說是她的「債主」，而且秦征的身分不一般，說不定可以透過他打探到一些唐仲和賈天靜在宮中的情況。

秦征坐下沒多久，薛鵬陪著喝了半杯茶，陳悠便過來了。

他這次出門並未帶多少手下，只有白起與一個年輕高瘦的男子陪著。

陳悠瞥了一眼，這個男子陳悠並未見過。而在陳悠看向秦征這邊的時候，這個年輕男子也同樣在打量她。

「秦公子，怎麼這個時候來了？」陳悠坐到薛鵬這邊。

秦征笑了笑，平日裡經常冷著的臉一旦笑起來，有如冰雪初融。他將手中的信封交給白起，而後白起捧著信封走到陳悠面前遞給她。

「唐大夫在宮中的消息！換一個要求，可值得？」

陳悠眼瞳猛然睜大，隨後又釋然，秦征本就不是普通人，如果他想盯著一個人，她的一言一行又怎能瞞得住？

瞧著白起手中那封厚厚的信，陳悠還是無奈地妥協了，從白起手中接過信。「秦公子還是一如既往瞭解人心，只是我也還是那句話，我從不答應我做不到的事，答應的事情我也只能盡力而為，若是實在辦不了，您也不能怪我。」

「放心，這個秦某自是知道的，陳大姑娘也大可不必想太多，秦某讓妳做的事情，對別人來說或許不可能，但是對妳來說卻是輕而易舉的。」

陳悠微微皺著眉頭看向秦征，他俊逸倜儻的五官毫無瑕疵，明明一張臉笑起來要比冷冰冰的樣子好看百倍，她卻很少看到他的笑容。

陳悠意識到自己有些失神時，時間已過片刻，她尷尬又慌張地移開視線，心中一驚，她剛才竟然被秦征的眼神給吸了進去。

「那便希望秦公子能將您剛才的話一直記在心中。」

秦征眉尖揚了揚。「若有什麼難處，便託人去毅勇侯府尋白起，妳既然答應我一個要求，我也會幫妳排除障礙。」

在陳悠的印象中，秦征一直是個信守承諾的人。

親自將秦征一行送到門口，陳悠才折返。

而方才與白起一同站在秦征身後的年輕男子，低聲與白起道：「爺心心念念的就是方才那位姑娘？」

白起點頭。「怎麼，不用，看出什麼來了沒？」

這位便是秦征身邊留在建康打理侯府事宜的不用。他心思縝密，善於觀人，只要是從他手中挑的人，從沒有出過紕漏，白起他們私下裡稱他「毒眼」。

不用搖搖頭。「這位陳家大小姐總給我一種不一樣的感覺，可是我一時又說不上來。」

白起一聽就幸災樂禍了。「你不是說你擅長五行八卦，平日聽你吹得神乎其神，怎麼這次沒用了？我看你啊，就是一個神棍！」

不用冷冷看了白起一眼，瀟灑地跨上馬，馬蹄一抬，揚了白起滿身灰。白起氣成黑臉，心中憤憤道：這小子，跟在世子爺後頭時間長了，也被傳染那副冰冷的脾氣。

騎在馬背上的不用卻濃眉緊蹙，右手五指微動，而後臉色更是一沈，他竟然算不出陳家大小姐的命格。

一氣分陰陽，陰變陽和，化生五行，五行相生相剋，按說每個人都有自己的命格，雖然後天命格會受很多因素的影響，但透過生辰八字不會是一片混沌，什麼都算不出來。

除了陳家大小姐，他還遇到過一人，便是金誠伯府的嫡三小姐，同樣算不出命格。這種連命格都算不出的人，命中變數太大，甚至會影響到身邊的人，他們要儘量少接觸才行。

可是……金誠伯府的嫡三小姐是皇上屬意要賜給世子爺的未來世子妃，而這個陳家大小姐又是世子爺有意思的對象。想到這裡，不用覺得很苦惱，他雖精通周易，在一定程度上能夠趨吉避凶，可是在這般大的變數面前，世子爺的命格也越來越模糊。

不用不是個喜歡變數大的人，他習慣做什麼事情都有條理、有規矩的，甚至是喜歡將一切掌握的人，簡單來說，就是個超級強迫症患者……

侯府越來越多的變數讓他極度不安，他有些擔心地看了秦征一眼，而後抿唇繼續沈默。

稍晚，阿魚回到府中，告知陳悠並沒有打探到多餘的消息。反倒是秦征給的那信封，詳說了清源長公主的事情。

清源長公主現在的情況一點也不好，若是再嚴重下去，就會危及到性命。姜駙馬衣不解帶守在長公主床邊照料，若是長公主真的出了什麼事，恐怕姜家嫡長孫也活不下去了。

秦征信封中對清源長公主的事情雖詳細，卻沒有長公主的病情紀錄，也沒有長公主近兩日的情況。

細細將信中內容看過後，陳悠將信扔進火盆中，想要救治長公主還是唯有進宮一途才成。以皇上和太后對長公主的重視，她的診病紀錄定然保存得重中之重，就算秦征出手，也不是那麼容易弄到手。不但如此，她若是拜託秦征，說不定還會讓他為難。

陳悠不知道，在不知不覺中，她竟然已經開始為秦征著想。

度日如年般等了一日，天色才剛剛暗下，阿北卻騎著快馬尋到陳悠所住的院門外，將一封信親手交給陳悠。「陳大姑娘，少爺讓屬下親手交到您手中的。」

顯然是來得太趕，阿北還喘著粗氣。

陳悠接過信封，都來不及請阿北進來坐坐，就情急地拆開信，信中的字很少，只有龍飛鳳舞的幾行。陳悠不是第一次瞧見這字跡，自然知道是秦征親手寫的。

信中意思明瞭：唐仲未能在規定時間內讓清源長公主的病有所好轉，太后一怒之下，要將他與賈天靜師徒一起斬首！

這消息猶如晴天霹靂，陳悠覺得自己眼前一黑，就快要暈過去。

「少爺讓我告訴陳大姑娘，要是有什麼需要幫忙的，便直接對我說。」

薛鵬這時才反應過來，急忙請阿北進來。

陳悠捏著手中的信，一時間心中一團亂麻。她渾身有些僵硬地跟著薛鵬進了前院的小花廳，此時她心中只有一個念頭，一定要救下唐仲與靜姨。

薛鵬也很著急，這老爺還沒來，如果大小姐衝動作了什麼決定，他又該怎麼辦！

阿北在廳中坐著，喝了口茶，眼神時不時地看向陳悠，等著她的決定。

「大小姐，您先別著急，就算唐大夫已陷於危難，但朝中不管是獲了什麼罪責，總有個章程，不急在這一晚，等明日老爺來了，咱們再一起想法子。」薛鵬勸道。

陳悠此時根本什麼話都聽不進去，她並非一丁點理智也沒有，他們能等，可是唐仲等不了，長公主的病等不了！唐仲與賈天靜都是因為長公主的病才遭受牽累，只有讓長公主病情好轉，才是救唐仲與賈天靜的根本，否則旁的法子都不現實。

而薛鵬則是因為擔心她摻和其中，不但沒救出人，反而受了連累，這些她都知道，可是如果她不去，唐仲與賈天靜就真的沒有活路了。她能理解唐仲為什麼那個時候冒著生命危險也要進宮為清源長公主看診，他與她現在的心情是一樣的。

陳悠長吐出了口氣，在房間長時間的安靜過後，她清晰又有些顫抖的聲音響起來，鑽進每個人的耳中。

「我要進宮！」

「大小姐！您聽我說，您現在千萬不要激動……」

「不用說了，薛叔。你說的我都知道，但若是我不進宮試一試，我會後悔一輩子的。再說，長公主的病症，我不一定治不好！」

陳悠的話斬釘截鐵，帶著一股堅決，讓薛鵬怔住，突然說不出攔阻的話。若是有一日薛老掌櫃出了事，只要有一絲能救他的機會，他也會如今日的陳悠一樣毫不猶豫。

阿北帶著些吃驚地瞧著陳悠，放下手中的茶盞。

面前堅定的少女給他一種不一樣的感覺，以往見到的女子大多是溫室中嬌柔的花兒，美則美矣，可只要稍用勁，便會彎折。而陳悠卻像山中青松，就算外界有再大的壓力，她也能堅定信念去面對，挫折只會讓她成長得更快，最終獨綠高崗。

陳悠一旦作了決定，便會盡力朝目標去努力，除非是有什麼不可抗力的因素，她絕不放棄。

她轉頭看向阿北，鄭重道：「阿北，麻煩你問問你們家少爺，可否幫我進宮。」

阿北站起身。「陳大姑娘稍等，我這就回去回報少爺。」

陳悠點頭，朝阿北屈了屈膝。「多謝了！」

阿北連忙扶起她。「陳大姑娘，莫要這般客氣，我不過是奉少爺之命。」

瞧著阿北騎馬如風一般消失在黑暗中，陳悠長吐一口氣，連忙回房間準備藥箱。因為不知道哪些草藥會用到，她只能儘量準備，還有在藥田空間中瞧的那些方子，也要一併帶上。

等到陳悠收拾得差不多時，阿北才折返。

阿北給陳悠帶了消息，說秦征明日一早會來這裡接她，將她送入宮中，只是秦征也只能將她送到重病的長公主身邊，旁的就只能靠她自己了。

儘管這樣，陳悠已經非常感激了。在建康，他們毫無根基，秦征能這般幫著她，已算是賣了很大一個人情。

陳悠親自將阿北送走，而後交代薛鵬一些事情，便獨自在房中看她這些日子記下的手札。手札看過一遍後，陳悠又去藥田空間找了許多有關婦科的醫書，直到下半夜，才匆匆寐了一個時辰。

毅勇侯府書房，秦征同樣還未歇下，他書案旁擺著一疊厚厚的公文，一個時辰過去了，卻未見秦征翻開一本。

他右手中摩挲著一塊形狀奇怪的玉，正是除夕夜陳悠本要留給自己的「福娃」。秦征視線轉移，落到手中的玉上，因為經常放在手中把玩，玉身通透光滑，還帶著他手心的溫度。

白起送消夜進來，見到世子爺又不正常了，頓了頓，走到秦征身邊，將托盤中的人參雞湯端到他的案桌上。「夜深了，世子爺喝些湯暖暖身。」

秦征彷彿沒見到白起一般，視線都未移開。

「既然世子爺擔心陳大姑娘，為何又要送她進宮？清源長公主的病，可是連院使大人都束手無策啊！」

秦征將那塊玉收起。「那是她自己的選擇，如果她不走這一遭，定會抱憾終身，我又何必攔阻？」

秦征沒說的是，其實他相信陳悠能夠醫治好長公主，沒有為什麼，只是單純的一種信任而已，就算陳悠不能做到，他一樣有辦法讓陳悠安全脫險，當然，這都是後手了，就連白起他都未提過。

白起沈默下來，他偷瞥了眼秦征，不免有些擔心，世子爺好似真的陷進去了，這不是好事……

可這時候白起又不敢勸秦征，他眉心皺著，只能默默嘆氣。

第四十五章

還未到雞鳴，陳悠已經不安地甦醒，左右睡不著，將東西又點了一遍，去前院小廳中候著，便聽見院外馬蹄聲響起。

阿魚疾跑著進來。「大小姐，秦公子已在外面等著了。」

陳悠點頭，起身出了小廳，阿魚跟在她身後提著藥箱。

白起站在馬車邊，親自扶著陳悠上了馬車。

當瞧見馬車內端坐著的秦征時，陳悠怔了怔，才有些不自在地坐到秦征的對面。

很快地，馬車就緩緩行駛起來，離黎明還有一線，正是一日最黑暗的時候，但馬車中掛了燈籠，讓這封閉的方寸之地顯得一片溫暖。

行了一段路，秦征才放下手中書本，他眼眸微抬，看向對面的少女。「陳大姑娘，妳好似很緊張？」

陳悠緊了緊自己的雙手，她確實很緊張，其一她從未來過宮中這個權力中心，且醫治的不是旁人，而是身分尊貴的清源長公主；其二唐仲與賈天靜還在生死之間徘徊，只有她成功才能保他們性命無虞，這是只許成功不許失敗的一件事；其三她確實因為與秦征同乘一輛馬車，才有些不受控地心跳加速。

「我……的確很緊張……」陳悠本不想承認，可她到口的話音都是顫抖的，根本就沒有絲毫的說服力。

秦征低沈地笑了一聲。「不論做什麼事，平常心才是最重要的，清源長公主若是卸下身分，也不過就是一名普通病患而已，妳若是盡力，我相信妳定然能做到。」

秦征的話出乎意料的竟然有一股安定人心的力量。

陳悠深吸了一口氣，頷首。「多謝秦公子的信任。」

秦征笑了笑，昏暗搖曳的燈火下，那笑容的力量和溫度彷彿能直達人心。

錦上添花不算什麼，雪中送炭才叫珍貴。陳悠此時覺得，秦征這個人除卻外表的冷漠之外，竟是這般溫暖人心，甚至讓她的心忍不住跟著悸動，秦征的安慰令她的心弦不再緊繃。

陳悠幾乎一夜未睡，而去宮中又「長路漫漫」，馬車裡放著暖爐，暖意蒸騰下，陳悠心弦一鬆，竟然靠著車壁睡了過去。

大魏建康國都道路四通八達，大塊青石板鋪成的路面平整又堅實，馬車輾在上頭，除了車輪聲，出奇的平穩。

秦征瞧見對面少女毫無防備的嬌美睡顏，起身將自己身後枕墊輕輕墊在陳悠身後，又將自己的黑狐裘蓋在她身上。

有些微顛簸的睡夢，陳悠卻覺得格外香甜，周身暖意融融，鼻尖有股淡淡好聞的清香味，這味道她覺得格外熟悉，可是迷糊睡夢裡，她卻怎麼也想不起來這是什麼味道。

到北門了。」

馬車突然停下，秦征急忙替陳悠擋住衝力，外面白起的聲音緊接著響起來。「世子爺，

「給他們權杖。」

白起在外頭應了一聲。

陳悠被這個小插曲徹底震飛了睡意，等她從迷濛中反應過來，才發現她居然靠在秦征身上。理智恢復的剎那，秦征身上的一切感覺和味道就像是潮水般湧入，侵吞著她的感官和一切思維，有一瞬間，陳悠甚至覺得自己不能思考。等清楚意識到眼前是什麼情況時，陳悠幾乎是狼狽地推開秦征。

秦征沒想到她這麼大的力氣，被猛地一推，竟然跌坐回馬車內的榻上。盯著陳悠焦急又無措的樣子，秦征卻忍不住低沈地笑出聲來。

陳悠瞬間臉熱得要冒煙，瞧著自己身上厚厚的狐裘，還有身後軟軟的靠墊，直到現在，她才想起來，自己是在馬車上睡著了……

知道真相的陳悠此時真想找個地洞鑽進去。「秦公子，方才是我莽撞了，真是對不起。」

秦征的心情好似因為陳悠一連串動作變得好起來。「既然我都被妳撞了，妳再叫秦公子是不是顯得太過生疏，我長妳四歲，不如叫秦大哥吧。」

這稱呼沒什麼不妥，陳悠從善如流地喚了一聲秦大哥，反而化解方才在馬車中的尷尬。

陳悠將狐裘還給秦征，後面的時間兩人便在馬車中安靜坐著，秦征偶爾會與陳悠說兩句話，時間過得飛快，等馬車到宮中內門的門口，天色也亮了。

內門一律不讓外臣馬車在內行駛，秦征與陳悠只能下馬車步行，直至走到了一座恢宏的宮殿前，宮殿門口守衛森嚴，秦征停下腳步，轉身對陳悠交代道：「阿悠，我就只能送妳到這裡了，妳行到殿門前，會有人接引妳，接引的嬤嬤姓水，她會帶妳去長公主養病的留園。萬事都要小心！」

陳悠長吐了口氣，心情又開始緊張起來，哪裡還有心思在意秦征對她稱呼的改變。

後宮沒有特令，外臣和宮外男子是不能隨意入內的，就連秦征也不行。他站在殿外的廣場，長身玉立，一席黑色狐裘在冷風中翻飛，但是黑亮深邃的眼眸卻溫柔地看著那個纖細窈窕的身影。

陳悠跟在水嬤嬤身後，走到拐角處時，她忍不住回頭看了一眼，見秦征還負手立在原地，隔著這麼遠，她看不見他臉上的表情，可陳悠就是覺得他眉眼深邃的臉上是淡淡的笑，她也不自覺朝秦征的方向笑了笑。

等到了長公主所住宮中，水嬤嬤才轉過身來。「陳姑娘，有些話我不得不現在提醒妳，長公主是金枝玉葉，太后的掌珠，妳若是治不好長公主的病，可就要做最壞的打算。當然，妳若能治好長公主的病，好處自然是很多，妳可想好了？等進了這個門，就沒有反悔的機會了！」

陳悠朝水嬤嬤屈了屈膝。「民女信念早已堅定，民女別無所求，若是能助長公主殿下擺脫危機，只求太后娘娘能赦免賈天靜師徒與唐仲的罪責。」

水嬤嬤眉頭皺了皺。「妳的意思我會傳達給太后娘娘的。」

「紫鳶，帶陳姑娘去見長公主殿下。」

一進入清源長公主所住的寢殿，鼻尖充斥的都是濃厚的湯藥味。

陳悠跟在叫紫鳶的侍女身後，進入了內殿。雖然她已經極力壓下心中的緊張，但摸了摸手心，卻已經汗濕。

「姑娘這邊請，長公主就在裡面。」

外面守著的和裡面進出的侍女個個面色凝重，從這點陳悠便能推測恐怕長公主的情況不大好了。

紫鳶沒有立刻就將陳悠帶到清源長公主的面前，而是領著她，走到內殿坐著的一個老者面前。這位老者穿著大魏朝的官服，正在案前翻著一堆卷宗，紫鳶走到他身邊，他連頭都未抬一下。

「院使大人，這位姑娘是皇上派人送過來給長公主診病的。」紫鳶恭敬地說完，埋頭的老者才抬起頭看了陳悠一眼。

這一看之下，老者的怒氣便上湧。「胡鬧！」

眼前的小姑娘只不過十五、六歲，還不知有沒有給病人看過病，竟然要為長公主診治！

紫鳶第一眼瞧見陳悠時，也有些不敢置信，這姑娘看著比她年紀還要小，就算自小識醫認藥，醫術也不會比院使大人還要好。

長公主的病，院使大人都束手無策，難道皇上是徹底放棄，竟然送這樣一個小姑娘來？

陳悠當然瞧出這位太醫院德高望重的院使大人是在對她不滿，她深吸了一口氣。「這位大人，請問您行醫這麼多年，難道還練就了一副從人外貌就能看出這個人醫術高低的本領？若非這樣，您為什麼不肯讓我一試？難道說您已經有法子將長公主救回來了？」

如果可以選擇，陳悠絕對不想一來就得罪這位院使大人，可如果就這樣被院使大人否定，她會連長公主的面都見不到就被送回去。

紫鳶瞧見院使大人被陳悠說得臉色鐵青，雖也不想觸霉頭，可是長公主這幾日情況一日比一日差，院使大人也沒有新的法子了。有人來試總比等死好，說不定這個年輕的姑娘真的有法子讓長公主好起來呢！

紫鳶是長公主的貼身侍女，當然是站在長公主這邊的。「院使大人，奴婢知道您擔心長公主的身體，可是就連劉太醫也不能讓長公主的病情好轉，而且這位姑娘還是皇上特意送過來的人，讓她試一試又何妨？」

滿頭白髮的院使憤憤地站起身，不屑地看了陳悠一眼，抿著唇未說話，但是卻先一步走向長公主的寢殿。

紫鳶鬆了口氣，轉身對陳悠道：「院使大人脾氣雖然怪了些，做事卻很嚴謹，他一把年紀了，這陣子一直為長公主的病情日夜翻閱卷宗，也不容易。姑娘，這個我來幫您拿，您跟著我過來吧！」

陳悠鬆了口氣，雖然院使大人肯讓她見長公主，可能大部分的原因礙於皇上的威壓，但能見到長公主總歸是成功的第一步。她謝過紫鳶，自己提著藥箱跟在後面。

清源長公主的寢殿內很安靜，侍女進出時一點聲音也沒有發出。

長公主的床邊坐著一個滿臉憔悴又削瘦的中年男子，若不是他衣著裝扮滿身華貴，誰也不會想到眼前的邋遢男子會是當初那個意氣風發的姜家嫡長孫。

姜戎握著清源長公主的手，放在臉頰邊摩挲，喃喃而出的聲音嘶啞又消沈。「阿意，妳能聽到我說話嗎？若是能聽到，妳就眨一眨眼睛……不，不用眨眼，只要妳睜眼看我一眼就好。」

紫鳶不忍心瞧見駙馬爺這般傷情憔悴，她走上前，輕聲勸慰：「駙馬，皇上派人來給長公主診病了，您放心，咱們大魏朝地大物博，能人輩出，總有人能將長公主瞧好的。」

姜戎本善武，身材自然高碩，可自從長公主出了事，他如今卻瘦得如皮包骨，哪裡還有一點武將凜然的風采。他抬頭看向院使大人這邊，而後目光才移到陳悠身上。這些天，長公主看過的大夫不說上千，也有幾百，可長公主病情還是一日比一日嚴重，儘管這樣，姜戎心中還是抱著希望。

他盯著陳悠的目光憂傷中又帶了一絲希望，隨後，他扶著床邊站起來，久坐讓他的身體麻了。「這位姑娘，妳若是能將愛妻治好，妳便是我姜戎的救命恩人！」

站在一邊的院使眉頭皺了皺，朝紫鳶使了個眼色，紫鳶連忙將駙馬勸走。

太多的期待，而後又是太多的失望，已快將姜戎壓垮，他作為姜家嫡子，明白自己肩上的重擔，他從未對人許諾過，也從未對人說這樣的話，就算是皇家，以他們姜家的底蘊，皇上也只會去拉攏。可不管如何的強硬高貴，在病症面前，他們永遠是這麼渺小，這種事，再多的錢、再高的地位，都只能束手無策！

一生順遂又得意的姜戎竟然是第一次感覺到這麼無力，所以他才會說剛才那句話，若是陳悠真的能救回長公主，他一定會不惜一切去感謝她！

陳悠終於見到長公主，她從藥箱中取出一貫用的棉布罩衣，而後用熱水仔細清洗了手，才坐到長公主床邊。

沈下心給清源長公主把脈，又觀察了長公主的舌苔，檢查渾身各處，最後她才朝身邊幫助她的醫女們點點頭。

紫鳶與院使大人在外頭等著，陳悠掀開簾子出來，恰好迎上院使大人不屑的眼神。

「小姑娘，可把出什麼脈象了？」院使大人的口氣明顯帶著輕蔑和教訓的口吻。在他眼裡，就算再是醫學奇才，在這樣還「乳臭未乾」的年紀也不會有什麼經歷。

陳悠當然感受到院使大人的輕視，但是她不能因為院使的個人情感就退縮，她恭敬又不卑不亢地朝老院使行了一禮。「回院使大人的話，民女剛剛給長公主殿下把出的是散脈。」

陳悠話音一落，院使大人就「嗤笑」一聲。「連脈都把不準，還有膽子來給長公主治病，妳可知長公主身分尊貴，容不得出一點兒差錯。可真是不知者不畏！別怪老夫這時候沒提醒妳，若是長公主因為妳的醫治而有個三長兩短，妳全家一併加上也不夠抵這罪責的！」

陳悠猛地抬頭，她從上輩子才剛剛會走路起，就跟在祖父身邊學習把脈，一直到博士生畢業，就連祖父都誇讚她拿脈精準，幾乎沒有錯的時候，長公主明明是散脈，又怎會是其他？

陳悠對自己的醫術從來都是自信的！

「民女不認為自己說的脈象有任何錯處，可否請院使大人指點一二。」陳悠嚴肅地看著老院使，她遵醫德，從不用病患的性命來開玩笑！

「好，那老夫今日便讓妳心服口服。」老院使氣得吹鬍子瞪眼，他活了這麼多年，還從未見到這麼無禮又自傲的小姑娘，就連在慶陽府三年一度的藥界盛會上，他都要被尊稱一聲老藥星，這小姑娘竟然要與他槓上，簡直自不量力。

因怕影響清源長公主，老院使與陳悠來到外殿。

紫鳶在一旁瞧得著急，可她畢竟只是長公主身邊的侍女，又沒那個身分上前阻止，而老院使和陳悠卻分毫不讓。

老院使滿布皺紋的臉上，一雙老眼盯著陳悠。「長公主殿下的下腹是不是疼痛？」

這些在陳悠給長公主診脈時，醫女都詳細告訴她。而且她在按長公主下腹時，即便長公主處於昏睡中，眉頭仍是不自覺皺緊，這是疼痛的表現。

見陳悠點頭，老院使冷哼一聲，繼續說：「長公主殿下的臉色看起來是不是暗沈發黑？」

這個只要是個大夫都能看出來，陳悠繼續點頭。

「妳看到長公主殿下舌頭的模樣和顏色了吧？」

陳悠接道：「發黑發青。」

「算妳還有點眼力，長公主殿下因為小產之後過於憂心，氣血不通順，體內瘀血無法消除，痰與瘀血一樣，也無法清除，然而並非是痰與瘀血混合不能消除。妳來說說什麼叫散脈？」院使大人說完指著陳悠道。

「所謂散脈就是感覺清平似撚蔥，虛來遲大，散似楊花漫天飛，去來無定至難齊。」陳悠再熟悉不過地說出這些話。

老院使朝陳悠涼涼瞥了一眼。「妳還知曉這般是散脈，可是長公主殿下的脈搏卻是猶如一塊浮木漂浮在水上，更準確地說，脈搏似乎要中斷一樣，這並非是浮脈，而是芤脈，芤脈多見於出血症狀。但是長公主的脈象又非單一的芤脈，還有牢脈，牢脈浮取不應，重按弦實而長，推之不移，牢脈表示產後有血崩的症狀，長公主殿下分明是芤脈加上牢脈！」

陳悠眉間緊皺瞧著院使大人，其實他說得並沒錯，長公主殿下表面確實有這兩種脈象，但是沈下心，仔細分辨，就能感受到長公主其實是散脈。中醫很大一部分都會根據脈象來施藥，她與老院使若是把出不同的脈象，那方子將會是天差地別。雖然老院使說得很有道理，但是陳悠仍然堅持自己的觀點，清源長公主是散脈而非芤脈和牢脈。

老院使瞧見眼前年輕又稚嫩的姑娘滿臉嚴峻之色，他嘲諷地笑了笑。「把脈根據把脈者的狀況和病患的狀態時有出入與誤會，因而時常會出現錯診，所以要謹慎再謹慎，而妳這小姑娘連脈都把不好，還如何給長公主治病？妳師出何人，還是回去再學幾年吧！」

陳悠緊緊盯著老院使。「我的師父是唐仲，院使大人既然這樣肯定又這樣說，難道是有了給長公主殿下的診治法子了？」

「哈？原來妳是那個唐仲的徒弟！這可真是好笑了，妳師父診出的可是芤脈，妳難道比妳師父還要厲害？當真是笑話！」

陳悠臉色一沈。「人各有所長，唐仲叔擅長的並非是婦科一行，院使大人怎可這般嘲弄！」

「好！老夫本來還不想說，既然妳這小丫頭這般不服，老夫便告訴妳，長公主所患的乃是兒枕痛，只要用生化湯和失笑散，加上施針內關陰陵泉的穴道，便可診治。」

旁邊紫鳶聽了一喜，院使大人竟然真的找出救治長公主的法子了。「院使大人，您說的可是真的？長公主殿下真的有救了嗎？」

老院使滿面嚴謹。「其實早些日子我就懷疑長公主殿下是兒枕痛，可是由於失笑散的方子已在前朝就失傳，這些日子，我翻閱古籍和上古醫書，終於還原了失笑散的配方，這才敢開口這般說。」

陳悠擰眉看著老院使，這時，她仍然相信自己的診斷是對的，但是老院使顯然不願意聽她的意見。失笑散的方子她在藥田空間的醫書中看過，老院使尋回的失笑散方子並無錯處。

「院使大人，您雖說民女把脈不準，但是民女不願意承認，若非您真的能讓民女看見長公主殿下因為您的診治而情況好轉，不然，民女絕對不會服輸！」

老院使雖然醫病嚴謹，對陳悠這樣的也看不過，但是為了自己的尊嚴，還是同意讓陳悠留下來。「好，那老夫便讓妳心服口服！」

紫鳶得知長公主有希望，當即就派人去告知太后與皇上。老院使也帶著陳悠去準備方子。

太后與皇上很快趕到長公主的寢殿，陳悠立在角落中，規規矩矩地低著頭，若不是為了救唐仲與賈天靜，她絕不想摻和進這樣的場合。

太后將老院使親自叫到眼前詢問。「杜院使，你可是真有辦法醫治阿意的病？」

「回太后娘娘，早先臣不說，是因為沒能還原失笑散的方子，但這些日子，老臣日夜翻閱典籍，終於將失笑散的方子還原，才趕緊稟告太后娘娘。」

太后看了身邊的皇上一眼，點了點頭。「既這樣，杜院使，哀家命你立即為長公主診治。」

「是，太后娘娘！」

站在皇上身後的秦征，眼神卻看向陳悠的方向，少女臉上並沒有一絲害怕和恐懼。

皇上瞥了他一眼。「阿征，那位便是你與朕說的能給長公主治病的大夫？」

見秦征毫無異色地點頭，皇上眉頭微微一皺。「這小姑娘是不是年紀太過小了些？」

「皇上，臣從未在您面前說過一句假話。」

這點卻是事實，皇上點點頭。「那朕便相信你一次。」

秦征暗中鬆了口氣。

朝陳悠的方向又看了一眼，他能為她做的只有這麼多了，剩下的就只能靠她自己。

老院使領著幾位經驗豐富的醫女進了清源長公主殿下的內殿，太醫院別的太醫聞訊紛紛趕來。

太后與皇上焦急地在外殿等候著。

老院使因是男子，在具體施針的時候不能親自接觸長公主，他坐在長公主床前不遠處，侍女將隔著床的紗幔放下，而施針中的診脈與針灸都是在老院使的指導下由經驗最豐富的醫女完成，老院使只能隔著紗幔瞧見裡面大概的情景。

但陳悠是女兒身，自然就沒了這些規矩，她直接跟著醫女站到清源長公主的床邊。

所有湯藥與一應東西都已經準備妥當，院使大人端坐在紗幔後，嚴肅著臉孔吩咐。「阿珍，觀察長公主殿下的瞳仁與舌苔。」

老院使所喚的是四位醫女中年紀最長的那位。那名醫女走到床邊，將長公主的情況一一形容給院使大人。

老院使撫了撫鬍鬚。「先給長公主殿下服用生化湯。」

一名醫女將煎好放到恰當溫度的生化湯，用尖嘴壺小心地給長公主服下。

「過一刻鐘後，給長公主服下半碗失笑散，再號脈。」

一刻鐘很快過去，叫阿珍的醫女給長公主號脈，脈象並沒有變化。

「回院使大人，長公主一切正常。」

「那便好，現在尋到長公主殿下內關陰陵泉的穴道，靜下心，給長公主殿下施針。」

阿珍在宮中當了十幾年的醫女，是太醫院裡施針最準確的醫女，正因為這樣，院使大人才放心讓她來。另外兩名醫女按住長公主的手腳，阿珍深吸一口氣，睜開眼，捏住穴位快準地扎下去。

原本昏睡毫無聲息的清源長公主突然一聲淒厲地尖叫，而後竟然控制不住地吐血了。阿珍驚得手一抖，急忙將針收回。

裡頭紫鳶都被嚇哭了，她傷心地哭喊著。「長公主殿下，您是怎麼了？」

裡面忙亂成一團，外頭焦急等著的太后心急地站起來。「阿意到底怎麼了？」

皇上急忙安撫太后。「母后，您先別急，朕叫人進去問問。」

而內殿中，早已慌亂成一團，院使大人又不能直接闖進去，他只聽到醫女驚恐地喊著。

「院使大人，不好了，長公主一直吐血，而且下身出血了！」

陳悠低頭，果然見到長公主身下的被單已經被血跡浸濕一塊。她雙眸一沈，暗道不好，急忙推開一位手足無措的醫女，捏著長公主的手腕，脈搏紊亂，她急忙朝身邊的醫女吩咐。「端止血的湯藥來！」

阿珍一時也六神無主，她雖然是經驗豐富的醫女，可大多時候都是聽太醫們的指示，一旦少了操盤手，她們就像沒有人控制的木偶，猛然得到陳悠的指令，在她們還沒來得及思考前，就已經照做了。

陳悠迅速地打開自己帶來的藥箱，從裡面取出一瓶合穀散，在溫水中倒入適量，攪勻後餵給清源長公主。

在陳悠做完這一切，外頭的院使大人才顫著聲吩咐。「給長公主準備止血湯藥，再……再……阿珍妳再給長公主診脈，瞧長公主是什麼脈象。」院使大人卻說不出後頭要怎麼辦了，並非因為他是庸醫，而是接觸不了病患，又讓他如何定診。

等到阿珍詳細將長公主的脈象描述給院使大人，陳悠早已給清源長公主止住血，並且讓她的身體平復下來。

太后心焦地走進內殿，她瞥了眼老院使，掀開紗幔就站到長公主的床邊。

「阿意現在如何了？」

立在兩邊的醫女誰也不敢回答，全部用眼神瞟向陳悠，陳悠無法，只好伸頭。「回太后娘娘，長公主現下止住了血，只是還在昏睡而已，性命已無大礙了。」

聞言，太后瞥了陳悠一眼，眼前少女年紀不大，見了她卻不害怕，反而能鎮定自若，而且在危急關頭，能夠隨機應變。

「叫什麼？」

「民女名叫陳悠。」

「妳便是皇上帶來給長公主醫治的大夫？」

陳悠不卑不亢地回道：「正是民女。」

「妳的要求紫鳶已與哀家提過了，妳若是能讓長公主的病情好轉，那麼，劉太醫師徒與妳的師父都可安然無恙。」

儘管親口得到太后這般承諾，陳悠也不得意忘形，反而覺得自己肩上的擔子更重了些。

「民女定會盡心醫治長公主。」

太后站在床邊瞧了一會兒清源長公主，才紅著眼圈離開。

太醫院那些太醫知曉連院使大人的法子也無效後，都認為長公主這下恐怕是真的沒救了，紛紛搖頭離去。

秦征臨走前看了內殿裡頭晃動的人影一眼，臉上也顯出一股擔憂來。

陳悠指揮著醫女們將長公主安頓好，才出了內殿，紫鳶被太后交代一切要配合陳悠，她做事也方便許多。

走到外殿，長公主寢殿已恢復安靜，侍女們來來去去地忙碌著，陳悠卻一眼瞧見枯坐在案前的老院使大人。

走到院使大人身邊，陳悠朝院使大人行了一禮。「不知院使大人可有這些日子以來長公主殿下病情變化的卷宗？」

老院使哪裡想到他瞧不起的這個小姑娘卻在緊要關頭保住長公主的命。他冷哼一聲，儘管不想承認，可是老院使也明白陳悠並非像她外表看來的那樣軟弱無用，但是讓他一個大把年紀的老頭子在一個才及笄的丫頭面前道謝又怎能拉下面子。

老院使哼了一聲，卻將一串鑰匙扔到案桌上。

紫鳶怕兩人之間又要劍拔弩張，急忙從桌上取了鑰匙，笑著對陳悠道：「陳姑娘，這就是太醫院放病史的庫房鑰匙，奴婢這就帶您過去。」

陳悠朝老院使又行了一禮，才跟著紫鳶去太醫院庫房。

儘管已經入春，但是三月的風仍像是剪刀一般，吹得人臉孔生疼。

等到秦長瑞急急趕到建康，卻得知陳悠已進了宮。他有些不敢置信地瞪著薛鵬。「你說什麼？」

薛鵬從未見過東家這般憂急的模樣。「老爺，大小姐今早已經進宮了……」

秦長瑞跌坐在椅子上，撐著頭，竟然開始覺得自己頭暈目眩起來。

「阿悠怎能去那種吃人不吐骨頭的地方！」秦長瑞久鑄在心中的圍牆好似頃刻間坍塌

了。

薛鵬將陳悠如何進宮的經過清楚說給秦長瑞聽。

聽完後，秦長瑞突地猛然站起，毅然吩咐道：「阿魚、阿力跟著我去一趟毅勇侯府！」

明明是一日裡最溫暖的午後，但是出了一早上的太陽卻躲進厚厚的雲層中，積蓄在衣裳上的溫度被帶著寒意的風一吹，便都消散，好像從來都沒有存在過一般。

秦長瑞掖了掖被風揚起的披風，他勒著馬匹的轠繩，馬匹猛然停下，抬起前蹄發出一聲嘶鳴。他騎在高頭大馬上，抬頭望著眼前再熟悉不過的紅牆黑瓦，記憶如潮水般湧來。

他抬頭盯著眼前府邸，有些出神地發怔。上一世，他便在這座府邸中生活了將近四十年，而今再次見到，卻早已物是人非。

正在這時，毅勇侯府的角門被人從裡面打開，走出一個身穿灰色長袍的老人，他身後跟著兩個小廝打扮的年輕人。

秦長瑞一聲「鄒伯」險些逸出口，卻被他艱難地嚥下。以前，也是這個時候，鄒伯總會帶著人出府，親自挑選莊子呈上的果蔬，順道拐去老福記打二兩燒刀子，從東門路過，在蔣友記帶兩塊鴨油燒餅和一兩鍋貼。

相似的人，相似的事，就連鄒伯的習慣都沒有變，只是他卻變了，他早已不是毅勇侯府的當家，毅勇侯府的一切也離他越來越遠。不是沒想過早些來這裡看看，可一接觸到被他封印在心底的這些記憶，秦長瑞難免會覺得心傷，只是沒想到，再次見到故園，會是這樣的情況。

阿魚和阿力跟在老爺身後，老爺那似深潭的雙眼中，情感明明就似沖天的海浪，可是老爺的臉上卻是平靜的，甚至平靜得令人有些害怕，等到阿魚大著膽子想要詢問時，秦長瑞早已恢復波瀾不驚的模樣，那雙眸子也黑如無波古井，讓人看不透、猜不透。

「老爺，您與阿力在這裡等著，我先去通報。」

秦長瑞牽著馬匹等在門口，他的視線悠遠而空曠，雖然是瞧著寬大的侯府大門，但阿力總覺得他的目光早已穿透紅木大門，看入侯府深處。

阿魚不一會兒就回來了。「老爺，秦世子不在府上。」

秦長瑞轉過身，侯府門前的一棵巨大梧桐樹，在秦長瑞的身上留下斑斑樹影。

「那我們便找個地方等等吧。」

不遠處，恰好有一家茶水鋪子。

但是，秦長瑞一直等到天色黯淡也未見秦征回來。

此時，白起快馬趕回毅勇侯府，卻在門前遇到秦長瑞。他起先有些驚訝，但隨即想到陳悠就明白過來了。本來白起也是要去薛鵬那裡報信的，現在秦長瑞在這裡，倒是省了這一趟。

秦長瑞自然也瞧見白起，這個少年在他的記憶中並不熟悉，上一世，秦征身邊同齡的幾個貼身小廝並沒有誰喚作白起。

「陳老爺，還請裡面說話。」

秦長瑞點頭，帶著阿魚與阿力進了毅勇侯府。

白起有種奇怪的感覺，好似陳老爺比他還熟悉侯府一樣？他甩甩頭，拋去了這種奇怪的感受，邊走邊與秦長瑞介紹著侯府。

「世子爺平日只在東跨院裡起居，那邊的水榭後是邀月臺，只是侯府已許久都未用過了。過了梨園就是海堂館，不過咱們侯府中主子少，這些院子這些年都空置下來，等以後世子爺娶了世子妃，估摸這後院才能熱鬧些……」白起邊走邊絮叨著，等到他回過神，卻驚覺自己今日的話好似有些多。

意識到這點的白起立刻閉嘴，心中暗暗後悔，而他這樣的反常只引來阿魚多看幾眼。

秦長瑞沒有在意，他心口有些疼痛，為什麼秦征不住在西跨院？明明西跨院才是侯府主院，他們夫妻從秦征小時候便帶著他一起住在西跨院，而今他卻搬到東跨院來住，他想問白起，可是到口的話又艱澀地嚥了下去。他問不出口，也同樣，沒有理由去問。

毅勇侯府裡的一草一木被打理得很好，甚至，讓秦長瑞萌生出一種他從未離開過的感覺，那一角還種著一株芭蕉、那一隅還是一座猶如雄獅般的假山，甚至那棵有些長歪的海棠樹。熟悉的一草一木像是在朝他招手，但他早已不是上一世的秦長瑞，這副皮囊已讓他與毅勇侯府完全沒有關係。

黑暗像是心中奔騰的野獸，瞬間蓋住了熟悉的毅勇侯府。陰影中，秦長瑞閉了閉眼，吐出濃濁的一口氣。

白起請秦長瑞到前院待客的小花廳坐下，將宮中的情況大概與秦長瑞說了。

有了陳悠的消息，秦長瑞總算放下了一分心。

「那你們世子爺何時才歸？」秦長瑞有些緊張地問道。

「世子爺今日被皇上留在宮中，估摸著大約明日早朝後才會回府，陳老爺也莫急，一有消息，我便會派人去通知您的。」

秦長瑞從毅勇侯府中出來，已是月上柳梢頭，他與阿魚、阿力快馬回薛鵬處，寒涼的夜風拂面，吹得人手腳冰冷，秦長瑞卻麻木到沒感受到一般。

房間的昏暗燈光下，秦長瑞的雙眸在燭火的映照下，明明滅滅。他清晰記得，上一世的清源長公主並未重病，她與姜家嫡長孫姜戎育有一子一女，女孩便是去年年底時懷上的。清源長公主的女兒一出世，就被皇上封為「樂平郡主」，希望小郡主一生喜樂平安。但這一世，樂平郡主竟然連生都未生下來……冥冥之中，好像有一隻手在撥動著歷史軌跡，讓所有的一切都偏離原來的軌道。

秦長瑞的眉間緊蹙，他帶著些嘲諷笑了一聲，歷史的軌跡不管如何改變，有些事情卻始終改變不了，只要那件事情存在，並且為人知曉，那建康總有不安寧的一日，大魏也總有不安寧的一日！

第四十六章

陳悠在太醫院庫房中一待就是大半日，等將清源長公主這些日子以來的病情紀錄都一一細看完畢，出了太醫院庫房，已經是夕陽落山的時候了。

紫鳶早就在外間候著她，陳悠拿著記錄的手札走到紫鳶身邊，詢問道：「紫鳶姊姊，不知我可否去探望一下我的師父？」

紫鳶想著太后上午吩咐她的話，點點頭，答應下來。「陳姑娘，跟我來。」

陳悠雙眼一亮，她只不過想試一試，沒想到真的能見唐仲！

唐仲並非被關押在天牢中，而是宮中用來關押和收押犯人的少監府裡。

當紫鳶帶著陳悠見到唐仲時，唐仲除了一身囚衣，其實並不顯得多狼狽。

唐仲這幾日一直被關押在少監府，與賈天靜師徒不在一起，自然也得不到外面絲毫的消息，他向監管牢獄的小太監要了紙筆，原打算在牢獄中就將遺書寫下，卻沒想到這個時候陳悠會來看他。他眼中先是閃過驚喜，而後面色一沈，轉為懊惱痛苦之色。

「阿悠，妳……妳怎麼來了？」唐仲眉頭緊擰著道。

陳悠不想在這個問題上糾結，她從紫鳶那裡要了些宮中的點心替唐仲帶過來。

「唐仲叔，先別說這個，您先與我說說您在宮中這些日子，清源長公主的情況。」

陳悠來探望唐仲，不但為了瞧瞧唐仲是否安全，也是為了問長公主這些日子的病情。先前賈天靜也同樣將長公主的情況與唐仲說過，陳悠現在倒是方便得多，只詢問唐仲一人便行。

唐仲無奈又擔憂地盯著陳悠，最後只能懊惱地搖搖頭。陳悠已經進了宮，再說她又有何用？當務之急，是將長公主殿下的病治好才是。

唐仲詳細與陳悠說了長公主這些日子以來的病情變化，陳悠認真聽著，眉頭微擰。「唐仲叔，您當初給長公主把出的是芤脈？」

唐仲凝神回想。「那時長公主的脈象就似如水漂木，輕手可得，汎汎在上，有如循榆莢似毛輕，表面看是浮脈，但深裡感受又不像，脈搏渙散不收。」

陳悠才明白過來，這種脈象不穩的狀態，太難定奪，絲毫差異，診出的脈象便是天壤之別，看來給長公主診脈應當慎重再慎重。

陳悠於是將老院使給長公主診脈得出的結果與唐仲說了。

唐仲驚訝問道：「那醫治後如何？」

「長公主嘔血了……」

「那長公主現在可好？」

陳悠點頭。「不過也只是暫時的，若是到明日還拿不出靠譜的診治方案，長公主的性命只怕是會危在旦夕。」

唐仲被陳悠的話嚇得抬頭，驚詫地看著她，許久才問道：「阿悠，妳可查出為何長公主殿下病症久治不癒，並且身體每況愈下的原因了？」

陳悠微微笑了笑。「唐仲叔，方才聽您說後，我已有了猜測。」

「幾成把握？」

陳悠咳了咳，伸出三根手指。

唐仲臉色一白，他如今有些後悔沒交代不讓陳悠進宮了。

陳悠瞧他面色黯淡，打趣道：「唐仲叔，您當初試麻沸散，這機會可是零，不一樣被你配出來了？如今我的機會可是有三成呢！莫要憂心了！」

紫鳶突然在外頭喊了陳悠一聲，陳悠臉上的笑容褪盡，知曉紫鳶是在提醒她該走了。

唐仲被關在少監府，什麼事情也不能為陳悠做，他拍了拍陳悠的肩膀。「阿悠，以妳的醫術，唐仲叔也沒有可教妳的了，只有一樣要提醒妳——平常心，長公主除卻身分地位，也只是普通人，萬不要因為她的身分，妳就要束手束腳，可明白了？」

陳悠用力地點頭，站起身，走到唐仲的牢房門口，又回頭看了一眼盤腿坐在一堆乾草上的唐仲，喉間梗塞了一下，轉頭堅定地對著唐仲道：「唐仲叔，我一定會救您出去的。您那遺書莫要寫了，沒人看的，省得到時候出去了，拿著一封遺書還要被人笑話。」

說完最後一句，陳悠趕忙轉頭，出了少監府，才用袖口抹了把眼角，吸了吸鼻子。

紫鳶跟在後頭默默看了陳悠一眼，低頭，嘆了口氣。

面對長公主的病情，陳悠心中已有計劃，當晚她被紫鳶安排歇在長公主寢殿的偏殿中。

夜深了，偏殿裡燒著地龍很暖和，陳悠並未歇下，正在明亮的燭火下，翻看著她記的手札，而後又親自在自己的身上試針，皇宮中耳目眾多，陳悠不敢在這個時候進入藥田空間。

紫鳶很貼心地給她送來消夜。陳悠邊吃消夜，順道問了清源長公主平日裡的生活習慣和一些禁忌，二人倒是開始熟絡起來。

等第二日一早，太后來寢殿瞧長公主時，特意見了陳悠。

陳悠安分守己地答話，又不求賞賜，太后對她的印象倒是改觀了些。

陳悠親自準備湯藥等一應物什，太后讓幾名經驗豐富的醫女在旁輔助，老院使與太后都在簾後瞧著陳悠給長公主診治。

替長公主治病已經是一件壓力大的事情了，如今身後還有太后盯著，陳悠更是覺得如芒在背。她深吸一口氣，命令醫女給長公主服下湯藥，兩刻鐘後，她親自取針，強制自己靜下心，暖了暖冰冷的手指，然後分別在清源長公主的合谷穴與三陰交穴施針。

阿珍在一旁看到陳悠的動作，嚇得險些尖叫起來。這麼多年的宮中醫女經驗，阿珍非常清楚這兩個穴位的作用，小產後的婦人在這兩個穴位扎針，目的是見紅下血！

見紅下血是引產時常用的手段，長公主殿下本就剛小產不久，為何這個時候還要見紅？

阿珍拿著針包的手都在顫抖著，她覺得眼前這個自稱是大夫、明明年紀比她們小得多的少女八成是瘋了。治不好清源長公主的病，便胡亂施藥，病急亂投醫，十之八九是要出事的……

阿珍想要將這一切都說出來，可是又害怕自己受到牽連，拚命忍住心中的驚恐。在宮中，誰都是小心翼翼的人，若沒有兩分心思，又怎麼能在這個深宮生活下來？

陳悠的動作當然也被旁的幾個醫女看在眼中，雖然另外幾位醫女與阿珍同樣滿眼驚恐，但她們卻出奇的一致保持沈默。隔著幾層幔帳在外觀看的老院使好似感受到裡面逼人的緊張氣氛，稀疏發白的眉毛都攏起了。

陳悠下針後，一刻鐘不到，長公主殿下身下已見紅，吁了口氣，將另一碗湯藥立即給清源長公主服下。

她用袖口抹了抹額頭滲出的冷汗，鬆了口氣，轉頭對身側的醫女們道：「去將負責接生的嬤嬤請進來，阿珍，妳去拿野山參和參湯來。」

簾後的太后聽到陳悠的聲音，著急地想要進去看看是怎麼回事，這個時候怎會叫接生嬤嬤？

杜院使腦中突然閃過一道光，豁然開朗起來，他有些不敢相信地將目光落到裡面，那個坐在長公主床邊的纖細少女身上，急忙攔住太后。

「太后娘娘莫急，陳姑娘做得沒錯，長公主殿下有救了。」

「什麼？」太后激動又有些不太相信地盯著老院使。

杜院使小聲又恭敬地與太后解釋起來。

太后驚詫非常，她看看裡面的長公主又看向杜院使。「杜冀，你說阿意懷的是雙胎？」

老院使慚愧地點頭。

「那為何當初你們那麼多人都未診出來？」

婦人懷孕，雙胎的脈象與一般孕婦還是有區別的，要是因為月分少，一般的大夫沒診斷出來也可理解，可是宮中太醫都是百裡挑一，甚至還有各地推舉來的名醫。這麼多大夫都未診出長公主是雙胎，就怪不得太后發火了。

老院使苦著臉解釋，清源長公主身子一貫都虛，胎兒在腹中發育得不好，出事時，月分又不大，雙胎中的一個定然非常弱小，脈搏微弱，未把出來也是正常的，而且皇家慣常沒有生雙胎的例子，任誰也不會想到雙胎上頭。

後來胎兒在腹中死去，小產時只引產出一個胎兒，其實還有一個死胎留在腹中。清源長公主失去孩子痛心不已，情緒低落，又不配合治療，自然是病況愈下，而後那些太醫、大夫也從未往雙胎上考慮過，不對症，又怎會有效果？

老院使解釋到這裡，目光不由再次看向陳悠的方向，這個小姑娘心細如髮，更重要的是，她並不拘泥，能夠查出長公主真正的病因，真是了不起。看來，他這是越老越目光短淺了。

實際上，陳悠能找出原因，也多虧老院使兒枕痛的那番診治。單獨治療兒枕痛，身下不會無故出血，但長公主卻有這種情況。劉太醫與賈天靜都是擅長婦科一行，她查了卷宗又問了唐仲，幾乎是排除所有的可能了，唯獨剩下這一項，在現代的時候，醫院中也有過這樣的例子，能真正找出原因，還得多虧陳悠不同於一般大夫的眼界。

接生嬤嬤匆忙擦了把額頭的汗，陳悠刺激清源長公主的痛穴，讓她保持短暫的清醒，而後阿珍立馬將參湯給長公主餵下。沒多久，在清源長公主一聲淒厲的喊叫中，接生嬤嬤從長公主身下捧出一個血肉模糊的肉團……

阿珍的細眉皺成了蚯蚓狀，她艱難地嚥了口口水。「嬤嬤，這是死嬰？」

接生的嬤嬤點頭。

外頭太后聽到「死嬰」兩個字，差點暈過去，杜院使忙叫身旁的女官將太后扶去外殿。

死胎排出體外，根源終於解決了，直到這個時候，陳悠心中的大石頭才落下來，可即便如此，她也不敢有絲毫怠慢，認真地替長公主止血，餵服緩痛的湯藥。

阿珍站在她旁邊見她滿臉細汗，竟掏出自己的帕子替陳悠擦了擦，陳悠滿手血紅，麻布罩衣上也是狼藉一片，臉側有幾縷髮絲服貼在臉頰，她轉過頭朝阿珍感激一笑。

阿珍不好意思地低下頭，為先前對陳悠的輕視而臉紅。等到長公主平安睡去，阿珍恭敬問道：「陳姑娘，您去歇一歇吧，這裡有我們，我們會照顧好長公主殿下的。」

另一位醫女急忙端了溫水來替陳悠淨手，而後奉上乾淨的軟棉布。這時候陳悠也確實累了，謝過阿珍和另外幾位醫女後，將清源長公主交給她們照顧，她轉身出了內殿。

老院使就立在外殿門口，陳悠一出內殿就見到他。

老院使乾咳了一聲。「長公主如何了？」

陳悠並不輕視院使大人，她恭敬地給老院使行了一禮，而後將清源長公主的情況詳細與他說了。

老院使帶著她去見了太后。

剛剛在議事廳議完事的皇上，從身邊近侍得知清源長公主已找出病因的消息，那近侍是個會說話的，將陳悠救治長公主的過程，活靈活現地說給皇上聽。

聽完後，皇上笑著看了眼身邊的秦征。「阿征，果真是人不可貌相，那姑娘看起來也約莫剛及笄而已，未想醫術竟是這般了得。」

秦征淡然笑了笑。「她也是救師心切，不過是誤打誤撞恰好發現長公主殿下的病因罷了。」

「哎？哪裡能這麼說！若說是運氣，那幾百個大夫為何沒這運氣？」

秦征語塞，低頭不接話了。他眼角餘光瞥到空曠的外殿，心中卻記掛著陳悠，也不知她這番現於人前，尤其還是皇家面前，是好是壞了。突然，他有些後悔幫陳悠進宮。

清源長公主的病症找到真正的病因後，宮中幾乎是各種名貴藥材都有，長公主痊癒是遲早的事，並不用陳悠留下來照顧。

太后娘娘果然很守信用，當天就將賈天靜師徒與唐仲放了出來。

賈天靜在瞧見陳悠後，又感動又擔心，險些在劉太醫面前哭起來。

陳悠抱著賈天靜，笑著安慰道：「靜姨，我沒事，您瞧我這不是好好的嗎？」

賈天靜摸了摸陳悠柔滑的黑髮。「妳這孩子！」

太后帶著人早已離開，偏殿中只餘下劉太醫、賈天靜、唐仲、陳悠等人。

劉太醫已五十多歲，他行醫大半生，收的徒弟本就不多，賈天靜是他唯一一個女徒弟，也是他最牽掛、最疼愛的，若說劉太醫將賈天靜當作親生女兒看待也不為過。

賈天靜年紀已三十，在大魏朝，成婚早的，孩子都要到談婚論嫁的年紀，可她至今卻未婚配。劉太醫為了這件事情煩惱多年，清源長公主這件事，雖是莫名禍端，卻也化險為夷，而且讓他看清了唐仲的真心。

唐仲與賈天靜雖年紀都大了些，但是男未婚、女未嫁，彼此之間又都是有情有義，擇日不如撞日，成就兩人好事。

劉太醫做事風風火火，不喜拖泥帶水，竟然就這麼大大咧咧地在幾人面前就直接與唐仲提了。

陳悠沒想到劉太醫一把年紀了，會說出這番話來，哪有女方家屬直接與男方當面提出婚嫁的，可真是讓人哭笑不得。不過，陳悠也覺得唐仲與賈天靜在一起再般配不過了。

賈天靜也未想師父竟當著唐仲的面就把話說開，一點準備都不給她，臉當場就紅成蘋果。

陳悠偷偷朝賈天靜眨了眨眼睛，賈天靜急忙移開視線，但是一顆心在胸腔中卻「怦怦怦」跳得厲害，她緊張地朝唐仲的方向看了一眼，而後又飛快收回視線，面上雖然裝作不在乎的模樣，可耳朵卻一直豎著，忐忑地等待唐仲的回答。

唐仲被劉太醫的話問得一時有些怔住，隨後臉上爆紅，他雖沒有過娶妻的想法，但對賈天靜卻是真心的，這麼一大把年紀了，唐仲卻沒有經驗，劉太醫的話讓他手足無措。

他下意識看向賈天靜，而賈天靜這時也在偷看他，兩人眼神這時候正好相撞，因為羞怯，又雙雙忽然移開。明明都是三十多的人，這時卻都像是青澀的少男少女。

劉太醫乾咳著提醒了一聲，唐仲急忙瞧向劉太醫，他張了張口，但是心中緊張，腦中好似生鏽般，不知道如何開口。

陳悠坐在一邊瞧得著急，生怕唐仲一時間腦子抽了，拒絕了這門郎有情、妾有意的婚事。

唐仲低頭。「我……我……」

陳悠著急地盯著他。

忽然，唐仲的眼神大膽又堅定地看向賈天靜的方向，深深吸了口氣，吐出，堅決道：「我娶！」

他一個「娶」字出口，偏殿內其他三人，提著的心都落了下來。

即便一個人多自在，也是孤獨的，獨身這麼多年，是時候找個人相伴了，而他對賈天靜本就有意，這是再圓滿不過的事情。在對的時間遇到對的人，他不傻，又怎麼會真的拒絕？

願得一心人，白首不相離。這是每個女人的期盼，早年賈天靜剛剛認識唐仲時，這個男子的背影就一直留在心中。這幾年，她越發不願意在劉太醫面前提及自己的婚事，又何嘗不是在等唐仲的這句話。

劉太醫也滿意地笑起來，長公主的事情竟無意中促成一段好姻緣。

陳悠真心替唐仲與賈天靜高興，笑著道：「等唐仲叔與靜姨大婚那日，我定要送上一樣你們都喜歡的賀禮。」

唐仲無奈地用手點了點她。「指望妳送什麼禮，莫要讓我與妳靜姨操心便夠了。」

賈天靜瞧著唐仲的眼神中有感動的淚光，陳悠湊到賈天靜身邊，小聲逗樂。「靜姨，我以後就要叫您師娘了。」

一句師娘叫得賈天靜心花怒放。

僅僅兩、三日，清源長公主的身體已大致穩定了，之後身體的調理也用不著陳悠，在皇上的說服下，太后娘娘終於肯放陳悠、唐仲與賈天靜出宮。

陳悠轉身瞧著身後奢華富麗的宮殿，卻彷彿覺得是一座孤寂陰冷的金絲籠，即便再豪華美麗，也總擋不去它由裡散發出的陰冷。

秦征讓白起帶人趕了馬車在禁宮外候著，紫鳶領著他們一直走到禁宮門口，才與陳悠告別。

白起一襲暗灰色長袍等在宮門外，瞧見陳悠，急忙迎過來。「陳大姑娘安好！」

「白大哥！有勞你帶著人來接我們了。」陳悠已與白起混熟，連稱呼都變了。

「世子爺今早與我說陳大姑娘今日會出宮，我便命人在宮門口候著。」

陳悠向白起道了謝，與賈天靜一同上了馬車。唐仲騎馬，一行人快馬加鞭趕去薛鵬處。

秦征甩鞭騎著越影從禁宮門外奔出，馬蹄奔跑聲音急促，他猛然勒馬，越影一聲嘹亮的嘶鳴，前蹄高高抬起，停在原地。秦征駕著越影在宮門口轉了幾圈，也未見到陳悠的身影。

他瀟灑地翻身下馬，身上藏青綢披風在寒冷的空氣中劃出一道優雅的弧度，他有些喘息地問道：「方才可有年輕女子出宮門？」

侍衛急忙恭敬答道：「回秦世子，一刻鐘前，您府上的護衛接走了一位年輕女子。」

秦征視線落在宮門外深深長長的青石板寬道上，鬱悶地呼了口氣，看來他雖騎著越影趕來，但還是遲了一步，罷了，等回府再尋吧！

儘管這樣安慰自己，可是心中還是滿滿的失落感。

他一個翻躍，跨上馬背，勒了勒韁繩，最後回頭看了一眼，再次朝禁宮中去了。實際上，他方才正與幾個同僚商討事宜，也不知怎麼回事，便抑制不住心中思緒，想要出來見陳悠一面，於是扔下同僚，快馬趕來。

皇上給了他可在禁宮中騎馬的特權，就連秦征自己也沒想到，他竟會用在這個上頭。回議事廳時，他苦笑著搖搖頭。

遠遠站在一座宮殿瑤臺下的李霏煙突然皺了皺眉頭。「那是不是長公主身邊的貼身侍女紫鳶？」

青碧仔細朝著李霏煙指著的方向看去，瞇了瞇眼睛。「看身形和打扮都像，三小姐，您等等，奴婢去問問。」

李霏煙朝青碧揮手，青碧急忙去了。

紫鳶身邊的那個年輕女子怎地這般熟悉？李霏煙眉間緊了緊，而後突然想起在華州發生的事情。

這個姑娘可是壞了她的不少好事！若是她沒記錯，她姓陳。

李霏煙一雙微微上吊的眼睛瞇起來，閃過一道危險的光芒。不過是個小小的女醫而已，她動動手指頭就能解決，也別怪她，誰叫礙了她的眼。

不一會兒，青碧就回來了，她為難道：「回三小姐，方才走過去的確實是長公主的貼身侍女紫鳶。」

「紫鳶為何親自送那個女子出宮？」

「清源長公主的病症便是那個女子治好的，聽打探的人說了，那個年輕女子叫陳悠。三小姐，這個陳悠，咱們好像……好像在華州見過，而且……而且……」青碧偷偷瞥了眼李霏煙的臉色。

青碧說話吞吞吐吐，李霏煙立馬不高興起來。「而且什麼？青碧妳是知道的，我最討厭別人在我面前說話遮遮掩掩！」

青碧一個哆嗦，連忙跪到地上請罪。「三小姐，您別生氣，奴婢剛才打探到這個叫陳悠的年輕女子，是被秦世子的護衛接走的。」

「什麼？妳說什麼？」李霏煙不敢置信地瞧著青碧。

「三小姐，千真萬確，奴婢怎麼敢欺騙三小姐！」

李霏煙憤恨地盯向陳悠方才消失的地方。「讓人去查她怎會來建康？還有，她什麼時候開始與毅勇侯府勾搭上的！」

青碧不敢有絲毫拖延，爬起來就急忙去吩咐人了。

自從那次趙大夫在牢獄中莫名其妙的死去，便給了青碧很大的觸動，三小姐根本就是心狠手辣的人，她若是瞧妳不順眼，就算妳是她的貼身侍女，她也一點都不會姑息。

明明、明明，三小姐以前不是這樣的……可自從五年多前不小心掉進了府中荷塘，再醒來整個人都變了……

三小姐與皇后娘娘是一母同胞，她出生後，皇后娘娘就特別疼愛她，聽說她無故落水，還專門出宮回府來看她。三小姐人雖是漸漸好起來，性格卻大變，別人或許一開始感到不明顯，可她這個貼身婢女卻最清楚不過，不論是喜好還是性格，都與之前大相徑庭。除卻這些，三小姐變得聰明又狠辣，她似乎對能主宰別人的命運很著迷，有了皇后娘娘撐腰，這兩年她更肆無忌憚起來。

想到這裡，青碧甩甩頭，三小姐最忌諱別人說她是非。為了自己的小命，她還是小心些為好。

這時候正在出宮路上的陳悠與快馬回內宮的秦征都不知道已被李霏煙的人盯上。

陳悠的心情是放鬆的，畢竟她將唐仲與賈天靜救了出來，並因為這件事，成功促成一樁好姻緣。

車廂內，暖意襲襲，身後的靠墊也舒服綿軟，一直緊繃心弦在宮中沒有睡好的陳悠，這個時候睡意來襲，在馬車輕微的顛簸中昏昏欲睡。

她現在所乘坐的這輛馬車內雖然裝飾簡單，但是明顯要比一般的馬車舒適許多，靠枕嶄新得就像是沒用過一樣，暖爐中燒的也是最好的銀霜炭，馬車內還有一股若有若無的香味，這香味有些熟悉，可一時陳悠就是想不起來。

還未到他們所住的院中，陳悠已經靠在車壁上睡著了，賈天靜用一旁早準備好的湖藍色繡梅花的搭被蓋在陳悠身上。

小半個時辰後，他們才抵達目的地，賈天靜喚醒陳悠。

陳悠回來後，並沒有見到秦長瑞。

薛鵬拿了封秦長瑞的親筆書信過來交給陳悠。「大小姐，老爺在得知妳平安後，就立即趕回慶陽府。後日慶陽府那邊鋪子就開張了，一切都等著老爺回去主持，老爺留話，讓我帶著妳一同回慶陽府。」

陳悠也明白秦長瑞這時候的辛苦，慶陽府的鋪子丟不得，她這邊出事，又不得不在最忙的時候還要顧著她。

「我知曉了，薛叔，我們過兩日就出發回慶陽府吧！」

他們一家人都在慶陽府，趙燁磊也在去慶陽府的路上，陳悠一人待在建康並不適合，而且這些天身心俱疲，她渴望得到家人的溫暖。更重要的是，阿梅的病情還沒有進展，她得為阿梅尋到治療的方法。

等秦征忙完一切出了宮門，天色早已昏暗。

不用、阿北已等在宮門口，今夜無星，但是一輪弦月卻掛在空中，清冷的月光灑滿整個建康城。

主僕三人騎馬出了宮中外城，秦征勒著韁繩停下片刻，朝左拐是回毅勇侯府的路、朝右邊拐是集慶門，陳悠便暫時住在那一帶。不過是片刻猶疑，馬頭掉轉，終究是朝著右邊去了。

跟在身後的不用擰了擰眉頭。

即使是快馬到陳悠家院外時，這一帶的民宅中大多已都熄了燈火進入夢鄉，陳悠所在的院子當然也沒什麼不同。

阿北嬉皮笑臉地在一旁詢問。「世子爺，要不要屬下去敲門，雖是晚了些，您也能討杯茶水喝。」

不用毫不留情地用手中的馬鞭給了阿北一鞭子，而後朝他瞪眼。阿北有些委屈地揉了揉被抽疼的手臂。

秦征好似沒有聽到阿北的問話，他只是駕著越影在陳悠所住的院外停留半刻鐘，便立即回了侯府。

回到府中後，白起正著急，護衛回來通報說是世子爺一個時辰前就從宮中出來了，按理說，半個時辰前就應該到府中，卻延誤了半個時辰，詢問阿北才知道，是繞到了集慶門那邊……

白起有些頭疼，世子爺不會是真喜歡上了陳大姑娘吧？

對她的事上心，他還能理解為需要她為老侯爺治病，但是大晚上的去人家姑娘住的地方踩點又怎麼解釋？

陳悠夜晚便早早歇下，足足睡到日上三竿。她剛起來不久，就聽說白起來了。

秦征這幾日卻有些苦逼，不過想見陳悠一面而已，早朝後卻又被朝事絆住腳，白起只好替主子將早就給陳悠準備的禮物送來。

「世子爺說了，陳大姑娘來一趟建康城不容易，又要急著回慶陽府，他這幾日忙亂，恐沒有時間送行，這些是京城的土特產，都不貴重，卻是世子爺的一片心意，讓陳大姑娘帶回去分給家人。」

陳悠瞧著桌上堆成小山一樣的禮盒，收也不是，拒絕也不是，臉上盡是難色。

白起笑了笑。「陳大姑娘莫要為難，咱們世子爺說了，既然相識，陳大姑娘到建康來，他也算是東道主，卻遺憾沒有機會帶著妳玩上一圈，送些不值錢的東西也算是補了心中歉疚，聊表心意罷了。再說，咱們老侯爺的病情以後還得靠著陳大姑娘出力呢！若是陳大姑娘還是覺得心中過意不去，就當作是替老侯爺提前支付的部分診費好了。」

陳悠如果不收下這些東西，簡直都覺得是自己的不應該了。她謝過白起，讓他代為感謝秦征。

白起略坐了一會兒，便告辭了。上了馬，出了陳悠所住小院的巷子，他才吁了口氣，這禮總算送出去了，若按照世子爺早上交代的，禮送不出去，他也可以不用回去了。

因明日一早就要出發，陳悠收拾完行李後，薛鵬帶著她與賈天靜在集慶門這邊的街道略微逛了逛，買了幾樣新鮮的小玩意兒帶回去給弟妹們。

用過了晚飯，陳悠將收拾好的行李讓阿魚帶著人先搬進馬車中，明早天不亮他們就要啟程。

坐在房內無事，陳悠突然想起白日裡白起送來的那些禮物她還未看。等到陳悠一一拆開，就無語地張大了嘴。

哪裡是什麼便宜貨，根本就是貴重得可怕。

錦盒中裝著三疋「雲錦」，它是大魏的三大名錦之首，上面的花紋，多用金線勾勒線條，雍容華美，一般官宦想要一小塊恐怕都難。不過雲錦產於建康，嚴格來說，還真算得是建康的土特產了……

陳悠汗顏，她從未收過這般貴重的「土特產」，秦世子當真是財大氣粗。另外的盒中也多是一些精美的首飾，新奇的小玩意兒。

反正，陳悠看下來，總結這些東西，沒一樣是便宜的。這般貴重的禮物，她本不應該收，尤其是這幾疋雲錦。但是她明日就要離開，已無時間將東西送還給人家，也只好帶上，思及之後她還是會回建康城的，到時便將這幾疋貴重的錦緞還給秦征吧。

翌日，陳悠踏著朝露出發。等到他們行到城門口，恰好到開城門的時候，隨著進出城門的百姓一同入了官道，馬車後帶了些小小煙塵。

早晨的霧氣還沒散去，不一會兒就已看不見馬車在官道上的影子。

城牆上，白起立在秦征身後，小聲提醒。「世子爺，早朝的時間快要到了。」

藏青色鑲著灰色兔毛的披風上早已被霧氣打濕一半，秦征聽到白起的話才動了動步子，站得太久，他渾身都有些麻木。

秦征將視線從官道上收回，沈默著下了城樓，從不用手中牽過越影，翻身上馬，朝宮門的方向奔去。

又將是一日的忙碌，他僅能感受到的溫暖已經遠離，他只能獨身一人面對朝堂的洶湧和冰冷。

這些年，一個人獨自打拚，他以為自己早已習慣了孤獨和寒冷，可是尋到他期盼的暖源時，等到她離開，秦征發現他是這麼難以適應。

賈天靜與陳悠同坐一輛馬車，陳悠瞧著身旁放著的禮盒有些心不在焉。

賈天靜已經觀察她許久了。「阿悠，在想什麼呢？」

陳悠被賈天靜一打岔，便朝她這個方向看過來，微微笑了笑。「我在想阿磊哥哥他們是不是已經到了慶陽府，還有百味館也不知開張得順不順利？」

賈天靜拍了拍她的手。「小小年紀，怎地就有這麼個愛操心的性子，別盡是為了別人想，也為妳自己想想。阿悠，妳覺得那秦世子如何？」

陳悠哪裡想到賈天靜會問到這種問題上，尷尬地咳了咳。「靜姨，您說什麼呢？」

「小丫頭年紀也不小了，別和妳靜姨裝糊塗，靜姨說什麼，妳難道還不明白？」賈天靜說著，眼神往旁邊堆著的禮盒上瞥。

陳悠一時間情不自禁地臉紅起來。「靜姨您多想了，秦世子的身分可不是我能高攀得起的。」

「有什麼不成，只要妳願意，我看那秦世子都要高興壞了。再說，我昨日也打探了番秦世子的身世。毅勇侯府中根本沒有長輩，除了昏迷中的老侯爺，這些年只是秦世子一人當家。他父母早逝，那孩子才十五歲就扛起整個侯府，想來也是不容易，若是妳能嫁給他，不用受公婆管束，當了侯府的女主人，也不會受苦。」

賈天靜邊說邊看著陳悠，陳悠一雙清水眸子波紋顫顫，最後還是有些失望地扯了扯嘴角。「靜姨，秦世子是在皇上身邊做事的，他的婚事，他又怎能作得了主，咱們還是莫要多想了。」

賈天靜嘆了口氣，陳悠說得不無道理，秦征本就家族勢弱，又得皇上重用，皇上想要提拔他，首要之務便是替他找個勢力雄厚的靠山。朝中關係錯綜複雜，根本就不是他們這種普通人能看透的。

嘆了口氣，賈天靜瞧陳悠眼中的那份失落，心中已暗暗決定回了慶陽府，定要將這件事與秦長瑞夫婦好好商量一番。

建康到慶陽府，途經嵩州，行得快些，也不過兩日的路程。

他們當天早上一早出發，在嵩州歇一晚，第二日晚上就能趕到慶陽府。

這兩日的路程對陳悠來說很是安逸平穩，但是對於白起派去保護陳悠的幾個喬裝護衛便不是這般了。

在嵩州的這晚，竟有刺客伏擊，被白起的人暗地裡拿下，被活捉的兩個刺客當場就咬舌自盡，一個活口都未能留下。

其中一人被派去建康送信，剩餘的護衛仍是一路暗中保護陳悠一行。

第二日晚間，陳悠一行人趕到慶陽府時，慶陽府早已關了城門，陳悠他們只能在城外歇一個晚上，等明日一早，城門開了才能進去。

翌日，是個風和日麗的清晨，來接他們的並非是秦長瑞，而是她的大堂哥陳奇，原來秦長瑞已經將他調到慶陽府。

陳悠跟著陳奇匆匆趕到慶陽府的陸家巷。陸家巷算是慶陽府的一條大巷道，這裡住的大多都是在慶陽府中做生意的商戶。剛到巷口，看門的小廝急忙跑進府中稟告，不一會兒，府門前就站了一群人。

為首的便是秦長瑞夫婦，陶氏拉著阿杏、陳懷敏心急地跑到馬車邊，陶氏身後立著一個嫻靜的婦人，臉色紅潤，甚至還有些微微發胖。

陳悠扶著賈天靜從馬車上下來，陳懷敏早已急切又高興地喚「大姊」。

陳悠摸摸陳懷敏的頭，牽著他的手走到秦長瑞夫婦身前。「爹、娘！」

陶氏急忙拉過她上上下下好好看了一番。「阿悠，這些日子，可是急死娘了！」

陳悠撒嬌地又叫了一聲「娘」，惹得陶氏瞪了她一眼。

秦長瑞平日經常緊繃的臉上也多了些放鬆，他寵愛地看了陳悠一眼。「快些進家中，都站在門口做什麼？」

陳悠視線一移，突然瞧見一個熟悉的容貌，最後眸光落在白氏臉上。「大嫂？」

白氏發胖，一笑起來，臉都圓了，她糯聲叫道：「阿悠！」

陳悠視線下移，瞧見白氏微微隆起的小腹，儘管還沒脫下冬衣，但是腹部已能看得出來，白氏是有孕了。

「大嫂，妳……」

陳奇小心攬著白氏，笑著對陳悠解釋。「在我們剛到慶陽府時，妳大嫂就被診出喜脈，我們當時也嚇了一跳。妳大嫂肚子裡的這個孩子倒真是命大，我們這般奔波，從林遠縣一直到慶陽府，連日趕路，這孩子都沒出什麼事。」

陳悠聽到陳奇這麼說，當真是鬆了口氣，懷孕的頭幾個月尤其重要，不能有絲毫的馬虎。看來白氏這次肚子中的小傢伙真是個結實的。

陳悠一手拉著阿杏，另一手拉著陳懷敏，跟著父母進了陸家巷的宅子。

前院廳堂，唐仲與賈天靜被邀請入座，唐仲便將這些日子在建康發生的事情和陳悠如何救治清源長公主的事詳細說了。

而後陳悠又說了唐仲與賈天靜不久就要舉辦婚禮，等過了半個月，劉太醫會帶著家人過來親自為賈天靜主持。

一屋子人也都沒想到，這兩個「不婚主義者」最終會走到一起，紛紛祝賀。

陳悠不放心白氏的身子，當即就給她號了脈，大人孩子都健康。

慶陽府的百味館已在昨日開張，陳奇是大掌櫃，加上唐仲、賈天靜的喜事，還有白氏有孕，當真是喜事連連，這一年開頭就有這般多好事，一定是個好運的年景。如今便等著趙烨磊、阿梅和李阿婆來，他們便能在慶陽府團聚。

一屋子的人聊了小半日，而後一起用了午飯，才回去歇午覺。

陶氏帶著陳悠進了早為她準備好的房間，他們在陸家巷的宅子已比華州的大了許多，三進的大院子，旁邊還有個附屬的小跨院，陶氏這段日子在宅子內添了好些人。

陳悠跟著陶氏一路過來，有些不敢相信這將是以後他們住的宅子。

「阿悠，西邊專門給妳留了個小院當藥房，還未改裝，到時候妳想如何佈置，便叫阿魚支使人給妳弄。」

抱著陶氏的胳膊，陳悠高興地點點頭。「謝謝娘。」

進了房間，身後跟著的兩個小丫頭將陳悠的行李放下，便恭敬退下了。

「妳今日好好休息，明兒一早娘給妳說說府上的布置和添置的下人，午後叫妳爹帶妳去新開的百味館轉轉。」

陳悠點點頭，起身將從建康帶來的禮物給陶氏。「女兒也沒買什麼貴重的東西，只不過都是些不值錢的小玩意兒，娘不要嫌棄才好。」

「傻孩子，只要是妳買的，不管是什麼，我和妳爹都喜歡。」

陳悠笑著轉身將包袱中的衣裳放入衣櫃中，陶氏卻奇怪地問道：「阿悠，這些是什麼？」

原來秦征在她臨走前送的那些禮物都被阿魚送到她的房中，現在正堆在她房中的桌上。

陳悠苦笑一聲。「娘，這些都是秦世子送的。」

「什麼？」陶氏平靜的心緒像是猛然被投入一塊巨石，飄飄蕩蕩，漣漪四起。

陳悠沒想到陶氏反應這麼大，她走過來拉住陶氏的手臂，讓她坐下。「娘，莫要著急，等我慢慢與您說。」

陶氏表情怔怔，良久才回過神，點點頭。「阿悠，妳與娘說說這個秦世子。」

陳悠有些疑慮地看著陶氏，將她在建康城時秦征的幫扶都說與陶氏知曉。

陶氏心跳越來越快，伸手摸了摸陳悠嫩滑的臉頰，長長嘆了口氣。「阿悠，秦世子也是個可憐人，妳以後若是能對他好些便對他好些吧！」

陳悠皺眉，不明白為什麼她娘會說這樣的話。

陶氏忙低下頭，掩飾閃著水光的眼睛，她下意識打開堆放在桌上的錦盒，隨著錦盒的打開，她的手一顫。

錦盒中放著的是雲錦，那是她的東西，她怎會不熟悉？這三疋雲錦是在她與秦長瑞大婚時太皇太后賞賜下來的，宮中御製，她覺得太貴重便一直捨不得拿出來裁衣裳，也就放在庫房中保存著。有一年冬日，她指使丫鬟們清點庫房的東西，將這三疋雲錦拿出來瞧了，恰巧被還年幼的秦征見著。

小秦征奶聲奶氣地問道：「娘，這緞子這麼好看，您怎麼不拿來做衣裳，娘穿這個緞子做的衣裳一定很好看！」

陶氏捏了捏兒子的臉。「這可不是一般的緞子，這叫雲錦，很珍貴，娘捨不得穿，等我兒以後有了心上人，讓我兒送給心上人做衣裳。」

小秦征抱著陶氏的腿。「還是娘穿得好看。對了，娘，什麼是心上人？」

陶氏瞧他可愛懵懂的小模樣，樂呵呵地將小秦征抱到膝蓋上。「我兒還小，等以後長大，就知道什麼是心上人了。」

「我不要心上人，我只要娘，娘香香。」小秦征將頭埋在陶氏的脖子裡，咯咯笑。

可最終，這三疋雲錦也未送出去，最後葬送在火海中……

陶氏摸著順滑的雲錦，心口都揪了起來，她的阿征還是她的阿征嗎？這一世，他有心上人了嗎？

淚水不知不覺順著眼角滑下，落在雲錦上，陳悠見陶氏沈默，而後看到陶氏的眼淚，嚇了一跳。「娘，您是怎麼了？若是妳不開心，過幾日，我就叫人將這些東西送回建康，還給秦世子。」

陶氏也明白自己在女兒面前失態了。她忙用帕子抹了抹眼淚，輕輕搖頭。「阿悠，娘沒事，這些東西，既然別人送了，便留著吧，日後咱們也買些貴重的當作回禮，還有這幾疋雲錦，過幾日，娘拿一疋去給妳裁一套衣裳。」

「可……」陳悠想說這布料太貴重了，就這麼用它裁衣裳太浪費。

「再貴重的東西做出來也是給人用的，若是無用，留著做什麼？」陶氏的話還真叫陳悠無法反駁。

「娘想如何便如何吧！」

陳悠擔心陶氏身體有什麼問題，才變得這麼情緒難以控制，不放心地給她把了脈，確認沒什麼問題後，陳悠瞧著陶氏離開，才安心躺在床上休息。

陶氏出了陳悠的房間，突然頓住腳步，回頭看向房中，臉上盡是憂色，難道說征兒喜歡上了阿悠？若不是如此，征兒為何會送給阿悠雲錦？

陶氏想過他們夫妻與秦征相認，想過給陳悠找個才貌雙全的夫君，可從未想過秦征會與陳悠走到一起……

如果秦征真的是他們的愛子，那自然所有事情都是美滿的，但若如今的秦征並非他們的秦征，那他們是否要阻止陳悠與秦征之間的來往？

見了三疋雲錦，陶氏變得心事重重。

第四十七章

第二日一早，陶氏就將陳悠叫起來。

朝食後，陶氏將家中這些日子添置的下人都叫到花廳中，大門和二門各兩個小廝、一個中年管家、一個馬夫、廚房的三位大娘和照顧院子掃灑的婆子和丫頭們，還有給陳懷敏、阿梅和阿杏添的人，陶氏自己身邊兩個丫鬟、一個婆子……總共算來，宅子中一下子多了三十來個下人，花廳根本擠不下，有些都站在花廳門口。

突然多了這麼多人，陳悠實在是有些不適應。「娘，他們都是咱們府上的？」

陶氏笑著安慰她。「這些人日後就在咱們家當差了。」而後轉頭威嚴地對這些人道：「這是大小姐，你們不可怠慢！」

眾人齊聲應是。

「妳們兩個過來。」陶氏朝著站在角落的兩個小丫頭招招手。

兩個丫頭也不過十三、四歲，梳著兩個螺髻，小心翼翼，連頭也不敢抬，走到陶氏面前，恭敬地叫了一聲「夫人」。

「日後，妳們二人就負責照顧大小姐的起居，可知了？」

「奴婢知曉了，以後一定好好伺候大小姐，還請大小姐給奴婢賜名。」

陳悠臉上有些尷尬，在大魏朝生活了這些年，這種情況還是第一次遇見，看陶氏滿臉認真嚴肅，陳悠又不好說別的。

「那妳們日後一個叫佩蘭，一個便喚桔梗吧。」陳悠哪裡能想出什麼好名字，滿腦子都是中草藥，便從中取了兩個好聽些的權且應付了。

兩位丫鬟謝過賜名後，陶氏見陳悠不自在，便揮手讓她們退下了。

等到下人都散去後，陶氏點了點陳悠的額頭。「阿悠，這些人都是咱們家的下人，是給咱們家做事的，妳這般緊張做什麼？」

陳悠勉為其難地笑了笑。

陶氏嘆口氣。「這才幾十人而已，稍稍富裕些的人家，誰家沒有幾十奴僕？在建康城，家中奴僕上百的手都數不過來，日後，妳若是出嫁，管著的僕人又何止這些。」

「娘，我只想研究藥方子，管下人還是算了吧！」

陶氏朝她瞪眼。「這可不成，阿悠，妳也不小了，娘也留不了妳幾年，當家可不能不學，從明日起，妳白日便跟著娘。」

陳悠只能苦著臉應下，好說歹說，終於求得能下午待在藥房中。

唐仲與賈天靜的婚事要準備，而唐仲是孤身一人，什麼事都要落在他頭上，要自己操辦。當日他與賈天靜商量了，便將靠著陳悠家宅子旁的一個小院子盤下來做兩人的新房。

等到第三日中午，趙燁磊終於到了慶陽府。

陳悠笑著道：「阿磊哥哥，你總算來了，我們可是都為了你擔憂呢！」

趙燁磊雙眸中光彩一閃，他低低喚了一聲「阿悠」。

陳悠對著他笑了笑，後頭的車簾便被掀開，阿魚將李阿婆從車內扶出來，隨後李阿婆牽著阿梅下了馬車。

「阿婆、阿梅！」陳悠急忙迎過去，阿梅見到大姊，高興地抱住陳悠。

「阿婆，你們這一路上辛苦了，您都瘦了好些。」

李阿婆笑咪咪，摸了摸一邊陳悠嫩滑的臉蛋。「我有什麼辛苦的，阿磊都安排好了，只是阿梅不見妳，不愛說話。」

聞言，陳悠又抱了抱多日未見的阿梅。

趙燁磊站在陳悠身後，瞧著她與李阿婆說笑，嘴角牽起。

張元禮快步走過來，朝陳悠行一個揖禮。「多日未見，陳家妹子可好？」

陳悠朝張元禮行了一禮。「我很好，張舉人別來無恙。」

張元禮客氣地朝她笑了笑，明明是和煦溫暖的笑容，陳悠卻覺得這笑容背後藏著把鋒利的尖刀，讓人覺得渾身冷颼颼的。

陳悠和張元禮不鹹不淡地打過了招呼，轉頭看了趙燁磊一眼。「阿磊哥哥，快些回去吧，爹娘在家裡要等急了。」

趙燁磊從愣怔中回過神，朝陳悠點點頭。

陸家巷的陳府讓趙燁磊有些吃驚，這宅子要比華州的宅子好上許多，府中添置了許多人。到了前院花廳，離門口不遠，就已經能聽到裡面的說話聲。

趙燁磊頓了頓腳步，才踏進花廳中。

陶氏與秦長瑞見到他，讓他趕緊坐下，趙燁磊見到陳奇，也是吃驚了一番。

簡單敘話後，一家人一起吃了午飯。

因李阿婆與阿梅連日舟車勞頓，陳悠先陪她們去歇息，只留下趙燁磊在廳中與秦長瑞夫婦說話。

陳悠歇了午覺起來，聽阿魚說，趙燁磊在書房中與秦長瑞說事。

陳悠擰眉端著茶點想要進去瞧瞧，卻被陶氏攔住了。

「阿悠，他們男人家說事，妳進去做什麼？來幫娘瞧瞧這些料子，春天了，要給你們幾個一人做幾套衣裳。妳靜姨要成親了，她平日不注意自己的打扮，但是成了新娘子可要穿新的，要給她多做幾套。」

陳悠就這麼被陶氏支開了。

秦長瑞與趙燁磊直到傍晚時分才從書房出來。晚飯時，趙燁磊吃得不多，陳悠瞧他臉色灰暗，有些不對勁，心中擔心。

「你們慢慢吃，我有些累，先去歇下了。」趙燁磊儘量用笑容掩蓋翻滾如驚濤的心緒。

陳悠剛想要問他是怎麼回事，秦長瑞卻道：「回去吧，早些睡，趕了這麼多天的路也累了。」

趙燁磊恭敬行禮後，起身快步出了房間。陳悠看了父母一眼，又將視線落在趙燁磊消失的方向。

秦長瑞低頭吃菜，眼眸中平靜無波，陳悠看不出一點波瀾。

難道她猜錯了？阿磊哥哥這般並非是因為秦長瑞與他說了什麼？

趙燁磊離席後，餐桌瞬間變得安靜起來，花廳中氣氛有些沈悶，無形之中，一股低氣壓籠罩著。

陳悠很快吃完，放下碗筷。「爹、娘，我有話要與你們說。」

秦長瑞笑著和藹地看了她一眼。「一會兒我和妳娘有好些事情要處理，明日妳再與我們說可好？」

陳悠只好應下來，點頭後，拉著阿梅、阿杏去休息。

隔日，陳悠一大早就起身了，氣溫漸漸回暖，空氣中都是春天清新的味道。

用了朝食後，她想找趙燁磊一同出去逛逛慶陽府的街道，順道去瞧瞧當地的藥鋪一條街，便去書房尋人。

經過昨天一晚上的休息，趙燁磊的心緒已完全平靜下來，他從書桌前抬頭看了眼陳悠，眼前少女溫婉美麗，早就刻印在他的心中，他未曾拒絕她任何要求，何況只是逛街這樣再平常不過的事情。

趙燁磊笑了笑，分明是平常的笑容，卻生生讓人感覺到苦澀。「咱們這就走吧！出門不宜遲。」

陳悠與陶氏打過招呼後，便與趙燁磊一同出門，剛剛走到大門口，一輛馬車就停在門前。

張元禮從馬車上跳下來。他笑容滿面，一身青袍穿在他身上，顯得他更加高大英俊。「阿磊，你這是要出門？」

趙燁磊也未想到張元禮會這個時候來，他眼中為難。「方想陪著阿悠出去轉轉，咱們就在門口碰見了。」

「陳家妹子，不介意我也跟著吧！」張元禮笑道。

趙燁磊感激地看了張元禮一眼，謝謝他的體諒。

「既然張舉人不覺得無聊，那咱們這便出發吧！」

「阿悠，元禮與我同窗數載，妳與他不用這般客氣，以後喚元禮哥哥便好。」趙燁磊笑著說道。

「以前在林遠縣時，陳家妹子與我還不是這般生疏的，怎麼過了幾年，反倒是越來越客氣了。」

陳悠只好笑了笑，照著趙燁磊說的，叫了一聲「元禮哥哥」。

張元禮轉身吩咐兩句，讓家丁將馬車趕回去，自己只牽了一匹馬。

陳悠坐在馬車內，趙燁磊與張元禮騎馬跟在兩側。

她掀開簾子瞧了瞧外頭，羨慕地看了眼馬車外並排同行的兩人，心想，她一定要找個日子，自己去學騎馬！

趙燁磊有些歉疚道：「辛苦元禮了，明日咱們一同去喝酒。」

「你我十來年好友，這點小事何足掛齒，況且只是陪著阿悠妹子瞧瞧街景。阿磊，你準備何時去建康？」

趙燁磊撇頭看了眼身側的馬車，而後笑了笑。「約莫最遲也就是下月。」

「那袁知州的人脈你可打算用？」

趙燁磊搖搖頭。「應是不會去碰的，叔、嬸也有打算，到時再做抉擇。」

張元禮眉頭猛然一皺，面色憤慨，不多時，他壓下面上憤然的情緒。「阿磊，是你考上科舉的，你身上的重擔你自己要比我清楚得多，陳家即便養了你幾年，如何抵得上你的親生父母？你這樣何事都聽他們安排，他們為你考慮過嗎？」

趙燁磊眉頭一緊，而後抿了抿唇，望著前方的路。「元禮，你莫要這麼說，叔、嬸都是為了我好。」

「哼！為了你好？那他們為何捨不得將阿悠妹子許配給你？」張元禮的話像是帶著倒刺的箭頭射入趙燁磊的心中，拔出來時也要勾著內裡脆弱的皮肉。

坐在馬車中的陳悠聽到外面好似有爭端，掀開車簾，不放心地問道：「阿磊哥哥，發生什麼事了？」

趙燁磊臉色有些蒼白，他勉強朝陳悠笑了笑。「阿悠，沒事，前面就到中府路了。」

陳悠不大相信地瞥了張元禮一眼，張元禮面上表情未變，還是那副到哪裡都和樂的樣子。

等他們逛完街，折返回到陳府，陶氏便與陳悠說劉太醫一家過來了，唐仲與賈天靜正在花廳中陪著說話。

陳悠與趙燁磊換了衣裳一同去了花廳。

劉太醫的妻子已年過五十，老夫妻兩人的兒子也都三十多歲了，孫子都要到娶妻的年紀，這次來慶陽府的人，便只有劉太醫老夫妻和他們的親兒子劉樂水。

賈天靜自小就被劉太醫收養，與劉樂水的關係就像親兄妹一樣，這次賈天靜要在慶陽府成婚，他這個做哥哥的自然要跟著過來幫忙張羅。

皇上這次特地給劉太醫放了長假，讓劉太醫來安排愛徒的婚事。賈天靜自是沒想到師父、師母會這個時候趕過來，感動得眼眶發紅。

陳悠與劉太醫寒暄了幾句，劉太醫忽道：「妳看我這一把年紀，差點忘了正事。」

「清源長公主殿下的病已經好得差不多了，駙馬爺聽說老夫要來慶陽府，就將一樣東西交給老夫，讓老夫一定要親手交到陳大姑娘的手中。」話畢，劉太醫讓身後的丫鬟去將東西取來，不一會兒陳悠手中就多了一個不大的精緻檀木錦盒。

一打開，錦盒內明黃的綢緞上躺著一枚毫無雜色的雪白玉珮，玉珮旁邊放著一張寫了字的宣紙。

劉太醫驚呼一聲。「這……這是長公主的鳳玉。」

陳悠也同樣吃驚，小心地將鳳玉遞給陶氏，而後展開信，信是清源長公主親筆所寫，只寥寥幾行，但意思很明顯：她感激陳悠的救命之恩，將她從生死邊緣拉回，故而將鳳玉送給她，他日若是有什麼難處，便拿著這枚鳳玉去尋她，只要是她和姜家能辦到的，她定義不容辭。

花廳內的人都忍不住唏噓，鳳玉與龍玉是嫡長公主與儲君特有的皇家玉珮。從另一方面說，是可以代表長公主這個人的。清源長公主既然會將鳳玉贈送給陳悠，說明清源長公主是真心感激她。

陳悠沒想到清源長公主這般重情重義，她將鳳玉交給陶氏好好保管，而後又謝過了劉太醫。

「謝我做什麼，妳這個小姑娘前途無量，前些日子，我在宮中，杜院使那個老傢伙還整日念叨妳呢！等到慶陽府藥會，他也是會來的。」

陳悠有些驚訝。「劉太醫，宮中太醫也可參加藥會？」

劉太醫哈哈笑了兩聲。「慶陽府藥會三年一次，屆時可是名醫薈萃，就算是宮中太醫也不願意錯過。況且，來參加藥會也是太醫院素來的老規矩了，藥會上特有的一項，便是宮中太醫與民間大夫比藥。」

沒想到還有這回事?!

陳悠聽得雙眼亮晶晶的，愈加期待藥會的舉行。不過現在說還早了些，離五月開辦的藥會還有將近兩個月的時間，不知今年藥會，惠民藥局會不會領頭？

劉太醫與家人經過兩日奔波抵達慶陽府，吃過晚飯後，陶氏替他們安排了房間，他們早早歇下了。

晚上陳悠回了房，去淨房梳洗一番，從書桌上拿起看到一半的醫書，剛想上床看一會兒睡下，胸口卻突然一陣猛烈抽痛，而後那痛感在瞬間瀰漫全身，席捲著她每一根神經和每一個細胞。

陳悠痛呼出聲，死死摀著胸口，鎖骨下方那朵紅色的蓮花微微一閃，顏色變得黯淡了些，可是劇痛一波一波襲來，她完全招架不住，已經趴在地上，細細密密的汗珠從額頭、臉上、背上滲出，她臉色因為疼痛變得慘白，呻吟著不斷吸氣。

剛剛躺上床的佩蘭嚇了一跳，連鞋也顧不得穿，就與桔梗跑到陳悠的房中。

她們來到陳悠房中時，陳悠趴在地毯上，桌旁的椅子翻倒，書桌上的筆墨紙硯掉在地上，狼藉一片。

方才陳悠疼痛至極，拽到桌布，桌布被抽了下來，於是案桌上的東西掉了一地。

「快、快去告訴老爺、夫人！」佩蘭朝桔梗大喊，桔梗才從驚恐中慌張地回過神，撒腿就朝秦長瑞與陶氏的院子跑去，跑到門檻時因為太急被絆倒也顧不得。

佩蘭將陳悠摟在自己腿上枕著，焦急地喚著「大小姐」，可是陳悠這個時候因為疼痛而意識模糊，根本就聽不到她的叫聲。

身體每處都是疼痛，雖然在消退，可是仍然難以忍受，就像是皮膚在火上一寸寸灼烤一般……

意識在漂流著，陳悠只覺得眼前一亮，一望無際的草藥園裡，老人正在給草藥施肥除草，她站在一叢金銀花旁，雖渾身疼痛灼痛，可是滿鼻腔金銀花好聞的味道卻讓她緩解不少。

老人放下手中的小藥鋤，轉過身來對她和藹一笑。「阿悠，這只是一般的藥田，真正美麗的藥田妳還沒見過，一望無際全都是草藥，那才是我們家族的珍寶，妳一定要好好保護它。」

忽然，眼前景致在面前猶如砂礫一樣碎裂崩壞，而後被風吹散，周圍變為一片漆黑，她大喊著「不要」，一道白光打在身上，隨之而來就是疼痛，白光好像有吸力一樣，將她從虛無的空間中瞬間轉移，意識也隨著這一刻突然消失。

等到疲累地慢慢睜開眼睛，陳悠見到的便是圍在自己床邊的親人。

陶氏握著她的手，眼眶紅腫；秦長瑞坐在桌邊，眉宇緊鎖；趙燁磊更是面色蒼白。

唐仲將銀針從陳悠身上拔下，長吁了口氣。「阿悠，妳終於醒了。」

陳懷敏要過來看陳悠，被秦長瑞攬在懷中，他心疼地喚了一聲「大姊」。

陶氏抹了抹眼淚。「阿悠，妳嚇死娘了。」

陳悠瞧了一圈，混沌的腦中也漸漸回想起之前的情景，她虛弱地扯了扯嘴角。「娘，讓你們擔心了。」

賈天靜站在床邊低頭看著陳悠，面上滿是不解。「阿悠，妳怎會突然暈倒？到底是怎麼回事，我們進來時，就瞧見妳奄奄一息地枕在佩蘭的腿上。」

難忍的疼痛已經過去，陳悠現在渾身還有些痠痲，情況並不嚴重，她頭往上抬了抬，讓陶氏扶著她坐起身。

唐仲端來溫熱的糖水餵她喝了幾口，陳悠緩過了些氣，才虛弱地張口說道：「我也不知這是怎麼了，回房後，突然胸口一陣劇痛，接著就渾身都疼，隨後我就沒了知覺。」

唐仲認真瞧了陳悠的面色。「阿悠，妳身體並無別的毛病，為何會突然疼痛？」

這正是唐仲與賈天靜不解的地方，他們雙雙替陳悠號脈，賈天靜又將陳悠的身體檢查一遍，但二人得出的結果一致，陳悠的身體並無病症。

可是她的疼痛又不可能作假，那是什麼原因？這樣的未知，讓唐仲與賈天靜都分外擔憂。

陳悠心中一凜，這種突然的劇痛按照道理來說已不是第一次，之前在華州也有過一次，不過時隔幾個月，她已慢慢忘記，現在卻又捲土重來，而且這次的疼痛，遠比第一次來得猛烈……

陳悠臉色慘白，眸中情不自禁就露出恐懼，上一次伴隨著那種疼痛，她失去外科手術時那無往不利的感覺，那這次呢？會不會她又少了什麼？

唐仲和賈天靜瞧見陳悠臉色難看，以為他們的問話嚇到她了，連忙說道：「阿悠，我與妳唐仲叔都確認過了，妳未患上任何病症，或許是妳不小心吃了什麼不好的東西才導致的，妳千萬莫要多想，有我和妳唐仲叔在，妳不會有事的。」

醫者不自醫，賈天靜安慰陳悠。

陳悠回過神，她虛弱地朝親人們笑了笑。「爹、娘、唐仲叔、靜姨，我沒事，我有些累了，想休息。」

「好，阿悠，娘扶妳躺下。」

陶氏扶著陳悠躺平，給她掖了掖被角，唐仲與賈天靜看了陳悠一眼，與屋中其他人一道出去了。

陳悠疲憊又困倦地慢慢閉上眼睛，陶氏坐在床邊照看了一會兒，小聲交代佩蘭和桔梗照顧好，才起身出去。

陳悠雖閉上眼睛，卻並未睡著。她心中惦記著自己的猜測，心弦都緊繃著，因此根本毫無睡意，陶氏走後不久，她就睜開眼睛。

守在床邊的佩蘭瞧見她醒了，忙說道：「大小姐，您才睡了半個時辰不到，再睡一會兒吧。」

陳悠翻了個身，佩蘭幫她蓋好錦被。

「佩蘭，妳們都出去吧，我想一個人靜靜。」

「可……」

「無事，妳們就在耳房，我不舒服會喚妳們，妳們也能及時趕過來。」

佩蘭瞧陳悠堅持，只好點點頭。

「大小姐，妳身子難受一定要叫我們。」

陳悠點頭，佩蘭與桔梗端著盆出去，小聲將房門帶上時，又看了她一眼，眼神中頗為不放心。

佩蘭與桔梗一走，陳悠長吐一口氣，忍著渾身疼痛後留下的痠麻和虛脫感，掀開被子起身，扶著桌角和博古架走到妝檯前坐下，解開中衣，脖子以下的肌膚裸露出來。

在瞧見鎖骨下的紅蓮模樣時，陳悠瞪大了眼睛。原本只是花苞的紅蓮，已經綻開，可是鮮亮的紅蓮這個時候卻黯淡無比，只隱約在胸口有個淡淡的印記，好……好像馬上要消失一樣。

陳悠伸手摸上去，印著紅蓮的那塊皮膚有些灼痛，她的手一觸碰上去，那黯淡的紅蓮紅光微微一閃，而後竟然露出頹勢，變得枯萎起來。

陳悠一驚，急忙放下手指，這到底是怎麼回事？

心中思緒雜亂，這樣的事情陳悠還未遇到過。倒了杯冷茶喝下，讓自己冷靜下來，心中默唸靈語，陳悠進入了藥田空間。

藥田空間並未有什麼變化，但是陳悠明顯感覺到空間中草藥好似顯出一股頹敗之色。自從藥田空間進入地級後，她以為這種情況不會再出現，所以對藥田空間的任務也未多在意，而且藥田空間中的任務提示那麼寬泛，就算是她想做，那也太難了，這便造成她愈加不想完成的心理狀態。

陳悠快步走到大湖的榕樹旁，榕樹有些枝椏垂到湖水中，大湖遠處猶如接天的瀑布一瀉千里，如通天玉帶。

陳悠渾身痠軟難受，她在湖邊蹲下身，捧了湖水洗了手臉，被湖水浸過的地方傳來舒適的感覺，總算讓她剛剛經歷過劇痛的身體好受些。靠坐在巨大的榕樹下，等著那道白光，果然過了不多久，湖中升起許多的白色微茫，而後在陳悠面前組成飄浮在空中的字體。

陳悠嘴角的笑容有些發苦，果然……她想得沒錯，任務失敗了，超出時間。

「為秦姓男子排憂解難……」陳悠無意識地念叨著，經歷了這次，她再也不敢將藥田空間的任務不當一回事。

而且胸前藥田空間幻化成的紅蓮黯淡，讓她有種藥田空間要消失的感覺。

藥田空間是祖父親手交到她手中，讓她定要好好保管，前世為了保護藥田空間，不讓它落於歹人之手，甚至不惜與那個男人同歸於盡，現在又怎能輕易讓藥田空間消失呢？

抬頭盯著藥田空間瓦藍的天空，空間裡的世界永遠都是一樣，並沒有黑夜，也沒有太陽，陳悠卻覺得它帶著祖父溫暖的味道。藥田空間是她與祖父唯一的聯繫了，她一點也不想失去它。只要一想到祖父也曾經在藥田空間中忙碌，不管遇到任何困難，她都能有勇氣面對。

呼吸著藥田空間中帶著藥香的空氣，陳悠也開始認真思考著藥田空間的任務。之前藥田空間要求她結識秦姓男子，事實證明，這位秦姓男子便是秦世子，現在讓她為秦姓男子排憂解難，是不是指的是秦征呢？

除了秦征，她還真的未認識旁的秦姓男子。不管怎樣，為了完成任務，她必須與秦征接觸。

想通後，陳悠急忙出了藥田空間。

而秦長瑞這些人從陳悠的房間出來後，便一起去了前院花廳。

花廳中光是大夫便有劉太醫、唐仲與賈天靜三人，秦長瑞同樣被陳悠嚇掉了半條命。秦長瑞是多麼高傲的一個人，當初他寧願白手起家，從小本生意做起，也不願意想辦法求任何人幫忙，現在他卻親自朝廳中的三位大夫各自行了一禮。

「還請三位為了阿悠竭盡全力！」

劉太醫急忙扶住他。「阿悠她爹你莫要這樣，阿悠也算是天靜的徒兒，這麼算來我就是阿悠的師祖了，我們怎會不盡力。」

秦長瑞點點頭，一個人不管能力如何強，但是在病魔面前，卻都是這麼弱小。他擔心陳悠真的患了什麼隱疾，心底是一團亂。

「是啊，陳大哥，你放心吧，有我們在，我們不會讓阿悠有事的。」唐仲安慰道。

「這些日子，我會每日來給阿悠把脈，一有什麼異況，我會告知你們。」賈天靜同樣道。

就這樣，陳悠一家都開始為她的身體提心弔膽，就連平日經常調皮的陳懷敏也不敢與大姊鬥嘴吵架了。他每日一早起床，去給父母請安後，就與兩個姊姊一同去陳悠的房中看她。幾人說笑一會兒後，就去後院的小廳一起用朝食。

陳悠只要是在書房中多看一會兒書，陳懷敏這個小人精都會冷著臉像個大人一般唸她，弄得陳悠哭笑不得。

趙燁磊也對陳悠平日的生活更加小心翼翼，生怕她出了一點點意外。

幾日後，陳悠的身體恢復，對一家人將她當個泥娃娃般看待表示反抗，反而被陶氏說了一番。

賈天靜與唐仲一直未查出陳悠身體哪裡有問題，這雖是個好消息，但是秦長瑞與陶氏有時還是覺得後怕，夫妻兩人決定等到慶陽府藥會的時候，定要讓陳悠給各地名醫診診脈。

陳悠拿他們沒辦法，只好應付地答應下來。

這幾日，陳悠特意做一些事情，直到現在，她還未發現她失去什麼。

今日是四月初二，是給李阿婆每月兩次針灸的日子。

用過朝食後，陳悠就回房中取了針包，帶著前幾日剛製好的膏藥去李阿婆的院子。

唐仲與賈天靜的婚期還有半個月，他們結婚後再過一個月，就是慶陽府三年一度的藥會。

院中，賈天靜正陪著李阿婆聊天。因臨近婚期，所以賈天靜這幾日對唐仲都迴避著，自然往李阿婆這裡走得勤了些。

李阿婆與唐仲生活了四、五年，算是唐仲唯一的長輩，唐仲大婚，是要請她坐上位的。李阿婆將唐仲當親生兒子疼愛，賈天靜當然也拿她當作婆婆來孝敬。

陳悠到時，李阿婆手中正拿著一套大紅的喜服。

「阿婆、靜姨！」

「阿悠來了，快過來瞧瞧，阿婆做這件衣裳如何？」

陳悠快步走過去，只見李阿婆手中的喜服華貴美麗，上頭銀線金絲繡製花開富貴、鴛鴦成雙的圖案栩栩如生。

陳悠嘖嘖稱讚，賈天靜卻在一邊紅了臉。

「這還是我前兩年眼睛好時繡的，老婆子早就想做這樣一件嫁衣，那時就想，如果唐仲結婚，便將嫁衣給唐仲的媳婦穿，若是唐仲真的不娶，就將這件嫁衣留給阿悠的。」

「未想到這嫁衣這般快就派上用場了。」李阿婆兩眼有些淚汪汪的。

陳悠知道她是想起自己的親兒子，連忙打岔道：「阿婆，快讓靜姨換上，讓我們看看。」

賈天靜在一旁嗔了她一眼。

李阿婆吸了吸鼻子，笑道：「天靜，快進屋試試瞧合不合身，若是不合身，趕緊拿給阿悠她娘改改。」

陳悠扶著李阿婆起身，一同進了屋內。

等賈天靜試過嫁衣之後，陳悠才拿出藥箱，賈天靜小心扶著李阿婆躺下。

「阿婆，可能會有些痛，您忍忍。」陳悠輕聲對李阿婆說。

「無事，都扎過許多次了，阿婆都知曉。」

陳悠笑了笑，淨手，取出銀針，找準穴道，閉目睜眼，調整自己的心境，右手拿著針，正朝著穴道準確地扎去，但就在銀針馬上要接觸皮膚時，陳悠心中突然雜念四起，腦中許多紛亂的人影、可怖的尖叫、藥田空間在自己眼前被毀滅……

等到她回過神，李阿婆已悶哼出聲。

賈天靜發現陳悠的異樣，急忙拔出扎錯穴位的銀針，而後揉捏李阿婆身上各處相通穴位，才緩解李阿婆身上的疼痛。

陳悠的右手有些發抖，她呆呆怔怔地看著自己的右手。她剛才是怎麼了？明明已找準了穴位，為何會在最後一刻集中不了精神，還回想起來那些恐怖的回憶？

賈天靜是又擔心又憤怒。「阿悠，妳怎麼了，給人施針怎可分心。氣穴所發，各有處名，人身體的每處穴位都事關健康之大事，何況妳給李阿婆施針的是關於眼部的部分穴位，妳一個偏差，很有可能會讓李阿婆失明！」

李阿婆連忙拉了拉賈天靜的手臂。「天靜，阿悠不是故意的，妳又何必這樣怪她？」

陳悠從震驚中回過神，原本顫抖的右手變得冰涼，她用力閉了閉眼，壓住心中的波瀾。「靜姨，方才是我疏忽了，還是您來吧，我身子有些不適，要先回去休息一會兒。」

賈天靜從陳悠手中接過藥箱，陳悠給李阿婆行了一禮，低著頭，就匆匆快步出了房間，就連賈天靜想叫住她都沒來得及。

賈天靜纖眉皺起，喃喃道：「阿悠到底怎麼了？」

平日裡陳悠被賈天靜、唐仲說幾句實屬正常不過，她還會笑嘻嘻地與他們還嘴，絕不會像剛才一樣。

李阿婆嘆了口氣。「天靜，妳莫放在心上，阿悠定不是生妳的氣，一會兒妳與唐仲去看看她，恐怕她是身上哪兒不大舒服。」

賈天靜低低應了一聲，給李阿婆施針。

另一廂的陳悠倉皇地跑回自己房間，關上房門，坐到床邊。她心中忐忑害怕，因為前一次相同的經歷，讓她更是後怕不已。

佩蘭正坐在廊下做針線，瞧著大小姐慌張地跑進屋子，也嚇了一跳，急忙讓桔梗去報告夫人，自己進屋中詢問。

陳悠躺在床上，眼神空洞、聲音虛弱，她朝佩蘭揮揮手。「妳出去吧，我想一個人待著靜一靜。」

佩蘭擔憂地看了她一眼，還是應了一聲「是」。

藥田空間的變化在陳悠的腦中徘徊，很早之前就發現變化後的藥田空間有些坑人，可這次真的超越陳悠的底線。

若是她沒猜錯，因為上次任務失敗，她已經失去了給人針灸的能力，以後診病就再也不能施針了！

呵！原本以為這幾日一切正常，藥田空間任務失敗的副作用就是單純身體上的疼痛，可沒想到，竟然還會剝奪她其他的東西。上一次，外科手術的能力本就不是她原有的，沒了後她其實沒有多麼大的心理落差，真要掌握，她慢慢積累經驗再鍛鍊便是，可是這次……

自上輩子就有的能力，鍛鍊了十幾年的針灸之術，當初幼時，是祖父手把手教的針灸，如今她卻再也不能使用了。不能針灸的大夫就好似失去一隻翅膀的飛鳥，以後她又如何好意思稱自己是大夫？

陳悠的天好似塌下了一半，她閉上眼睛，腦中混沌，有溫熱的眼淚從她緊閉的眼角滑下。

深深地吸了一口氣，陳悠想要發洩，可是藥田空間的秘密，她誰也不能說，胸口悶得難受。她猛然起身，幾步走到妝檯前，一把拉下胸前衣襟，鎖骨下那朵黯淡的紅蓮就在鏡中映照出來，用力地抓向那處，直到將鎖骨下的肌膚抓得紅腫破皮，可紅蓮印記仍然在那裡，沒有一丁點變化。

陳悠癱軟地坐在凳子上，鎖骨下方火辣辣地疼著。可她也只能這樣發洩，即便藥田空間還是一枚戒指，她也不能在一氣之下扔了它，它畢竟是祖父留給她唯一的東西，是他們家族世代傳下來的遺物。

心中過於疲累，陳悠搖搖晃晃地走到床邊，「砰」地倒在床上，昏昏沈沈中竟然睡了過去。

等到陶氏與唐仲、賈天靜趕到陳悠屋中時，她早已睡熟。

陶氏看了一眼佩蘭，佩蘭壓著聲音小聲回道：「回夫人，大小姐回來心情不大好，不讓奴婢在房中，等奴婢再進來看的時候，大小姐就睡著了。」

陶氏點頭，她彎腰摸了摸陳悠的臉頰，睡夢中的陳悠眉間還是緊皺的，陶氏很是心疼。

「好好照顧大小姐。」陶氏看了陳悠一眼，與唐仲一同出了內室，賈天靜留下替陳悠把過脈也出去了。

陶氏問道：「賈妹子，今日阿悠到底是怎麼了，她身體可有異樣？」

賈天靜有些愧疚，便將在李阿婆那兒發生的事說了。「阿悠身子無恙，若是心情不好，恐是我說的話重了些。」

陶氏看向裡間，搖搖頭。「阿悠不會因妳說了她兩句就這樣，定是還有旁的事。」

唐仲也點頭。

「可這幾日阿悠並未出門，能有什麼事？」賈天靜疑惑道。

趙燁磊聽說陳悠不大好，匆匆趕了過來，他提著袍襬進門，憂急地問道：「嬸嬸，阿悠如何了？」

陶氏看了趙燁磊一眼。「阿悠已睡下了，無事。」

趙燁磊鬆了口氣，他心疼地朝裡間看了一眼，又不好進去，只好到陶氏身邊坐下。

「阿磊，這幾日我已經差遣薛鵬去建康置辦宅子，等那邊一安排好，我們便先過去。」

趙燁磊沒想到陶氏會突然與他說這些，他有些怔住，而後才詢問道：「嬸嬸，怎麼如此急促？」

陶氏勉強笑了笑。「明年開春你便要參加會試，時間不多了，咱們在建康並無根基，一切都要從頭開始，一年不到的時間已經夠短促了，自然是能快則快。」

趙燁磊雖然明白陶氏說得不錯，可是他就是有一種感覺，認為陶氏的目的並非是為了他以後的官路，才這麼匆忙送他去建康經營。

「阿磊一切都聽叔、嬸作主。」

陶氏拍了拍他的肩膀。「好了，咱們也回去吧，阿悠累了，恐怕還要多睡一會兒，若是擔心她，等午後再來看她。」說完，又轉頭看向唐仲與賈天靜。「劉太醫早囑託了你們兩人在成婚前不能見面，怎又見面了？都趕緊回去，要是讓劉太醫知曉，他又要念叨了。」

唐仲與賈天靜剛才在擔心陳悠時還不覺得，被陶氏一說，兩位都而立之年的人互相看了一眼，竟然都臉紅起來。

第四十八章

建康被朦朧煙雨所籠罩，細密的雨絲如霧靄一樣飄散在整個大魏京都。隨著潮濕的春雨來臨，皇宮中好似也走進濕潤陰沈的雨季。

十三王爺剛從御書房出來，便拐彎直奔永和殿。而御書房內，只寥寥幾人，全都是皇上的心腹大臣。

坐在上首一身明黃的中年男人放下手中朱筆，抬起頭來，他放眼瞧著眼前的幾位臣子，有耄耋之齡的，也有如秦征這般年輕的。

皇上笑了笑，目光落到離自己不遠的秦征身上。「秦征，朕年紀大了，連你們這些愛卿的年齡都記不住，你告訴朕，你今年多大了？」

秦征微低的濃眉深目一斂，心中升起一股不好的預感。「回皇上，臣今年過年後便弱冠一年了。」

「噢，那就是二十一了，你因在朕身邊做事，耽擱了你幾年，如今你年紀也不小了，毅勇侯府又只餘下你一脈，若你再不成家，九泉之下的永凌可就要怪罪朕了。」

「皇上，家父即便在世，又怎會怪您，還有臣……並沒有娶妻的打算……」

皇上瞧著秦征的眉頭微微皺起。「不成婚怎麼行，男大當婚女大當嫁，這才是繁榮昌盛之道！」

皇上已有怒意，秦征雖是皇上的得力臣子，但伴君如伴虎，一個統治者的威信是不能夠被輕易挑釁的。他傍皇上身邊多年，在皇上身邊，最是知曉把握分寸。

聞言，秦征不再說話。皇上見他服軟，樂呵著說道：「皇后在朕這裡提過多次，她那小妹今年十六了，還未尋著合適的人家，那小姑娘不錯，聰明伶俐，性子也好，與你正好相配。」

秦征被袖口遮住的雙手猛地攥緊，可他不能將心中的一切表現出來，只恭敬地朝皇上彎腰行禮。「皇上，這畢竟是臣的終身大事，可否允臣回家中好好思考一番？」

這個時候秦征若不開口，怕是皇上隨口便將這婚給賜了。

秦征的要求並不過分，他是皇上一手提拔上來的人，在許多事情上，確實也是立下汗馬功勞，若是這點要求也不能滿足，便有些不近人情了。

皇上點點頭。「那朕給你一個月，到時朕再問起，若是你說不出個所以然，這樁婚事朕便作主了。」

秦征行禮謝恩，他知道，皇上只不過是給他一個月的緩和期而已，時間一旦過了，皇上仍然會賜婚，不過還好，他爭取到了這一個月，這一個月內，他定要想出法子，擺脫李霏煙！

直到臨近中午，他與同僚一同從御書房出來，與他一道的是吏部郎中何大人，何大人恨鐵不成鋼地用手指點了點他。

「你這小夥子，聖上要將皇后娘娘的親妹子嫁給你，這是提拔你，你答應了，以後便與皇上是連襟了，你還拒絕？幸而皇上寬容，未怪罪你。你可知道，金誠伯府的嫡三小姐是多少青年才俊想娶的，到你這兒，反倒是推三阻四了！哎……」

秦征淡淡笑了笑，未說上一句。

何大人瞧了他的樣子，惋惜地搖頭，好心勸慰。「像我們這種出身的人，早把命都放在皇上手中了，婚姻又是幾個能自己作決定的，娶誰不是娶，平日瞧你小子挺聰明，怎麼到這個節骨眼就這麼糊塗了呢！」

「大人說的話晚輩都明白，但晚輩早有打算，多謝大人關心。」秦征知曉何大人是真心為了他好，他也很感激，能在朝堂上遇到幾個肯與自己說這樣話的人很難得。

何大人見他固執，無奈地搖搖頭。「秦世子，你好自為之吧！」

與何大人道別後，秦征快步出了皇宮，中途居然遇到李霏煙。李霏煙就站在不遠處看著他，等著他走近。

秦征厭惡地皺了皺眉，這是出宮的必經之路，他唯有向前，而且這個時候也不得不迎面了。

「不知秦世子能否與阿煙走一段路？」李霏煙目光灼灼地看著他，眼中盡是勢在必得。

她不信，就如十三王爺那般的人，她都能攻略，秦征又算得了什麼？人有時就是這麼賤，越是得不到的越是想要。

秦征在李霏煙眼中就是這樣。其實以李霏煙的身分，不是非秦征不可，但是這幾年來，她遇到的菁英男子中，只有秦征一人對她不為所動，穿越女的所有優勢好似在他身上都不好使，眼前俊美英挺的男子就像是塊冷硬的冰磚，但她就是為他這種不在乎和冰冷所吸引，越是這樣，就越放不開手。

秦征低頭看了她一眼，儘管已經極力掩飾，可是眸中的一抹不耐煩還是顯露出來。

李霏煙心中一動，她不明白，秦征為何會討厭她，她雖然做過不少狠辣的事情，但是沒有直接與秦征有衝突的地方，兩人可以說是互不干擾。

李霏煙跟在高大的秦征背後，在陽光下，秦征的影子很長，李霏煙慢秦征一步，踩著他的影子，嘴角揚起，她故作天真道：「秦世子，聽說你不久後要去慶陽府一趟？」

秦征不願與這個女人待在一起。「對不起，三小姐，恕在下無可奉告。」

李霏煙咬了咬唇。又是這樣，不管她與他說什麼，他都是愛理不理的，這讓她很是挫敗。不過她天生就是不會放棄的人，不管用什麼手段，她都要讓他喜歡上自己。

氣氛一直很尷尬，青碧跟在李霏煙身後，嚇得頭都不敢抬。她從未見過三小姐這般放低姿態與一個人說話，也從未見過敢這樣無視三小姐的男人。

到了宮門口，秦征甚至不與李霏煙打招呼，便從白起手中接過越影的韁繩，翻身上馬，瞬間就消失在宮門前。

經歷過前世，秦征又怎會再接受這個女人？什麼事情都可以，唯有這一件不可能！

白起瞥了眼主子冰冷難看的神色，默默嚥下到口的話，那些事還是等世子爺回府中稍稍消了氣再說吧，他可不想撞在槍口上。

李霏煙看著秦征無視自己，她狠狠捏著手中絹帕，幾乎要咬破紅唇，最後憤恨地吩咐道：「去派人查，秦世子最近都在做什麼！」

青碧哆嗦地應了一聲，李霏煙瞥眼瞧著青碧低頭害怕的樣子，一股怒氣上來，抬腿就猛地踢了青碧一腳，這一腳帶著發洩的力氣，直直踹到青碧的小腹，將青碧踹得趴倒在地。

青碧死死忍著眼淚不敢哭出來，一旦她流了眼淚，只會招來三小姐更多的痛打。

宮門前除了守門的護衛和金誠伯府李霏煙專門的馬車和護衛，沒有別人。這樣的小插曲，這些人也都當作未看見。守衛早被李霏煙打點過，沒有人敢將她虐打奴婢的事情傳出去。

她譏誚地看了青碧一眼。「沒用的東西，事情辦不好，還不耐打！」

扔下這句，李霏煙便朝馬車走過去，青碧忍著腹中疼痛，還要快步跟上，親手扶著她上馬車，若她不這樣做，等待她的就只有一條死路可走了。

見馬車很快駛離宮門口，守門的侍衛也跟著鬆了口氣。

方才秦世子對金誠伯府的三小姐不理不睬，他們真是要給秦世子點讚了。這樣的女人，誰敢娶回去，也不知京中那些高門子弟是如何想的，竟會看上這種女人。若真是娶回家，死都不知道是怎麼死的。

另一廂，回到毅勇侯府的秦征主僕，一同來到外書房。

坐下不久，秦征便瞥了白起一眼。「有什麼事，說吧！」

白起尷尬地笑了兩聲，從懷中掏出一封信遞到秦征面前。「世子爺，湖北來的信，您前兩年派人盯著的那處有消息了。」

沒想到是這件事，秦征立馬從白起手中拿過信，急促地拆開，一目十行瀏覽下去。就連秦征這樣平日不苟言笑的人，嘴角都微微提了起來，竟然是真的！原本憑藉前世記憶尋人去那一帶打聽，幾年下來了，他都不報什麼希望，這個時候竟然來了消息，當真是天助他也。

那時，他只是無意中聽過父親提起……這一世，卻幫了他的大忙！

白起見世子爺臉色轉好，也是鬆了口氣。他若是不高興，這毅勇侯府就是陰雨天，誰都是愁眉苦臉的。

「你去把不用、阿北與秦東都尋來，我有事交代。」

白起應聲，急忙去了。

秦征走到案桌邊，尋出羊皮地圖攤開，大魏朝占地廣闊，這些年更是還向外擴張不少，湖北在大魏的東南側，離首都建康約莫半月路程，如果急行軍，最快也要十日。

幾人進來時，就見到秦征站在地圖前，若有所思。

「世子爺！」幾人齊聲喊道。

「都坐，今日我有要事要你們去做。」

等到秦征將事情交代下來，幾人都睜大眼睛不敢置信。「世子爺，信上真這麼寫的？」

秦征未說話，將信給他們傳閱。

白起嚥了口口水，他們這是要發大了！

「不用，這次你與秦東帶人去，阿北手頭上的事多，暫且就留在建康，過些日子，白起與我一道去一趟慶陽府。」

幾人領命，因這次事件重大，都是小心再小心，不用與秦東帶的人都是分批喬裝出建康城，等到了芬縣會合，到時再一同裝扮成商旅混跡在商隊中，去湖北查探消息。

這時，慶陽府陸家巷中卻是忙碌一片，陳悠在房中沈寂兩日，也慢慢地振作起來。

她不能因為這個挫折就消沈下去，她要試著努力去完成藥田空間的任務。在房中想了一日，將與秦征見面列入自己的計劃中，陳悠才打起精神出了房門。

一打開門就見到趙燁磊在院中徘徊的身影，這幾日，陳悠的臉頰迅速瘦了下來，趙燁磊見到時心疼不已。

陳悠本就削瘦，現在看來更是瘦得可憐，小小的身體幾乎撐不起衣裳，但是她面帶笑容，精神看起來倒是還不錯。

「阿磊哥哥，你怎麼在這裡？」

趙燁磊笑了笑，道只不過是擔心她的身體過來看看。陳悠便與趙燁磊一路去往前院，因今日秦長瑞要出遠門，他們得出門相送。

陳悠問了陶氏，陶氏與她說秦長瑞要去宜州，宜州生意上有要事，可陳悠隱隱感覺陶氏與秦長瑞在隱瞞著什麼，但她不好再問。

一家人站在門口，瞧著秦長瑞帶人離開陸家巷。

陳悠緊了緊身上的披風，瞧著秦長瑞的背影。既然是去宜州談生意，為何身邊精通生意的人一個都未帶，連鄭飛也沒去……

秦長瑞轉過街角，又繞過兩條巷道，他翻身下馬，來到一處民宅前，有節奏地「篤篤」敲了五次，門從裡面打開，露面的是個一身短打的粗獷漢子。

見是秦長瑞，那漢子恭敬地迎他進來。「老爺，現在就出發嗎？」

秦長瑞頷首，進了民宅，一行人便換裝上路。

竹山

春風拂過竹葉林，發出「沙沙」聲響，細小的光束透過竹葉，在滿是枯葉的林中打下斑斑光點。馬蹄踩在竹林中，與林中聲音應和。明明已是初夏，卻讓人背後平白有些發涼。

跟隨在秦長瑞身邊的粗獷漢子名叫康安，是渭水一帶有名的賊匪，機緣巧合被秦長瑞收為己用，之後便一直在暗中聽他的命令。

康安猛勒韁繩，精壯的黑馬一聲嘶鳴，他如銅鈴般的眼眸突然銳利地朝著一個方向看去，而後面容一片凝重。

「老爺，有埋伏！」

秦長瑞聞言一驚，他緊張地四處看著，可是周圍是偌大的竹林，只有竹葉搖擺時的沙沙聲，別的根本都看不到。

康安立即渾身戒備，並且讓手下趕緊警惕起來備戰。他之所以會發現有危險，完全是因為他多年在刀尖上打滾的經驗。

秦長瑞也拔出腰間長劍，他雖武術不精，但是最基本的他還是會些許。

風中傳來一道劃破空氣的尖銳之聲，康安瞬間轉向另一個方向，下一刻，手中長刀就橫在秦長瑞的胸前，「哐」一聲清脆的聲響，鋒利的箭矢被康安擋落，掉在地上。

秦長瑞瞧著康安還橫在自己心臟位置的長刀，他深深吸了一口氣，在最危險的一刻，他反而對周圍的一切非常敏銳，而且鎮靜得讓人發毛。他並沒有因為險些被刺殺而癱軟，而是猛地捏緊韁繩，冷靜又沈聲地吩咐道：「有埋伏，分兩隊，按照我們之前商量好的走！快！大家保重！」

所有人動作迅猛，秦長瑞的聲音成功安撫了他們。其實這種被暗殺的情況，這些匪寇經歷多次，只不過一時被攪亂陣腳而已。現下一個人出來讓他們迅速冷靜，這些人也很快恢復了那分野性。

僅是瞬間的工夫，所有人身上都披上一條與秦長瑞和康安一樣的斗篷，他們圍在兩人身邊轉了一圈後，斗篷寬大，已然分不清彼此，而後頃刻分成兩隊，朝竹林不同的方向而去。
箭矢隨即就如密雨般降臨，可因是竹林，視野有限，射程也有限。
隱藏在暗中的不用驚詫地看著這一幕，暗暗捶了捶身側高大的竹子，這群人絕對經驗十足，定然是江湖老手！
「追！」不用憤恨地吩咐道。
這時候秦東從另一處趕來，不用朝他做了個手勢，秦東會意，帶著一隊人馬朝一個方向追過去，剩下的一隊便交給不用。
他們聽命前來找尋，剛剛趕到竹山地界，竟有暗探前來彙報說在他們之前，已有一群人馬往竹山去了，而後他們謹慎地跟隨，發現這群人也是衝著這個秘密來的！
戴著黑色面具的秦東與不用布置埋伏在這竹林中，他們的爺要是想拿到那些東西，那這群人就絕對不能留下活口。他們跟隨秦征多年，做過的狠辣事多了去，又怎會在乎這十多條人命？若是會心軟，他們早死過千百次。
面對身後緊密的追擊，康安護著秦長瑞拐進小路，可是竹山這裡地勢開闊，除了竹山腳下，還真沒暫時可以躲避之處，離村鎮起碼還有半個時辰距離，康安心中一陣叫苦，他們這是惹上哪個王八羔子的人了？這刺殺手段，明顯就是專業的！
秦長瑞奮力抽著馬鞭，呼吸也變得急促起來，記憶好似重疊。那時他與妻子被追殺，也是這般箭雨，他與陶氏共乘一騎，陶氏在他身後，他突感破空之聲，情急之下，擰身將妻子護在身下，利箭穿透他的肩背，險些直接命中要害。

而後他終於帶著妻子逃出追殺，卻重傷在身，失血過多，再難痊癒。

「老爺，小心！」康安長刀又擋下一枚箭矢，再這樣下去，等馬匹跑脫力了，他們也逃不了。

秦征手下個個都是百裡挑一的好手，又怎是秦長瑞帶來的這些前身匪寇所能比，當他們逃到渡口的時候，兩個小隊都只剩下一半的人了……

秦長瑞已有些體力不濟，與他同隊的八人只剩下四人，其中還有一半受了傷，就連康安大腿上也挨了一箭。這樣下去，他們只有被俘的分兒！

秦長瑞即使是機智過人，在這樣危急的時刻，也拿不出好辦法來。他滿面都是絕望，憤憤地看了眼湛藍的天空，心中不甘道：難道今日他就要葬送賊手？

一刻多鐘後，就連康安也為了保護他受了重傷，秦長瑞突然緊勒韁繩，就這般停下來。

幾乎是瞬間，秦長瑞便被包圍，此時想逃已不可能。

從黑暗中現身且戴著面具的秦東，騎著馬走到秦長瑞身邊，出口的聲音如鋒利的刀刃。

「你是誰？是誰派你們來的？說出實情，我就饒你一命！」

秦東濃眉緊皺著，如果這些人是皇上抑或是皇家的人，那這件事世子爺真要衡量了，可是這些人看身手卻又不像是皇家的，更像是沒有組織的流寇。

秦長瑞翻身下馬，他扶著身邊因疼痛已快要昏迷卻強撐著的康安，慢慢抬起頭。

他眼中的決然和血紅讓秦東猛然一怔，緊跟著就渾身一顫。不為什麼，只因為這樣的眼神與一個人太像了，這個人不是別人，正是他們的主子秦征，秦東震驚到甚至忘了注意秦長瑞的相貌。

秦東想到，那一年，臨近年節，他們在外行使任務，寒冬臘月在雪山深處行走，已斷糧了幾日，也找不到能夠取暖的地方，秦征帶著兄弟們差點被凍死。為了活命，秦征竟然割開自己的手腕，餵他們喝他的血……他們在苦苦強撐，看不到一丁點希望的時候，秦征便是這樣的眼神。當時他與不用就發誓，如果他們能活下來，就一輩子效忠世子爺，死不足惜。

秦東的沈默和震撼，卻讓對面的秦長瑞不解起來，他本已放棄掙扎，可這個時候他又看到一絲希望。

他不想死，家中有幼女和稚兒，還有心愛的妻子，他又怎麼可能捨得離開這個人世？

秦長瑞深吸一口氣，回道：「華州陳永新，那些人都是我的人！」

秦長瑞的心中如明鏡，只要能夠活下來，就算是將那一處讓給這些人又何妨？只要這些人還能有一絲留情，他就有機會！什麼東西與命相比，都是黯淡的。

秦東因為他的回話，心生驚詫，這時他回過神，才仔細看清秦長瑞的臉。

眼前人竟是陳大姑娘的父親？

秦東瞪大眼睛，真懷疑自己是不是看錯了。只是片刻，腦中就閃過無數個念頭，下一刻，他就決定，不能馬上處決眼前這個男子，便沈聲吩咐。「都帶走！」

如果不是這種特殊情況，秦東不會下達這樣的命令，一般他都是直接滅口。斬草不除根，結局往往是這些人會反咬你一口。秦東從來就不是個會手軟的人，與秦東相比，不用就更加心狠手辣，他有些慶幸，今日恰好是他這隊追到陳老爺，不然若是落在不用手中，他連說話的機會都沒有。

不用快馬與秦東會合，他眸中冷光一閃，道：「都解決了。」

秦東跟著就是背後一涼，嘟囔道：「你下手真夠狠的，你知道這群人是誰嗎？小心回去了，世子爺和你拚命！」

不用不解地看著秦東。「不過是一群不入流的匪寇而已。」

秦東朝不用翻了個白眼。「呵呵，你這先斬後奏的勁兒，早晚有一天要被世子爺狠罰！」

「有話你就說，別給老子玩虛的！」不用有些火大。

兩人是刀尖舔血的拜把兄弟，秦東見他發火，才將抓到的人是秦長瑞這件事告訴他。

不用面上都是驚愕，頓覺一陣後怕。「派人通知世子爺了沒？」

秦東點頭，瞪了他一眼。

「可為何如此奇怪，我離開建康時，曾給世子爺卜過一卦，卻未應驗他有險情，反而隱隱有完滿之事，難道我這手也開始不靈了？」

「別整天用你那破卦來說事，你卜卦咱們就不用出來殺人了？」儘管秦東這樣嘲諷，可是他知曉，不用的卦象從來都沒失靈過。

慶陽府，四月芳菲天，陳悠正在房中擬定賺錢計劃，阿魚急匆匆地跑進來。

「怎麼了？」陳悠自案桌前抬起頭問道。

「大小姐，大少爺要去建康。」阿魚焦急說道。

陳悠眉頭一擰，放下筆，站了起來，她轉頭吩咐佩蘭。「將我案桌收拾一下，我帶著桔梗去前院。」

唐仲叔與賈天靜的婚事在即，而薛鵬在建康的一切還沒安排好，怎麼趙燁磊就突然要去建康？

阿魚說趙燁磊正在書房，陳悠去廚房端了湯盅就過去。

只見書房中央擺放著一個大木箱，半開的木箱中都是書籍。陳悠進來時，趙燁磊正在書架旁整理。

許是聽到腳步聲，趙燁磊背對著陳悠的身子一僵，但是沒有回頭。

陳悠在書房門前頓了頓，而後走到桌邊，放下湯盅。「阿磊哥哥，先別忙了，來喝湯，這是娘特意給你燉了補身子的。」

過了一會兒，趙燁磊才回頭，他看了陳悠一眼，又慌忙低下頭，就連坐在陳悠身旁，都是渾身緊繃。

陳悠將盛了湯的小碗遞到他面前，溫柔道：「趁熱喝吧！」

趙燁磊一手拿著湯勺，在鮮濃的湯中攪了兩下，卻沒有喝一口，陳悠坐在對面看著他的動作，雙眸慢慢染上失望。

時間像是在這一刻靜止，所有的痛苦總是會加倍，而快樂卻是那麼易逝，似乎過了好久，又似乎僅僅只是一刻。

「阿磊哥哥，聽說你現在就要去建康？」

沈寂片刻，趙燁磊也慢慢冷靜下來，他點點頭，沒有否認。

陳悠對他淡淡笑了笑。「那好，我下午便與娘說，薛叔那邊也叫娘趕緊寫信過去。阿磊哥哥，我還有事，先出去了，你收拾東西吧。」

說完，陳悠便起身離開書房，只給趙燁磊留下一個纖弱的冰冷背影。

趙燁磊這一刻突然心中空蕩得厲害，他冥冥中有種感覺，生命中最重要的東西好像瞬間遠離了！他呆呆地坐在椅子上，初夏時節，天氣已不是那麼寒涼，他卻全身冰冷，如浸冰窟。

其實還是有不同的，陳悠遠沒有之前對他的那般親暱。以前，若是他出遠門，她會幫他整理行李，親手替他做好吃的糕點帶上，會擔憂地問這問那，可是這次什麼都沒有……

趙燁磊心裡難受得厲害，彷彿瞬間被掏空，他用手死死抓住胸前的衣襟，而後用力攥緊，彷彿這樣就能填進去些什麼。

陳悠出了外書房，站在院中已有花苞的一株紫藤架下，眸色深深，幾乎要與花架下的淺紫融為一體。桔梗跟在身後，她能感受到大小姐現在的心情不好。

「桔梗，幫我將阿力哥尋來，讓他在藥房等我，我有些事要叫他去做。」

桔梗應聲去了，陳悠轉身去庫房尋陶氏。

母女二人一同去了帳房，陳悠將趙燁磊要去建康的事情說了，陶氏驚詫之餘卻意外地沒有阻攔，她嘆了口氣。「阿磊確實需要冷靜，他畢竟不是我與妳父親的親兒子，若真的有什麼想法也屬正常，阿悠妳也不要多想了，我這就寫信給妳薛叔。」

陳悠坐到陶氏身邊，難得撒嬌了一回，她抱著陶氏纖瘦的腰，喚了聲「娘」。

陳悠抱著陶氏，感到一股說不出的安心，她雖然早就知道這並非是原裝的吳氏，但是這個娘親待她真如親生一般，甚至比許多人的母親還要用心，在心中，陳悠早已將她當作真正的母親了。

一日很快就過去。

翌日午後，陳悠由阿魚和佩蘭陪著出門辦事，採購一些這些日子要做實驗所用的食材，隨後陳悠去了自家的百味館。

陳奇正在百味館中，小夥計彙報說是大小姐來了，便親自來迎接。「阿悠，今日怎麼有閒工夫來鋪子了？」

陳悠笑著與大堂兄說了幾句話，才說在雅間約了人見面。陳奇親自將陳悠送進去，只見張元禮已經等候在裡頭了。

他眼前放著一盞空茶盞，顯然來的時間不短。

「不知阿悠妹子尋我何事？」張元禮含笑問道。

陳悠微擰著眉盯著他，眼前的男子已經長開，再也不是當初李陳莊那個清俊少年了。

有夥計端了幾樣簡單點心和藥茶進來，張元禮悠閒地撚了一塊放入口中。「百味館果然是名不虛傳，連點心味道也不一樣。」

陳悠越來越看不明白眼前這人，若非因為張元禮出現的時機過於巧合，便派人留意他，她恐怕還不知情。「我們家與你家可有過節？」

張元禮嚥下口中的點心，輕笑了笑，搖搖頭。

「既然這樣，你為何如此從中挑唆？你的目的究竟是什麼？阿磊哥哥的身分我們都知道，你這是想要害他？」陳悠的話語步步緊逼。

張元禮低頭喝了一口藥茶。「我沒有目的，只不過是想要這麼做而已。阿悠妹子妳莫要多想。」

陳悠簡直想將眼前滾燙的藥茶澆在張元禮的臉上，從什麼時候開始，這人竟然變得這般厚臉皮和陰沈。

「哦？那你這樣做可開心了？」陳悠盯著他，不放過他臉上任何一個表情。

「這個就不煩勞阿悠妹子操心了。」

到此，陳悠也算是與張元禮真正撕破臉了。

陳悠明白，在張元禮這裡，她什麼也問不出來。但是她隱隱有種感覺，張元禮不是要拖得趙燁磊墮落，他只是在記恨他們一家而已……

陳悠鎮靜下來，喝了口藥茶。雅間內一時沒有說話聲，只有淡淡的熏香味在空氣中飄散。

話已至此，陳悠已經沒有與他談下去的必要，起身出了雅間。

看著陳悠消失的地方，張元禮怔怔地出神，一點也沒了之前與陳悠鬥嘴時候的自信和笑容。

張元禮放下手中的茶盞，溫熱的茶盞在他的手心留下溫度，但是這樣的溫度連片刻都保持不了，就已經揮散。滿桌的美味他卻沒有半點胃口，往後靠了靠，他就這麼抬頭看著雅間內的屋頂出神。

轉眼就到了賈天靜和唐仲婚前的幾日。

也就是在這日，趙燁磊啟程去了建康。儘管如此，陳悠還是不放心趙燁磊，讓阿力跟著車隊，將趙燁磊送到建康再折返。

站在慶陽府的城牆上，直到見趙燁磊一行人在官道上化為一個黑點，陳悠才坐馬車回府中。

阿魚告訴他，趙燁磊啟程的第二日，張元禮也前往建康了。

剛用了午飯，陶氏坐在花廳內出神，已經過了半個月，可是秦長瑞一直沒有消息傳來，她越來越擔心。以前不管秦長瑞去做什麼，最少也是一旬一封信，可這次陶氏去問了陳奇好幾次，都說沒有秦長瑞的消息。

陳悠從外面進來，見到陶氏的臉色。「娘，您怎麼了？」

陶氏勉為其難地笑了笑。「我沒事，有些想妳爹了。」

說到這裡，陳悠也感覺奇怪，故意道：「爹不是去宜州談生意，有什麼可擔心的？」

陶氏忽然想起陳悠還不知道這件事，趕忙搪塞過去。「是去宜州，可都有十來日了，也不知尋個人回來報個平安。」

「娘，那我派人去宜州尋一尋？」

「那倒是不用，妳爹還能不回來不成？」陶氏有些心虛道。

陳悠不再刻意逼她，又與陶氏說了些唐仲與賈天靜大婚的事，還有她之前很早就想要做的龜苓膏已做出來，而後母女倆便一同去看望懷孕的白氏。

秦征案頭正堆了一堆公文要處理，這幾日，他必須將府中事宜都安排好，明日一早，他要啟程去慶陽府。

白起端了參湯進來，並將秦東捎來的信給了秦征。

秦征這幾日正等著竹山的消息，這會兒終於有了音訊，拿過信，急忙就拆開來。一看之下，他簡直有些不敢相信，秦東和不用竟然將陳悠她爹抓住了……

白起瞧世子爺眉頭緊皺起來，擔憂道：「世子爺，難道是秦東與不用出了事？還是事情不順利？」

秦征無奈地揭著額頭，只覺得這件事情大條了，便將信遞給白起。

白起瞧了後也是哭笑不得，他抬頭看著秦征，奇怪道：「這陳老爺做藥膳生意的，怎會去湖北竹山？」

秦征也正懷疑，這一世，除了他知道這件事外，根本沒有旁的人會知道，但是陳悠她爹的目的也確確實實是那個東西……

「讓秦東將人帶回來，我們再問吧。」事已至此，也沒別的法子了。

秦征回信讓秦東將人直接送到慶陽府，他帶著白起第二天也出了門。

院中的紫藤開花了，遠看就像是一片紫雲，清新的香味飄散在整個院中，陳悠讓佩蘭將長椅搬到紫藤架下，一邊曬著太陽一邊看書，這片刻的閒工夫很是難得。

明日就是唐仲與賈天靜大婚，等到兩人大婚後，她的計劃都要逐步實施起來，一切都準備妥當了，這個時候反而最閒。

她昨夜進了藥田空間，發現藥田空間的升級任務在失敗後，會再給她兩個月時間，不過之後完成任務，便只能得到藥田空間提供的一半獎勵了。

陳悠如今已不管獎勵是什麼，當務之急是要完成任務，她絕對不想再受一次那樣的痛苦，保不定她若是失敗，藥田空間還要剝奪她什麼……

放下手中的醫書，陳悠抬頭看著萬里晴空，心中突然冒出一個想法，也不知這個時候，秦征在做什麼？

等到她意識過來自己在想什麼時，連忙搖了搖頭。她這是怎麼了，怎麼莫名其妙想起秦征？

收斂自己的心緒，繼續看書，但是良久過後，陳悠發現她什麼也沒看進去，便頹喪地將書本扔到一邊，乾脆曬著暖暖的溫陽，用帕子覆住臉，小睡了一會兒。迷迷糊糊間，陳悠聽到一陣馬蹄聲響，她微微皺了皺黛眉，輕輕地翻了翻身，又睡了過去。

與此同時，秦征領著手下穿過陸家巷的一條巷道，這條巷道兩旁都是粉牆黛瓦。

秦征不知道自己此時離陳悠僅僅只是一牆之隔。路過這條巷道，他下意識地往高牆上看了一眼，不知為何，總覺得牆內有什麼吸引著他。

過了這條巷子，白起才趕上來。「世子爺，方才那條巷子一側就是陳府。」

秦征目中光芒一閃，點點頭，幾人很快消失在街道人群中。

在慶陽府，秦征是有別院的，不過地處郊外，來回不方便，便命人早早盤下了一處二進的小院，離陸家巷不遠，與慶陽府的百味館更近。

進了院中，秦東立即就迎過來。

秦征看了他一眼。「人帶來了？」

「回世子爺，現在關在客房中。」秦東也是昨晚快馬加鞭才趕到這裡，沒想到秦征會來得這麼快。

回到房中換了一身靛藍的常服，簡單洗漱後，秦征便由秦東領著去客房，只不過卻未直接見秦長瑞。

秦征隱在屏風後，秦東戴著面具進去，將飯菜放在桌上。「陳老爺，吃飯了。」

秦征站在屏風的縫隙處，恰能將室內的情景盡數收進眼底，這個人確實是陳悠她爹。

本半靠在床邊的秦長瑞走過來，他探究地看著眼前戴著面具的臉，秦東被他犀利的目光看得渾身不自在。

秦長瑞道了一聲謝，而後坐到桌前開始吃東西。

秦東坐到他的對面。「陳老爺，你到底是如何知道那個地方？又是誰派你去的？你若是如實交代，我們便饒你一命。」

秦長瑞將眼前的飯菜吃到嘴中後，突然渾身一僵，他眸中閃著光亮看了秦東一眼後，又低下頭，只是心中卻湧上許多的好奇和不解，甚至還有隱隱的興奮和激動。

吃了幾口飯菜，秦長瑞放下筷子，竟然帶著一絲笑意瞧著秦東。「那個地方我原先便知道，只是之前竹山一直有官家的人盯著，我不便出手，而且手中也沒有合適的人選。至於誰派我去，那就是你們多想了，當然沒人派我去，一切都是我一個人的安排，就連阿磊與阿悠都不知曉。」

秦東一驚，之前秦長瑞雖被俘，但一直口風很緊，不論他們問什麼，他都用沈默來應對，可現在是怎麼了？怎麼答得事無鉅細？

站在屏風後的秦征無語地瞥了眼秦東，這個混球，自己暴露了都不知道。

秦征突然從屏風後走出來，冷冷瞧了秦東一眼。「滾出去！找白起領罰！」

秦東張嘴看到站在身旁的世子爺，還沒明白是怎麼回事，怎地世子爺這麼快就出來了，這不是暴露了嗎？可他不敢多問，急忙出了房間。

秦長瑞怎麼也沒想到秦征會這個時候出現，他只不過一時猜到秦東的身分，桌上的飯菜他若是不吃便罷了，但是一嚐就知道這是出自百味館，他如果猜得沒錯，他們這時是在慶陽府。

也怪秦東大意，院子裡沒人會做飯，一幫糙漢子，也就為了圖個省事，飯菜都是命人出去買的，可去買飯菜的屬下就近去了百味館，回來也未具體彙報，秦東哪裡又會細問，這麼陰差陽錯之下竟然讓秦長瑞吃到自家館子的飯菜……

可即使這樣，秦長瑞也沒想到會立即就見到秦征本人，他們從華州到林遠縣再輾轉到建康，都是擦肩而過，不承想父子兩人竟然會在這樣的情況下再次相見。他呼吸都變得急促起來，眼瞳深處許多強烈的感情閃過。

「征……」秦長瑞突然低下頭，隱沒在寬大袖口中的手緊攥著，他在心中默默提醒自己，還未確定秦征的身分，他絕不能現在就失控。

壓下到口的聲音，等到自己慢慢平靜，秦長瑞才抬起頭來直視秦征。

秦征皺著眉滿臉不解，他剛才明明看到秦長瑞眼中突然顯現的濃烈感情，他的心也不自覺跟著猛地一窒，有些喘不過氣。

秦長瑞對他和藹地笑了笑，就像是個親切的長輩一般。

「陳老爺，不瞞你說，咱們現在確實在慶陽府，若是這件事你能發誓不說出去，我們便當這件事從未發生過，如何？」這樣處理是現在最好的法子。

可秦長瑞根本就沒有心情聽秦征說這些，他此刻心中唯一想的就是立馬確定秦征的身分！他與陶氏都再等不下去了！

秦長瑞打斷秦征的話，他下意識摩挲著左手大拇指上的玉扳指，聲音因為緊張帶著輕微的顫抖。「秦世子，我有一個故事，不知道您願不願意聽。」

秦征皺眉，他想不明白，這個時候為何陳悠她爹還要與他說故事，不過，即便是這樣，他談話的耐心還是有的。

「好，陳老爺你說。」

再怎麼冗長的一生，說起來也不過就是片刻而已，何況秦長瑞與陶氏前世死時，也不過不惑之齡。

他與陶氏門當戶對，卻是難得的琴瑟和諧，婚姻生活美滿。這在建康的上流社會中並不多見，高門之間的聯姻，往往只是為了權力或是利益，家族的獲利永遠高於一切，這造成了多少對怨偶。

那時，毅勇侯府還如日中天，藉著陶氏娘家的勢力，更是不管在朝中還是京城的貴族圈中都有著重要的地位。不久，陶氏就有了身孕，秦長瑞高興壞了。

而後秦征出世，不過陶氏在誕下他時，身體受了損耗，太醫說是難再有身孕。為此，秦長瑞內疚了許久。

秦征又名秦九，並非是在秦家排行第九，而是在陶氏一族中排行老九。秦家一族本就是人丁單薄，後來新朝建立，死於政亂的又有幾位，到老侯爺這代，就只有兄弟一人，且秦家人不知為何男子都長情，鮮少有妾侍。老侯爺的妻子三十歲不到因患病香消玉殞，後來一直未再娶，也只留下秦長瑞一個獨子。而另一房兄弟娶的妻子卻生了一對雙胞女兒後身子一直不好，就未再生，竟是連個後代也沒有。

但陶家不同，陶氏是陶家的正統嫡脈，陶三老爺的嫡長女，陶家子孫眾多，秦征出世時，順著排行下來，正好第九，幼時也就這麼秦九、秦九的喊開了。

九，取多之意，之所以小名要這般喊，也是想沾沾陶家兒孫多的福氣，希望秦征將來娶妻能夠為秦家開枝散葉。許是獨子，秦長瑞與陶氏溺愛，漸漸養成秦征單純善良卻又有些驕縱的性子，這也是秦長瑞與陶氏一直以來後悔的事。後來秦征娶了金誠伯府的李三小姐為妻，恐怕是秦長瑞與陶氏做過的最後悔的一件事。

直到他與陶氏雙雙魂歸故里，也未瞧見婚後的秦征開心過。上一世，秦征成婚兩年，卻沒有自己的孩子，實際上，他與李霏煙大婚一個月後，就已分居。

天真純善的秦征以為這樣就可以與一個他不喜歡的女子拉開距離，不讓她影響到自己，可直到最後，父母雙亡，他死在她手中，他才覺悟，對一個心狠手辣的人，唯一的辦法就是將她扼殺在搖籃中，不然，你就要比她更加心狠手辣！

長長的二十來年，不用多長時間就訴說完了，秦長瑞用的並非是第一人稱。今世回首，這一切就好似發生在別人身上一樣，他微微牽起的嘴角卻令人感到淒涼。

秦征聽著自己的一生從別人的口中被道出，一個字一個字閃現在他的眼前，都像讓他再次親身經歷一樣，太痛、太明白。他眼神顫動，死死盯著秦長瑞，嘴唇都在發抖，他不敢問，其實他心中已隱隱約約有了答案，可他覺得自己的嗓音是嘶啞的，就是說不出來。

秦長瑞在訴說中一直觀察著秦征的反應，他是那樣精明的人，又怎麼會分辨不出，眼前人是否親身經歷過這些痛苦的過往？多少日夜的擔心與害怕，上天終歸是沒有虧待他們的，他終於找回他們的兒子。

就算是秦長瑞這樣如此堅韌的男人，眼眶也變得溫熱，眼淚不知不覺從眼角滑下來也不自知，他盯著秦征，眼神不願意移開瞬息，出口的聲音飽含滄桑和痛苦。「征兒，我是你的父親啊！」

秦征只覺得這句話從遠古傳來，渾身好似都在顫抖，他不敢置信地直直看著眼前的男人，時間好像停在這一刻，而後他嘶啞著嗓音喚了一聲。「爹。」

秦長瑞肝腸寸斷，兩個都是如此堅強的男人，這一刻恨不得抱頭痛哭。

誰說男兒有淚不輕彈，只是未到傷心處罷了。

秦長瑞當初在華州第一次見到秦征時，就沒抱著希望能找回秦征，這次的事，可算是因禍得福。

父子倆激動過後，迅速冷靜下來，他們都有一肚子的話要跟對方說。

秦長瑞最不明白的是為何秦征的性格會大變。

秦征無所謂地笑了笑。「爹，事情經歷多了，也就變了。」

簡簡單單一句話讓秦長瑞心中一澀，他有些不敢看獨子，一顆心好似被用力擰到一塊兒，他們不在他身邊的這些年，他們的征兒不知經歷了多少苦難。

而秦征雖好奇父親怎會變成旁人，但自己可以復生，父親又如何不可能借旁人的軀體重生呢？

秦長瑞眼睛亮亮地看著兒子。「征兒，你娘也在。」

秦征猛然抬頭，雙眼中迸射出驚喜。「爹，您說什麼？」

秦長瑞笑道：「當初我與你娘雖是先後身死，卻是同時重生在現在這對夫妻身上，你娘整日擔憂你，你若是回了陸家巷，就能見到她，她如果知道是你，一定高興壞了。」

秦征能見到父親已是萬幸，沒想到母親也仍然康健在世，一時幸福來臨，他有些覺得自己在作夢。

「傻孩子，爹還會騙你不成。」

秦征撇過頭，忍住眼眶中的淚水。

等兩人心情都平復後，秦長瑞才想起問兒子。「征兒，湖北竹山的事，你是從何人口中知曉的？」

竹山藏的東西還是他前世與朝中一位生死之交的同僚無意間發現的，若是在這一世，離竹山被發現還有兩年時間，秦征又是怎麼知道的？如果是從旁人口中知道這件事，那他們可就要小心了！

秦征笑著道：「爹，並非是從誰那裡知道的，而是前世兒子不小心聽到你在書房中與那位叔叔的話，才派人一直盯著竹山。」

秦長瑞鬆了口氣。「既是這樣就好，那竹山爹便交給你。」

秦長瑞被秦東一路從湖北顛簸著帶回來，現在又見到日思夜想的兒子，渾身就開始覺得疲累起來。

秦征看著如今的爹眼角堆積的魚尾紋，心中五味雜陳，眼前至親雖然與前世擁有不同的臉孔，但是對待他卻沒什麼不同。他無比慶幸，此生能再聚，忠孝兩相宜。

上輩子，他太單純，被人利用，讓父母操碎了心，但他沒有一刻是好好感激過父母的，有時甚至懷恨父母給他定了這麼一門終身遺憾的婚事。直到父母離他而去，才發現自己被父母保護得這麼好……

可想後悔已經晚了，如今在見到父親眼角歲月的紋路時，只覺得心疼後悔。

等秦長瑞睡下後，秦征便出了房間。

白起還等在院中，他聽見身後的關門聲，急忙迎過來，世子爺雖然繃著臉，表情也像平時那樣冷冷的，可不知為什麼，就是感覺世子爺從房間中出來後心情很好。

他好不容易壓下心中好奇未問出口，秦征卻道：「晚上讓人去百味館買一些藥膳來，順道給百味館的掌櫃報個信，說他們東家明日便回。」

白起快步走去前院，一邊好奇一邊忍不住地想，難道說陳老爺同意將陳大姑娘嫁給他們世子爺了？不然，世子爺怎會這麼高興，都說女人心海底針，要他看，他們世子爺的心也是海底針，而且還是繡花針！小得看不見！

秦長瑞這一晌午覺直睡到夜色四起才起身，他一起身，外頭就有護衛請他去前院花廳用飯。

秦征早已備好秦長瑞喜歡的酒等著了，他們父子多年未見，定要好好聊一聊才行。這頓飯直吃到深夜，兩人大致訴說了這幾年遇到的事情，秦征雖然只淡淡蓋過這幾年的經歷，秦長瑞卻明白其中的艱辛，偌大一個毅勇侯府當時只憑著他還年輕羸弱的肩膀擔著，性格會變成這樣也不足為奇了。

「爹，您可有再為官的打算？」秦征親自替秦長瑞的酒杯斟滿酒水問道。

秦長瑞搖搖頭。「上輩子做夠了，這輩子還是算了吧！」

「爹，您為何要收留趙燁磊？」

「當時是看中他前世的功績，可如今，我與你母親都並非這般想，這一世，很多都與前世不一樣了。」

秦征點點頭。「爹，您後面有什麼打算？」

秦長瑞笑了笑，用慈愛的目光看著他。「爹如今什麼也不盼，只盼著你們幾個孩子都平安喜樂便好。」

他雖這麼說，但是雙眸深處還是一閃而過一抹擔憂，那個秘密他守了這麼多年，就算是認了秦征，他仍然未想好要不要告訴他。

如今的秦征觀察入微，他當然沒有錯過父親眼中一閃而逝的黯然。其實，有一件事，他一直不明白，直到今日也沒有弄清，為什麼當初父親與母親會被追殺。當時的他或許猜不到，可現在的他卻不同，多少個日夜，他細細回憶，才慢慢肯定那時刺殺爹娘的人是皇家暗衛！

暗衛，是直屬皇上調動的兵力，從小便接受訓練用來殺人的武器。可究竟是為了什麼，值得皇上調動暗衛來追殺他的父母？

但是秦征並未追問，很快地，秦長瑞的話題便轉到秦征的婚事上。

「聖上可說過給你賜婚？」

秦征眉頭隆起。「與李家三小姐的婚約，皇上只給我一個月的期限。」

秦長瑞緊攥拳頭，前世他們做了最錯的事情便是同意秦征與李霏煙的婚事，這輩子，不管花費何種代價都要阻止。

「讓爹想想，爹定不會讓你娶那個賤人。」

秦征無所謂地笑了笑。「爹，您莫要擔憂了，兒子現在在皇上那兒還是能說上幾句話的，等一個月之期到後，我便求得皇上原諒，最壞的結果也不過就是一輩子不娶。」

秦長瑞嘆口氣。「征兒，你怎可終身不娶！放心吧，這件事爹會想法子的。」

花廳中的燭火一直亮到半夜，父子倆才都因醉酒而昏昏欲睡地回屋休息。

第四十九章

唐仲與賈天靜的大喜之日，陸家巷陳府旁邊的院子張燈結綵，劉太醫特地在慶陽府北門買了一座宅子送給賈天靜，前幾日，劉太醫一家和賈天靜都搬了過去，今日賈天靜便從那座宅子出門。

熱鬧的鞭炮聲後，唐仲騎著高頭大馬領著花轎去迎親了。

陶氏帶著陳悠將迎親隊伍送到陸家巷門口，這才走回來，恰好在門口遇到秦長瑞以及站在秦長瑞身後的秦征。

陶氏驚得張口都說不出話來，她昨日從陳奇那裡得了消息，說秦長瑞會今日回來，卻沒想到秦征會與他一道，頓時種種猜想在她的腦中閃過，出口的聲音都帶著緊張與微微顫抖。「當家的，你回來了，站在門口做什麼，都快進去吧！」

陳悠扶著陶氏也頗為吃驚，秦征竟然也來了慶陽府。

秦征先對陳悠笑了笑，而後才將目光落到陶氏臉上，他嘴唇抿了抿，背在身後的手，緊緊地握在一起克制著，儘量保持著表面的疏離。

秦長瑞見妻子怔在原地，他笑著上來攬過陶氏，帶著她先一步進了府門，秦征與陳悠便落在兩人身後。

陳悠朝秦征微微笑了笑，然後尷尬地低下頭。

秦征心中酥酥麻麻，低頭就是少女柔順的髮頂，陳悠身上有股淡淡的藥香，隨著夏日微風飄到他的鼻尖，讓他躁動緊張的心慢慢平靜下來。

走在前頭的秦長瑞，見妻子抬頭忐忑地看了眼自己，他溫潤地笑著，而後低頭在妻子耳邊小聲說了一句。「他是我們的征兒。」

如果不是秦長瑞攬著陶氏，陶氏幾乎雙腿軟跌在地上，她激動地抬頭盯著夫君的臉。

秦長瑞安撫地輕拍了拍她的手臂。「妳這樣會嚇到孩子們。」

陶氏急忙抹淚點頭，可又怕身後的陳悠看出異樣，才忍住沒有回頭看秦征。

幾人到了廳中後，陳悠命桔梗去泡茶，她坐在陶氏身邊，卻發現陶氏一直頻頻朝著秦征看。不久後，陶氏便讓她去隔壁院子幫忙，說是唐仲與賈天靜不久就要到了。儘管陳悠懷疑是陶氏故意將她支開的，但還是福了福身子去了。

陳悠一走，秦長瑞領著母子倆去書房。

書房門一關上，秦征猛然在陶氏面前跪下，沙啞著嗓音喚道：「娘！」

這聲娘好似隔了幾世一般，直讓陶氏滿面淚水，她摟著兒子，泣不成聲。「我的兒啊！」

秦長瑞在一邊看著他們母子，眼眶發熱。他輕斥了一句。「好了，咱們能相認是天大的好事，莫要哭了，若是讓旁人聽到像什麼樣子。」

陶氏瞪了夫君一眼，也忙止住淚水，他們已不是原來的身體，三人的關係暫時不能讓旁人知道。

唐仲和賈天靜大婚很順利，兩人親戚都不多，唐仲大致就是阿悠一家和李阿婆，而劉太醫也未請旁人，婚宴低調，只在廳中擺了幾桌，自家人吃了喜宴便罷，況且唐仲與賈天靜都不是喜歡熱鬧的人。

賈天靜一成婚，劉太醫也了卻一樁心事，他們婚後不久，就是慶陽府的藥會，劉太醫一家就在慶陽府暫住下來，等到藥會結束後，再回建康。

趁著前院吃喜宴的空當兒，陳悠伴著白氏來看賈天靜。平日裡不愛打扮的賈天靜穿起紅嫁衣也美得令人讚嘆。

陳悠笑嘻嘻地將特意帶來的點心交到賈天靜手中。「師娘，先吃些東西墊墊胃。」

賈天靜瞪了她一眼，但是翹起的嘴角卻洩漏她愉悅的情緒。

兩人陪賈天靜在房中說了一會兒話，就有喜娘進來宣禮，沒多久，陶氏帶著阿梅、阿杏與陳懷敏來與新娘子討糖吃，鬧了一陣子，他們才離開。

喜宴上，一個個都向唐仲灌酒，若不是秦長瑞幫著擋了幾杯，唐仲險些不能走到新房，等到賓客散盡，已是亥時了。

遠遠瞧著唐仲進了房中，陳悠才鬆了口氣，帶著佩蘭一同回去。

許是睡得遲了些，陳悠一直沒有睡意，便半靠在床頭想事情，藥田空間的任務要抓緊完成，恰好秦征過來，她便趁這個時候親自詢問他遇上什麼難事，而後陳悠又進入藥田空間，將自生藥田中的草藥處理後，才疲倦地睡去。

建康城，金誠伯府的後花園

李霏煙正站在廊邊，手中捧著一只白玉小碗，碗中放著魚食，她纖細白嫩的手伸到碗中，而後抓起一小把魚食撒到眼前的荷塘之中。

荷塘裡的魚頃刻撲騰出水花搶了起來，其中幾條泛著灰的鯉魚大嘴一張，竟然還將一隻小魚連著魚食一起吞進肚中。李霏煙站在廊邊瞧著這幅弱肉強食的畫面，嘴角泛起詭異的笑來。

這荷塘中的魚是她養的，但她每次餵食的時間並不準，而且隨著魚慢慢長大，餵食的次數也越來越少了，每次餵魚也只是像方才那樣小把小把扔進去，並且也不餵飽。

青碧站在她身後不遠處，盯著這一池魚看，不知道為什麼，她總覺得毛骨悚然。三小姐吩咐過，沒有她的允許，誰也不准餵這池中的魚，所以這魚平日裡定然沒人餵養的，但很詭異的是，這荷塘中的魚卻長得飛快，不過幾年，有的魚已經有半個人那麼長了，有時候在荷塘中翻起水花來，灰色斑駁的身體露出水面，不免讓人瞧了害怕。

青碧緊了緊手中的絹帕，低下頭不敢再看。

李霏煙餵了一會兒，將小碗放到一邊，就靠著迴廊坐下，盯著荷塘中游來游去的魚看。

不久，蔣護衛匆匆進來，他冷硬的臉抬了抬，微不可察地看了眼坐在廊邊的李霏煙。

少女慵懶地以手支著頭，側臉線條柔和得不可思議，一身淺碧色春衫將她曼妙的身材勾勒出來，讓他的心跟著猛跳了兩下。

蔣護衛感覺到身體的變化，急忙低下頭，快步走到李霏煙身邊恭敬地行禮。

李霏煙微微撇頭瞥了他一眼。「有消息了？」

「回三小姐，秦世子已去了慶陽府，現如今正在陳家。」

「什麼？」

聽到這個消息，李霏煙猛然坐起，裝著魚食的白玉碗也被打翻在地，裂成兩半，其中有少部分魚食落入荷塘中，又驚起池中一片混亂。

「可打聽到秦世子去慶陽府有何事？」李霏煙冷著聲道。

「屬下無能。」蔣護衛低頭慚愧道。

李霏煙站在池邊，瞧著已變得平靜的池水，雙眸一瞇，道：「青碧，回去準備，我要進宮一趟。」

李霏煙一聲令下，下人趕緊備妥，讓三小姐即刻前往皇宮。

李霏煙在宮中遇到十三王爺時，十三王爺正從永寧宮出來。

十三王爺雙眼一亮，急忙來到李霏煙面前。「阿煙，妳怎麼來了宮中？是來看皇嫂的嗎？」

十三王爺這種瞧她癡迷的眼光，令李霏煙渾身舒暢。「十三爺安康。」

十三王爺急忙將她扶起。「阿煙為何不常來宮中？本王有段日子未見到阿煙了。」這話語中飽含著幽怨和思念。

李霏煙笑了笑。「府中的事多，爹娘也不讓我多出門，這些日子來得少了。」

十三王爺面上滿是可惜。「阿煙，上回我託人帶給妳的雞血石可喜歡？」

「這麼重的禮，阿煙實在受之有愧！」

「這有什麼，只要阿煙喜歡，無論是什麼我都會送給阿煙，就算是要我的命我也甘願奉上！」

眼前的年輕男子表情認真又癡迷地發著誓，不論是誰，瞧了都不會去懷疑眼前男子的話。

李霏煙搖了搖頭。「十三爺，我什麼都不要，你們都好好的便好了。」

十三王爺聽到她的話，滿眼失望。

身後護衛突然上前在十三王爺耳邊低聲說了一句，十三王爺才依依不捨地與李霏煙告別。「皇兄尋本王有事，阿煙，本王先走了。」

李霏煙綻著清麗的笑顏點點頭。

十三王爺深深看了她一眼，突然與她靠近一步，在她的耳邊用只有兩人能聽到的聲音低沈道：「阿煙，就算妳想要這個江山，我也會拿來送妳。」

說完，他迅速地離開，不遠處，十三王爺轉頭又瞧了她一眼，深潭般的眼眸中都是真誠與深深的愛慕。

十三王爺走後，李霏煙才帶著人去皇后宮中，青碧走在她身後偷偷抬頭瞧了她的背影一眼，其實，她一直不明白，十三王爺對三小姐這麼好，有求必應，而且還是太后最疼愛的小兒子，為何三小姐不嫁給他，卻要盯上秦世子。

走在前頭的李霏煙，此時臉上都是得意，其實連她也沒想到，十三王爺竟會這樣喜歡她，那樣大逆不道的話，他都能對她說出來，看來他愛自己真是夠深呢！

李霏煙享受著這樣的感覺，卻對秦征念念不忘，她多少次幻想，像秦征那樣冷冰冰的人，若是有一天真心喜歡上她，會是何種模樣？這麼一想，李霏煙渾身就充滿鬥志，她一定要得到秦征！就連十三王爺都喜歡他，她相信自己定能拿下秦征！

一大清早，陳悠便聽到院中的笑鬧。

昨日她在唐仲那兒忙了一天，因晚歸便早起得遲了些，沒承想還未睡飽，就被外頭陳懷敏又笑又鬧的聲音給吵醒。按了按太陽穴，她乾脆起身了事。

守在外間的桔梗聽到裡間倒茶水的聲音，急忙放下手中的針線活，掀簾走了進來。

「大小姐醒了？」桔梗邊笑著說道，邊去衣櫃給她拿衣裳。

「懷敏在外頭做什麼，怎地這麼吵？」陳悠喝了口溫茶，皺眉問道。
佩蘭端了熱水進來。「回大小姐，今日天氣好，秦公子正帶著小少爺在院子裡騎馬玩呢！」
陳悠一怔，放下手中茶盞，從桔梗手中接過衣裳，等穿戴洗漱好後，佩蘭問道：「大小姐可在屋中用朝食？」
陳悠擺擺手。「讓人將朝食直接送去藥房。」
聞言，佩蘭趕緊去吩咐了。
陳悠一出院門，瞧見院裡一株梨花開得正盛，滿樹白色連成一片，就像是冬天厚厚一層鬆軟的雪一般。
她剛回過神，遠處陳懷敏就向她興奮地揮手。「大姊，妳看，我騎馬了！」
陳悠朝聲源方向看過去，秦征正騎著那匹神氣的棗紅馬，將陳懷敏置於身前，帶著他在偌大的院中慢慢走動，偶爾還慢跑兩下，將小傢伙逗得時而尖叫、時而高興地大笑出聲。
當陳悠看過去的時候，秦征恰好也朝她的方向看來，不遠處的少女一身素色淡雅的衣裙，身後掩映著一樹梨花，好似與梨花融成一體，美麗潔白、清麗脫俗。
秦征心口微微一動，就好似蜜糖融化的感覺，讓他覺得整個胸腔都是甜的。
秦征帶著陳懷敏駕著越影慢慢跑近，等走到了近前，陳悠才對陳懷敏翻了個白眼。
「懷敏，今日你不用去私塾嗎？」

陳懷敏朝陳悠做了個鬼臉，嗔怪道：「大姊就知道整日叫我唸書，比爹念叨得還多！今日是私塾休沐，否則我怎敢蹺課，就算爹娘不罵我，也要被大姊揍的。」

陳悠被氣得笑了。「你休沐就纏著秦大哥帶你騎馬了？想要騎馬，叫阿魚哥便是。」

陳懷敏被秦征從馬上抱下來，小傢伙跑到陳悠身邊，抱著她的手臂搖晃撒嬌道：「大姊，我知道阿魚哥那兒有馬，但是沒有秦大哥的馬高大神氣不是？」

陳悠瞥了眼秦征的坐騎，越影通人性，見她看過來，威武地打了個響鼻。

陳悠只能無奈地承認，秦征的馬確實要威猛得多。

「我看是大姊嫉妒我能和秦大哥學騎馬吧！秦大哥你說是不是？我大姊想學騎馬想很久了，爹娘不許。」

陳悠沒想到這個小蘿蔔頭出賣她，佯裝凶惡地朝陳懷敏看過去，陳懷敏笑嘻嘻地跳開，躲到秦征身後。

「秦大哥，你看，我就說我大姊凶，你還為她辯解！」

秦征嘴角翹起，眼前這般靈動、亦嗔亦怒的陳悠，在他眼裡是多麼難能可貴。

「陳懷敏，你好樣的，日後一個月休想在我這裡拿醫書去看！」陳悠祭出大招。

陳懷敏這小子瞬間就求饒了。「大姊，不要啊！方才都是小弟不好，說錯了話，大姊妳原諒我，我給大姊賠不是了！」

陳悠朝秦征行過禮，不管陳懷敏，帶著桔梗先離開了。

等到轉過身，陳悠才懊惱地皺起眉。她方才是怎麼了，怎麼和一個小孩子計較起來，而且還是在秦征面前，當真是丟臉丟大了！

陳悠摸了摸自己發燙發紅的臉頰，深吸了幾口氣，才慢慢平復過於激動的心緒。可話又說回來，秦征怎麼一大早就在他們家中？還有昨日雙親對秦征的親密都有些奇怪……

陳悠與秦長瑞夫婦生活了五年，這兩人對他們比親生兒女還要好，可是對外人卻極為冷淡，慣常也不喜歡逢迎別人。秦征雖然是毅勇侯府的秦世子，可雙親也對他太熱情過頭了。

陳悠的背影漸漸消失在視線中，陳懷敏抬頭看了眼秦征，他好奇道：「秦大哥，你喜歡我大姊？」

秦征被小毛頭突然一句話問得險些岔氣。「懷敏，你還小。」

陳懷敏嚴肅地搖搖頭。「我不小了，等再過兩年，我都能自己騎馬。爹娘正憂心大姊的婚事，秦大哥你若是真喜歡我大姊，可千萬不能錯過，我大姊是這個世界上最好的女子！」

秦征被陳懷敏逗樂，抱著他一個飛速翻身，就上了馬。「那你捨得讓你大姊嫁給我？」

陳懷敏搖頭，臉上有失落。「當然不捨得，自小大姊對我最好了，但是大姊也要有她自己的幸福，所以我才希望大姊能找到真心疼愛她的人，如果大姊成婚，也能和我與爹娘住在一起便更好了。」

陳懷敏無意說出的話卻讓秦征心裡一動，他嘴角彎了彎，馬鞭一揮，越影嘶鳴一聲，快跑起來，刺激的感覺讓陳懷敏興奮地尖叫。

趙燁磊坐在院中，手中翻了一半的書本還停在那兒，已經有小半個時辰了，他一直盯著院中那株肆意綻放的迎春出神，小小的花朵在風中搖擺，卻倔強地迎風而立。

他盯著湛藍的天空，後悔了……

在建康的這些日子他才慢慢想明白，他喜歡的始終是陳悠，是任何人都取代不了的。這段分別的日子，他無時無刻不受著內心的煎熬，直到今日，他才徹底醒悟，他喜歡的是陳悠這個人，喜歡一個人，就要包容她的所有，甚至是她的缺點。恨只恨自己明白得太晚，現在想來，他是那麼愚蠢和令人失望。

想起這些日子他愚蠢的行為，趙燁磊簡直要對自己失望透頂，他如一具行屍走肉躺在搖椅中，面上都是後悔與痛苦，本是愛憐如命的書也被他捏得皺成一團。

忽然，趙燁磊從椅子上起身，急匆匆跑到前院，尋到薛鵬，激動道：「薛叔，幫我安排車馬，我即日就要趕回慶陽府！」

想通之後，趙燁磊帶著人馬幾乎是連著兩夜不眠不休地趕回慶陽府，可不巧，他剛到慶陽，正趕上關城門，只能無奈地在城外隨意找一戶民居，歇了一晚上，可這一晚他卻一刻都未睡著，天剛矇矇亮，他連朝食也顧不得吃，就帶著人守在城門口等著進城。

騎馬直奔陸家巷，方到陸家巷門口，就見到阿魚帶著幾個小廝站在馬車邊等著。

聽到巷口凌亂的馬蹄聲，阿魚轉頭看去，驚得差點瞪掉眼珠子。

這……這……大少爺不是去了建康，怎麼這時候趕回來了，而且還渾身如此狼狽？

此時趙燁磊原本一身淺棕色長袍凌亂皺褶，髮冠也因為路途顛簸有些歪斜，嘴唇乾裂，面色發白，原本削瘦的臉頰現下更是要凹進去。

「大少爺您……」阿魚的話還沒說出口，陳悠便從大門口走出來。

她一手牽著陳懷敏，身後伴著秦征，這樣一眼看來，就好似要出門的一家三口，讓趙燁磊瞬間僵在原地。

陳悠從秦征手中接過陳懷敏的書箱，面上帶著淡笑，一抬頭就見到不遠處還騎在馬上的趙燁磊。

仔細一瞧趙燁磊慘白的臉色，陳悠臉上的笑容瞬間消退。「阿磊哥哥。」

秦征也同樣朝趙燁磊看過去，兩人眼神交碰，瞬間都感受到彼此的敵意。

趙燁磊突然什麼也不說就回來，而且是這樣一副憔悴的模樣，陳悠又怎能不管，只好臨時將今日計劃全部取消，她轉頭對秦征道：「秦大哥，麻煩你將懷敏送到私塾。」

說完，轉而朝阿魚使了個眼色，阿魚會意地走過來接過陳懷敏的書箱。

秦征笑著回道：「放心吧，懷敏我來送。」話畢，還給陳悠一個安慰的眼神。

這樣如同夫妻之間的簡單對話無疑對趙燁磊是火上澆油，趙燁磊抓著韁繩的手，越來越緊，恨不得將韁繩刻進手心中，他手背上青筋一片。

陳懷敏擔憂地看了趙燁磊一臉。「阿磊哥哥，等我放學回來再去看你。」

強烈得要溢出胸腔的嫉妒差點將趙燁磊焚成灰燼。他連陳懷敏的話也顧不得回，一直緊咬著嘴唇，不敢開口，他怕自己一開口就是質問。

秦征帶著陳懷敏上馬，與趙燁磊擦身而過，他輕聲道：「趙公子多注意身體。」一句稀鬆平常的話，趙燁磊卻從中聽到一股開戰的意味，他抿著的唇越發蒼白，幾乎失去血色，等秦征帶著陳懷敏消失在陸家巷，陳悠才快步走過來。

「阿磊哥哥，你臉色難看，快下馬回家中休息。」

陳悠帶著擔憂的聲音讓趙燁磊躁動不安的心好受了些許，他翻身下馬，因腿軟差點從馬背上摔下來，幸而身邊護衛及時扶住他。

「快將阿磊哥哥扶進去。」陳悠轉頭朝佩蘭吩咐。「佩蘭，去藥房將我的藥箱提來。」

佩蘭回過神後急急點頭，快跑著去藥房。

已有人去通知秦長瑞夫婦，等他們過來時，陳悠已替趙燁磊把過脈，餵他喝了安神湯。

趙燁磊終於疲倦地睡了過去。他不過是這幾日憂思過度，缺乏休息，所以體力透支。

陳悠餵他一碗湯藥，便強制他入睡。

關了房門，陳悠與父母坐在外間，將趙燁磊的貼身小廝阿農叫過來。

「到底是怎麼回事？」秦長瑞威嚴的聲音響起，讓阿農的腿肚子都開始發抖起來。

秦長瑞平日雖然不易親近，但是待下人不錯，陳府中下人來的時間都不長，並沒有瞧見過秦長瑞發火的樣子。可是方才，秦長瑞明顯是沈著怒氣問出這句話，未知才叫人害怕，阿農怎會不擔心，他跪在地上，哆嗦著聲音道：「小……小的不知道，大少爺突然說要回來，而後讓薛伯給他安排了車馬，連著兩天兩夜不知疲倦地趕回來……」

陳悠聽了皺眉。「那張元禮當時可與大少爺在一起？」

阿農急忙搖頭。「張少爺前幾日就出去辦事了。」

阿農的話，讓陳悠更是憂急。秦長瑞又問了些別的，才允阿農下去。

「爹，您說阿磊哥哥是怎麼回事？」

秦長瑞轉頭，深邃的眸光朝內室看了一眼，深潭般的雙眸裡一瞬閃過什麼，才安撫陳悠說：「阿悠，妳莫急，等阿磊醒來，就什麼都明白了。」

陳悠也只能點頭，先去藥房給趙燁磊配藥。

此時，趙燁磊的夢裡全都是令他驚悚崩潰的情景。他夢到自己與陳悠一同走在開滿迎春花的花田中，陳悠耳側別著他親手戴上的迎春花，少女嬌俏地笑著，笑聲如銀鈴一般鑽入他的耳中，他緊緊握著陳悠的手。

突然，陳悠臉上的高興和嬌羞全都消失。她一把甩開他的大掌，責怪道：「阿磊哥哥，你把我的手抓疼了。」

他無奈地笑著賠禮。「是阿磊哥哥不好，阿磊哥哥這次輕點。」說著就要來牽陳悠的手，又被陳悠一下躲開了。

這時，突然橫衝出一匹駿馬來，馬上坐著的人便是秦征。「趙燁磊，你憑什麼逼阿悠，你沒資格喜歡她！」話畢，朝陳悠伸出手，一用力，將陳悠帶上了馬背，瞬間就消失在趙燁磊的眼前。

他想追，可是腳底像是被固定住，無論他怎麼使勁也動不了，就這樣，他眼睜睜看著陳悠被人搶走，卻無能無力。

他痛苦地拔著身邊的迎春花發洩，一株迎春花被拔出後，卻露出一個滿是鮮血的人臉來，他湊近仔細一看，驚恐絕望地尖叫起來。那人臉不是別人，正是當初受主家牽累遭斬首的至親！

趙燁磊從噩夢中驚醒，他胸口急速地喘息著，額頭上是密密的汗珠，他有些呆滯地盯著帳頂。

陳悠將手中冰冷的帕子覆在趙燁磊的頭上，瞧見他睜開眼睛，溫聲道：「阿磊哥哥，你醒了？」

趙燁磊轉頭看向陳悠，雙眼中的焦距一時還找不回來。剛剛可怖的夢境令他分不清現實與虛幻，過了一會兒，眼前才慢慢變得清晰，他沙啞地喃喃道：「阿悠……」

陳悠笑著應了一聲。

額頭上傳來的涼爽讓他好受不少，陳悠正要伸手拿過濕布巾，卻被趙燁磊一把握住手腕。

眉頭不禁微微皺了皺，陳悠還是耐著性子問道：「阿磊哥哥怎麼了，是嫌這濕布巾太涼了嗎？」

趙燁磊似乎是下定決心，他定定看著陳悠，眼眸裡充斥著瘋狂和將要臨界的壓力。

「阿悠，我有話要對妳說。」一向羸弱的趙燁磊，話語中少有的帶了一絲強勢。

陳悠本能地想避開。「阿磊哥哥，你有什麼話，等你身體好了再說不遲，我這就去看看給你煎的湯藥好了沒有。」

陳悠想起身，手腕卻被趙燁磊緊緊扣住，根本掙脫不了。

「阿磊哥哥，你捏得我疼了！」陳悠不滿地擰眉看他。

趙燁磊心痛，眼前的情景似乎與夢裡重合，激得他越發瘋狂起來，他扣得越來越緊，陳悠覺得自己的手腕都要被他捏斷。

「阿悠，妳不要走，聽我說好不好？求妳了！」

陳悠心中一怔，停止掙扎，現在趙燁磊正處於崩潰的邊緣，她不敢再刺激他，便點點頭，在他床邊坐下。「阿磊哥哥，我聽你說，我不走，你先放開我，你真的捏得我好痛。」

趙燁磊看著她的臉好像在區分她話中的真假，而後才慢慢鬆手，陳悠纖細白皙的手腕上已經留下一片紅腫。

趙燁磊吃力地撐起身子，靠坐在床頭，他調整呼吸，才看向床邊低著頭的陳悠。

「阿悠，原本這件事我想要永遠爛在心裡，但是我發現還是太高估自己了，高估了自己的耐心，也高估了自己的妒忌心。」

陳悠的手腕火辣辣地疼，但是趙燁磊的話卻令她本能地開始緊張起來。感覺一些原本被好好遮蓋、表面還能維持美好的東西就要揭穿，但是此刻她無法躲避，只能面對。

趙燁磊停了停，像是在思考下面該怎麼說，才比較能讓陳悠容易接受。

「阿悠，我知曉自己卑劣，但是我忍不下去了，妳知道嗎？不知從什麼時候開始，我就覺得自己一直在隱忍，我是個膽小又懦弱的男人。」

陳悠緊抿著唇，甚至頭也不抬，趙燁磊看不到她的表情，這讓他心裡越發擔心害怕。

「阿悠，妳是在乎我的吧？」

不依不饒，趙燁磊好像在向陳悠確定著什麼。

陳悠苦笑一聲。「當然了，阿磊哥哥，我怎麼會不在乎你。」

明明是陳悠親口說出來的話，趙燁磊卻覺得一點也不踏實，反而讓他心虛。一顆心彷彿要墜入無盡深淵，趙燁磊眼眶頓時發紅，他一把扣住陳悠的肩膀，逼著她抬起頭來，與他四目相對。

「阿悠，妳看著我的眼睛說妳在乎我！看著我的眼睛說！」

陳悠的肩膀上傳來疼痛。「阿磊哥哥，你放開我，你冷靜點！」

陳悠的避讓點燃了趙燁磊心中嫉妒的怒火。「阿悠，為什麼妳不說？為什麼妳要迴避？告訴我為什麼，難道妳喜歡那個姓秦的？是因為他是毅勇侯府的世子嗎？阿悠，妳知不知道，我喜歡妳！喜歡妳啊！妳這麼聰明，又怎麼可能不明白我說的喜歡是何種喜歡，妳只是在我面前裝糊塗而已！是不是？如果妳喜歡的是姓秦的地位，我也可以，我也可以的！我可以給妳所有妳想要的！」

說到後來，趙燁磊紅著眼，發瘋一樣地念叨著，像是著魔一般。

陳悠沒想到他失控後變得這樣沒有理智，她不是榆木頭，她也隱隱約約感覺到趙燁磊對她的感情不一般，但是從頭至尾，她只把他當親哥哥看待，而且趙燁磊一直沒有挑明，她又何必主動挑破，徒增煩惱，便一直這樣糊塗著，或許時日一長，趙燁磊的感情會慢慢轉變也說不定。

但是結果沒有陳悠想得這麼樂觀，極度壓抑隱藏的感情反而令趙燁磊黑化了。

陳悠後悔剛剛沒有堅持出去，她雙肩上不斷傳來疼痛，此時想要掙脫也難，趙燁磊情緒失控了，現在他不會聽她的話。

陳悠突然一下子變得平靜下來，趙燁磊施加在她雙肩上的力道就好像不存在一樣。水眸淡淡無波地看著趙燁磊情潮洶湧的黑眸，她扯出一個嘲諷的笑來。「阿磊哥哥，其實你沒有你想的那麼喜歡我。」

看著陳悠開合的嘴唇吐出這段話，趙燁磊火熱的心就像被淋了一盆冰水，他瞪大眼睛不敢置信地看著陳悠，眼前少女的臉平靜得令他感覺到恐慌。

「妳說什麼？怎麼可能！」

陳悠毫不畏懼地與趙燁磊幾乎崩壞的表情對視。「阿磊哥哥，你如果真心喜歡我，就不會被張元禮三言兩語挑唆，更不會因為害怕我而逃到建康去，你喜歡的是你心裡捏造出來的陳悠，並不是現實中的我。我有許多缺點，也有心機，這些都是你心裡的那個陳悠所沒有的！你心裡的那個陳悠純白得就像是一張紙，笑容美麗，純善美好，救死扶傷，告訴你，那不是我，是……唔！」

趙燁磊再也聽不下去了，他不想聽，這些句句戳中他心窩的話不該從陳悠口中說出來，他不能接受。

虛弱的身體不知從哪裡來的力氣，猛地將陳悠拉到胸前，而後一個翻身，就將陳悠按倒在床上，之後他幾乎是以撞上去的速度吻上陳悠吐出傷人話語的唇。

陳悠簡直不敢相信眼前發生的一切，趙燁磊竟然強吻她！

震驚過後就是猛烈地掙扎，但是他的軀體壓在她身上，令她動彈不得，趙燁磊即便再瘦，也是個高大的男人，男女之間的差距太大，陳悠根本就推不動，再加上趙燁磊已失去理智，渾身帶著一股狠勁，陳悠想要掙脫哪有可能！

死死閉著嘴巴，趙燁磊瘋狂地在她柔軟的唇上碾壓著，剛剛猛烈的撞擊磕破了兩人的嘴唇，此時鼻尖唇齒間充斥著一股腥甜。

掙扎間，放在床邊的椅子被陳悠一把踢倒，砸到地毯上，內室發出一聲悶響，正當陳悠無力反抗的時候，外間的門被一把推開。

當進了內室看到眼前的景象，秦征頓時被怒火點燃，用力將趙燁磊掀到一邊，而後將陳悠拉到懷中，完全保護的姿態。「趙燁磊，你瘋了！」

趙燁磊被秦征大力掀翻滾到床下，他狼狽地用衣袖抹了抹嘴唇上的鮮紅，看到秦征後，他更加失控。「是，我瘋了！瘋了！」

陳悠渾身都在顫抖，任哪個女子遇到這樣的事情也都是後怕不已，更別提對自己做這種事情的人還是一心相待的親人。陳悠即便心理建設再好，也同樣感到害怕和恐懼。

秦征感受到她的情緒，心口揪痛。他輕拍著陳悠的後背，這些年他都是一個人過來的，話不多，遇到什麼事也只是多做少說，他不會安慰人。這時，他只能輕聲笨拙地重複兩個字。「莫怕、莫怕……」

秦征身上有一股熟悉的淡雅味道，陳悠急速喘息著，漸漸開始冷靜下來。

陳悠回頭看了趙燁磊一眼，明明是澄澈的雙眸，此時卻是複雜難言，她很快地轉頭對秦征道：「秦大哥，我們出去吧。」

事情已經發生，她不想與趙燁磊過多糾纏，現在她只想好好休息。

秦征低頭瞧著她，另一隻未攬住陳悠的手放在身側，手背上青筋暴露，他儘量控制自己的情緒，抬頭冷冷瞥了趙燁磊一眼，將陳悠扶了出去。

趙燁磊坐在地上，瞧著陳悠消失在門口，彷彿人生中最後一縷光芒被偷走。整個人都變得陰沈頹廢不已，他短促笑了兩聲，伸手摸了一下臉頰，臉頰兩側不知道什麼時候已有了水漬。

大概，這輩子他與陳悠是怎麼也不可能了吧！是他的愚昧和衝動讓他徹底失去了她。趙燁磊覺得自己的人生是這麼的可悲！

當陳悠被秦征扶著走到院中，陶氏剛巧過來，瞧見陳悠臉色蒼白，嚇了一跳。

「阿悠，這是怎麼了？臉色怎地這麼難看？」

秦征抿了抿唇，並未說話。

陳悠扯了扯嘴角。「娘，我沒事，只是身子有些不大舒服，我先回房歇歇。」

陶氏瞧陳悠的臉色不對，她對兒子使了個眼色，叫跟在自己身後的丫鬟將陳悠送回房中。

陳悠躺在床上，腦子裡很混亂，她想了許多，卻不知道以後該如何面對趙燁磊，就在這樣的糾結和困倦中慢慢睡了過去。

接下來幾日，陳悠也未再去趙燁磊院中，她特別小心避開他的院落，等到不久後，她從阿魚的口中聽到趙燁磊時，他已回了建康。

還有小半個月就是慶陽府三年一度的藥界盛會，陳悠這幾日也一直在準備，只是她如今不能施針，卻是不打算參加了，到時只是旁觀便好，若是尋到擅長治癔病的大夫，便已是萬幸。

一旦閒著靜下心來，陳悠才反應過來，秦征近幾日好似經常往他們家跑，秦世子什麼時候竟然與雙親這般熟了？她怎麼一點也不知曉？

這日，秦征半夜來陳府，陶氏讓陳悠替秦征幾人安排住處，在去後院的路上，兩人邊走邊聊。

「阿悠過幾日可要參加藥會？」秦征問道。

陳悠點頭。「希望這次能碰到擅長治療癔病的大夫，阿梅的病情一直都沒有進展。」

瞧見身邊的少女失落又難過心疼的眼神，秦征心口跟著一悸，他多想此時將她摟在懷中安慰，但又害怕唐突了陳悠。

「阿悠莫要擔心，到時，我與妳一同去找，定會讓阿梅痊癒的。」

陳悠轉頭瞧著秦征，輪廓分明的側臉上都是真誠與堅定，他的目光鎖著她，讓她心跳加速。陳悠慌忙移開，心律不整中，卻又感到一股安心。

「謝謝你，秦大哥！」陳悠的聲音很真摯。

兩人說話間就已經到了客房小院，陳悠領著秦征進去。「裡頭一應東西都準備好了，秦大哥直接歇下就行，如果有什麼需要，就派人到我院中叫佩蘭尋我便是。」

秦征將她送到院外後，還要送，陳悠回頭看著他笑。「秦大哥，不用送我，這是我家，有什麼好送的，若是我們這樣送來送去，那不是沒完沒了了。」

秦征卻堅持。「無事，地方我已經記住了，姑娘家走夜路還是不好，我將妳送回去便回來，也就是半刻鐘的事。」

陳悠無奈，只好由著他。

回到自己的院子，由桔梗服侍著洗漱換衣，陳悠拿了本醫書正要躺下，外頭突然傳來白起的聲音。

陳悠直起身，支使桔梗出去問問，不一會兒桔梗就回來了。

「大小姐，秦世子的人來問您這兒有沒有安神香，便是上次在林遠縣百味館用的那種便行。」

陳悠臉上有些擔憂，難道說秦征又沒睡好？

她起身，尋到一個小梨花木箱子，將裡面的香餅揀出兩塊來，隨手用旁邊的一塊帕子包好交給桔梗。

「把這個拿去給白起大哥吧。」

桔梗應是，將香餅送出去，這幾塊安神香都是陳悠在華州時做的。那時年後幾日無事，便多做了些，說來比林遠縣做的那幾塊還要好些，裡面她添加了從藥田空間裡拿出來的忍冬，香氣淡雅柔和，最適合安神定心。

白起接了香餅就快步回去了。

等香餅交到秦征手中時，秦征深潭般的眼神閃了閃。實際上，他不是睡不著，只是想尋個由頭向陳悠討些東西而已，他將包著香餅的一塊素色繡著蘭花的羅帕收起來，將香餅放入雕刻精細的檀木盒中。

只取了小塊放入香爐中，本只是試試這安神香，沒想到過了不久，他便渾身放鬆，倒真的困倦起來，上床歇下。

另一廂的陳悠順手也在房中點了一小塊。

這一晚，陳悠與秦征作了同樣的夢。夢中，紅燭帳暖，歲月靜好。

第五十章

翌日，秦征睡了一夜好眠，如往常在書房處理公事，突然他憶起什麼，喚了白起進來，輕聲道：「如何？」

白起回道：「世子爺，不用來信說竹山那邊一切進展順利。」

秦征深如寒潭的雙眸睜開，危險地瞇了瞇。「十三王爺最近的情況怎樣？」

「前日，皇上將登州、萊陽一帶的兵力交到十三王爺手中。」

秦征眉頭聚攏，十三王爺一直在太后面前念叨手中無兵，做什麼事都不稱手，太后寵溺他，將自己的五百私兵給了他。可他不知足，又央求到皇上這裡，皇上是十三王爺長兄，十三王爺平日也都是小打小鬧，到處闖禍不幹正事，這回好不容易想訓兵做點正經事，皇上也不忍攔他，便將手中最差的兵力給了十三王爺，就是登州和萊陽的兵力。

登州緊鄰渤海，往東就是樂安和濟南，離建康城可謂是一個天南一個地北，但是離十三王爺封地黟州卻近。登州和萊陽的兵力加起來也不過五、六萬人，與皇上現今手中兵力相比相去甚遠，又是一群散兵游勇。因鄰著渤海，大魏朝不擅水軍，實力更要跌一個等級。所以皇上這個決定就當是讓這群下等兵雜牌軍，陪著十三王爺玩了。

但是，在秦征的記憶中，十三王爺便是靠著這群所謂的散兵攻到建康，與皇上對峙！

秦征前世不知道皇上是在這個時候作決定的，而秦長瑞夫婦在死前是根本就沒經過十三王爺倒戈相向的事，所以這麼一個重大轉機竟然都被他們錯過了。

白起見主子眼中情緒翻滾，有些擔憂道：「世子爺，可是這事有什麼不對？」

秦征回過神搖搖頭。「沒事，你讓阿北那邊繼續盯著，再派人去登州定期彙報那邊的消息，記得多分幾批，千萬要小心，莫要被旁人盯上。」

白起領命快速出去辦事了。

秦征下意識開始摸索腰間的荷包，荷包裡裝著陳悠贈的那塊奇怪玉珮。想了想，秦征還是決定去一趟秦長瑞那兒。他如今往陳府跑已算是家常便飯，就連白起都覺得奇怪起來，他感覺自從那日秦東將陳老爺帶回來，世子爺與陳老爺見了面，聊了許久後，他們世子爺與陳家的關係就好似突飛猛進。

時日過得有如飛箭，轉眼就到了慶陽府三年一度的藥會。

大魏朝從各地趕來的大夫以及藥商有許多都已早早到了，偌大一個慶陽府這時候想要尋空的客棧酒樓那是不大可能，因為慶陽府北鄰大魏首都建康，南邊就是藥材盛產地嵩州，是辦藥會再合適不過的地界。

從前朝開始，藥會在此處舉辦，說來已有百年歷史，每屆藥會皆由民間藥局推舉德高望重的大夫來主持，可謂是大魏朝醫藥發展的風向標。不過今年惠民藥局崛起，皇家很可能會藉著惠民藥局插上一腳。

藥會開辦時，會有許多大藥行來做生意。醫藥的最新發展都是在藥會上展示的，只要是精明的藥行，定不會放過這個機會，有些藥材可能因此瞬間身價百倍。

藥會首日，最熱鬧的當數慶陽府的各處瓦市（注），等到藥會第二日，才會有藥局的人宣布當屆藥會的主持人，而後第三日由藥會主持大夫在慶陽府最南邊藥樓中召開藥會。

藥會並非只是簡單的會議，而是先要由藥會主持大夫與一眾德高望重的藥界老藥星們，對前來參加藥會的大夫們初審。想要過初審，得到參加藥會的最高門票，必須在眾位老藥星面前展示自己於醫藥方面的成果，由老藥星們審核過後，肯定成果的價值，才能得到真正的藥會門票。

這樣的初審嚴格至極，會持續五到六天左右，等到初審過後，真正的藥會才算召開。每屆能參加藥會的大夫百中取一都不到，可想而知，只要是能參加藥會的大夫必是對藥界發展有貢獻的。

如果獲得藥會的門票，那將是一件非常值得驕傲的事，也就意味著，能接觸到大魏朝醫藥頂尖的人物，共同商討藥界發展。百年來，在史上留名的藥星無一不是參加過慶陽府藥會的。

陳悠知曉這個規矩，為了尋到替阿梅治病的大夫，她絕對不會放過這次機會。

注：瓦市，宋、元、明娛樂與買賣雜貨的市場。

藥會第一日，瓦市上有各種成色的藥材，正是採購藥材的好時機。瓦市現在都是藥材的天下，一眼望不到頭的各式棚鋪，熙熙攘攘的人群，此起彼伏的吆喝聲。

馬車行到隆升街就已寸步難行，他們不得不將車馬丟在隆升街的車馬行中，步行進入瓦市。在來來往往的人群中，明顯有一些人看起來財大氣粗，瞧著像是各大藥行的人。

白起跟在秦征身後，秦征微微側身護著在他身旁行走的陳悠。白起是個萬事通，邊走邊在秦征耳旁小聲與他說著那些人的身分。

「在那邊藥攤瞧著的是榮升藥行的大掌櫃，榮升藥行身後不遠處穿著一身灰色綢緞微胖的是福州萬寶祥大藥行的少東家……」

陳悠雖對這些大藥商不大瞭解，但也聽過福州萬寶祥的名號。以前惠民藥局還沒成形時，宿安的和順堂與福州的萬寶祥可以說是在藥界平分天下。

陳悠一行人親眼瞧見一家藥行的大掌櫃在議價。那大掌櫃說的一口行話，討論的是藥材的真假與品質，最後給出一個下品，引得許多人圍觀。

「先生好眼力，在下這當歸確實不是上品。」最後那賣草藥的藥鋪掌櫃竟然還心甘情願地成交了。

這慶陽府藥會上果然能人輩出，讓陳悠對阿梅的病情更有信心。

瓦市上的人越來越多，不遠處還有一家藥鋪在撒藥，引起周圍百姓的瘋搶。他們不小心被人群推到中央，不知道什麼時候，陳悠、秦征已與唐仲他們走散了，陳悠還險些被人群推倒，幸而秦征一直注意著她，有力的臂膀一拉，將她拉到自己的身前。
陳悠大喘了口氣，抹了抹頭上的汗珠，剛才如果沒有秦征，還真是驚險。
「阿悠，沒事吧？」
陳悠仰頭朝秦征一笑。「秦大哥，我沒……」
話還沒說完，她又被後面的人一推搡，徹底靠在秦征的胸前。男子的胸口就如一堵牆一樣堅實，陳悠猛然被擠得撲上去，瞬間，白皙的臉龐充血，變得通紅。
兩人貼得如此近，連一絲縫隙也沒有，陳悠甚至能聞到他身上淡淡的清雅香氣，心臟跳得飛快，就連耳根也紅透了。
陳悠撞上來時，秦征急忙攬住她，讓她處於自己的保護之中，結實的臂膀隔開陳悠與人群的擁擠，像是個可信賴的港灣一般。
秦征一低頭就瞧見陳悠紅透的耳根，他嘴角一牽，手臂收緊，竟然將陳悠攬得更緊。
「秦大哥，這……這裡人好多，我們還是快點擠出去吧……」
秦征裝模作樣「嗯」了一聲，他用力撥開人群，護著陳悠，用了一刻鐘才擠到人少的一家酒樓廊下。他放開攬在陳悠肩膀上的大手，咳嗽兩聲。其實他方才也有些緊張，少女溫軟的身體與自己接觸，前面兩團軟肉壓得他心火四起，他好不容易才克制住身體的感覺，現在想來確實有些尷尬。就算他心理再成熟，身體也是血氣方剛的年紀。
秦征很快平復下來。「阿悠，我們早些回去，這裡人太多，不安全。」

陳悠拍著胸口，總算緩過氣來。剛才的情景還歷歷在目，她與秦征剛剛的距離太近，抬頭就能看到他輪廓分明的臉龐和異常認真的黑眸，擁擠加上悸動，她的心幾乎要跳出來。現在她都不敢看向秦征的眼睛。

「嗯，回去吧……」陳悠低頭輕聲回了一句。

對於她來說，明後天的藥會開幕和選拔才是最重要的，而百味館中藥材的消耗自有秦長瑞派人去辦，她不用操心。

白起急得滿頭大汗，他一身春衫已濕透了。在找到秦征與陳悠後，他才鬆了口氣。片刻，白起站到秦征身邊。「少爺，這裡人太多，不安全，護衛們都被沖散了，還是先回去吧。前面拐彎的巷子中，我們的人準備了車馬。」

秦征點頭，帶著陳悠一道離開。

上了一輛普通的青幄馬車，因是早預備停在小巷中的，所以馬車不大，一般這種輕便馬車都是供一個人乘坐的，但此時小小一輛馬車中卻擠著秦征與陳悠兩人。

狹窄的馬車內，陳悠幾乎與秦征擠在一起，但這是別人的馬車，她又不好讓秦征下車，於是，她有些不自在地輕輕往馬車角落移了移。

秦征的長腿因為遷就她而彎曲得難受，陳悠一移開，他的長腿一伸，就已立即占據她剛才移開的小小距離……

陳悠抿了抿嘴，有些吃驚秦征方才的舉動。

他們已換上薄春衫，秦征長腿伸過來，正好碰到她的小腿，雖然非直接接觸，可她總感覺被秦征長腿碰到的那一塊，好似被熱水燙到一般，讓她忍不住想躲開。

低垂著頭，陳悠不敢看秦征現在的神情。她擰了擰手中的素色帕子，微微地吸口氣，馬車中充斥著秦征身上淡淡香味的空氣，本來只是想冷靜下來，現在覺得自己的嗓子眼都是熱的。

又一次小心往邊上挪了挪，給她與秦征之間騰出了點距離。陳悠還沒鬆一口氣，那條彎曲的長腿又伸直了些，將她好不容易挪出的距離又一點不落地給填上了。

陳悠睜大著一雙杏眼，不敢置信地看著剛剛那幕，如果第一次可以解釋為沒注意，但第二次還這樣，就是故意的了！

她認命地又往旁邊挪了挪，可緊接著那長腿就跟長了眼睛一樣再次伸過來，占據了空隙。陳悠深呼吸一口氣，她的身體現在幾乎是緊貼著車壁了，而後猛然抬起頭，看向對面那個長腿主人。

對上的是一雙顯然還未完全收斂起笑意的黑眸。

果然，他故意在逗她！

「秦大哥，你不要太過分！」陳悠伴著這句話，身體狠狠地往中間擠了擠。

秦征的臉上滿是無辜。「阿悠，我如何過分了？」

陳悠低頭，看他一雙長腿雖然已占據半個車廂，但是明顯蜷縮著伸不直，話也吞回口中。

「沒事腿長這麼長做什麼？」陳悠低聲嘀咕道。

但還是賭氣地再次往中間擠了擠，秦征因為她的動作，不得不將長腿收回，好似委屈地縮成一團。

陳悠總覺得今日馬車中的氣氛格外詭異，她分毫不讓地貼著秦征的腿，頭撇到了一邊，賭氣似的不再說話。

秦征瞥了眼陳悠的模樣，嘴角牽了牽，而後就以這個彆扭的姿勢，閉起雙眼養神，若是忽視兩人臉色，光瞧著馬車中的坐姿，定讓人認為這是一對小夫妻。

藥會上的人實在是太多，即便他們已經繞了小路，仍然有許多零散的藥商，本短短小半個時辰的車程，硬是行了將近一個時辰。

陳悠一開始還有精力與秦征相爭，但後來在馬車的顛簸中，漸漸昏昏欲睡起來，最後竟然真的睡了過去。

馬車搖晃，陳悠靠在車壁上的身子一歪，就要向前栽去，突然兩隻有力的臂膀扶住了她。

秦征微微地嘆息一聲，換了個方向坐下，讓陳悠靠在他的肩頭，手臂儘量穩穩攬著她，讓她的身子減輕顛簸。

迷濛中，陳悠情不自禁朝暖源靠了靠，在秦征的肩頭尋了個更舒服的位置睡了過去。

雖然在馬車中，陳悠這一覺卻睡得格外香甜，直到抵達陳府大門前，白起在外頭提醒了，陳悠才醒過來。

陳悠睜眼時，馬車中只有她一個人，靠著硬硬的車壁，揉了揉眼，打了個呵欠，她有些慶幸秦征已不在馬車中，可一想到之前在馬車中兩人的鬧劇，陳悠的臉便紅了起來。不知道為什麼，在秦征面前，她的情緒總是這麼容易失控。

白起在外頭又提高聲音喊了喊。「陳大姑娘，到了。」

陳悠回神，急忙下車，佩蘭已在門前候著她了。

陳悠轉頭看了白起一眼，終究還是沒忍住問道：「白起大哥，秦大哥呢？」

「世子爺中途有事，先行離開了，吩咐屬下將陳大姑娘送回來。」

陳悠眉頭微皺，謝過白起，就進了府中。

佩蘭跟在她身旁，偷偷瞥了她兩眼，瞧見她裙裾有些凌亂，急忙上去替她整理。

「無事，許是這幾日有些累了，方才坐馬車回來時，竟在馬車上睡著，壓了衣裙。」

「那大小姐身上可有哪裡不舒服，回去奴婢幫您捏捏。奴婢瞧方才那馬車可是硬得很。」佩蘭體貼道。

陳悠動了動胳膊和脖子，渾身舒服，一點也沒覺著被磕碰到，可那輛輕便馬車確實是硬，而回來的這條路也不大好……

陳悠忽地想到一個可能，急忙搖搖頭否定。不會是那樣的，定是白起駕車的技術好，讓人感覺不到顛簸……

陳悠帶著滿腦子糾結回到房中。

等到唐仲與賈天靜從街上回來，聽說陳悠早已被秦征送回府，這才鬆口氣。

「瓦市上的人也太多了，竟然比上次的人還要多上許多，早知道，怎麼也不會允許阿悠去，要是真的走散了可如何是好。」賈天靜拍著胸口對陶氏埋怨道。

「妳也不要為那丫頭擔心了，先頭秦世子就派人來說了，阿悠不久就被送了回來，現在正在房中休息呢。」陶氏拉過賈天靜，替她倒了一杯溫茶。

唐仲與秦長瑞去書房說事了，花廳中只留下陶氏與賈天靜兩人。

賈天靜端起茶水，一口氣喝了個乾淨，陶氏無奈地搖搖頭，又給她添了一杯。

「天靜，妳如今可是有夫君的人了，可不能再這麼大大咧咧，以後妳與唐仲還會有孩子，那時，可要妳照顧一家大小。」

賈天靜難得靦覥地笑了笑。「大嫂的話我記得了，會放在心上的。大嫂，我還有一事要問妳，這事我在心中也憋了一陣子，阿悠的婚事妳打算如何？」

陶氏笑了笑。「怎麼，妹妹有合適的人選？」

賈天靜也跟著笑起來。「大嫂，妳可別怪我話多，我覺得秦世子就滿好，而且阿悠對他也有意思。」

陶氏身子一僵，而後突然大笑起來，就連眼角的眼淚都笑了出來。

賈天靜有些不明所以，奇怪地看著她。「大嫂，妳是怎麼了，難道我說得不對嗎？」

陶氏止住笑聲，用帕子抹了抹眼角笑出的眼淚，搖搖頭。「沒有，是我沒忍住。」

賈天靜更不解了。「大嫂，秦世子難道不好？妳笑什麼？」

她笑並不是因為秦征不好，而是太好了，她不敢想。之前擔心秦征並非親子，瞧見秦征給陳悠的那三疋雲錦時，她曾悲痛欲絕過，也想過去阻攔。

後來趙燁磊的事情令她分了心，前些日子，才從夫君口中得知秦征便是他們的親生兒子，一時高興，倒是忘記了，只想著如何阻止皇上賜婚。

賈天靜這一提醒，陶氏才醒悟過來，如果陳悠與秦征在一起，那他們一家人豈不是可以不再分開？秦征也能光明正大喚他們爹娘，這簡直就是兩全其美的事情。

現在一雙小兒女互相都有好感，這簡直是再好不過的發展，怎能讓陶氏不高興。

「好、好，哪裡能不好，我也希望兩個孩子在一起。」

賈天靜沒想到這就獲得陶氏的同意，也有些驚訝，她有些吃驚地問道：「大嫂，妳說的這是心裡話吧，可不要騙我，畢竟兩個孩子的身分還差著些……」

雖然賈天靜不想承認，可這的確是事實，現在的陳悠與秦征的身分可是雲泥之別，一個是望族高門出身、一個是商賈之女……

陶氏笑了笑。「那又如何？我的女兒是天底下最好的，誰都能配得上。」

賈天靜哪裡想到陶氏會說出這番話，吃驚之餘也同意道：「阿悠在我眼中也是最好的，從來沒有她配不上的人，只有配不上她的男子。」

兩人越說越投機，由陳悠的婚事竟聊到以後定要生個女兒。

藥會第二日，陳悠、唐仲、賈天靜等人一早便在慶陽府藥樓邊上的酒樓包間中等著。

正午時，民間藥局的一個當家果然拿著卷軸，走上藥樓的最高處。那是一個三十多歲的高瘦男子，留了兩撇八字鬍，穿著寬大的黛青色袍衫，走起路來衣帶當風，還真是別有風骨。

這人名叫防己，並非是真名，而是民間藥局中的代號，民間藥局聯盟有五位當家，都是從各大藥行中選出的，各自有各自的代號，都是草藥名，防己排行第三，平日裡，大家也就稱他為三當家。

「阿悠，你看，那邊是藥局三當家防己。」唐仲指著藥樓上的高瘦男子道。

陳悠朝防己的方向看過去，只見防己展開手中卷軸，下面圍觀的人群頓時就安靜下來。

「今景泰十五年，第三十六屆藥會於慶陽召開……」

最後當陳悠聽到一個名字從防己口中說出時，瞬間睜大了眼睛。圍觀人群也是一片譁然。

這……這屆藥會主持竟然是杜院使……

杜院使是太醫院的人，往屆他也是藥星之一，卻從未擔當大局，畢竟他是代表皇家的，而這次卻選他，實在是讓人深思。

陳悠看向對面酒樓正端坐著的秦征，當初惠民藥局就是皇上交給他的差使，是不是這次的藥會主持推選也與他有關？

兩人眼神在空中遇到，陳悠有些尷尬地挪開。不一會兒，杜院使就上了藥樓，他白髮蒼蒼，鬍鬚也皆白，防己退到旁邊，將地方讓給他。

杜老院使朝空中抬了抬手，議論紛紛的人群瞬間安靜下來，朝藥樓的方向看去。

杜老院使咳嗽兩聲。「老夫知道諸位對這次的藥會主持推選老夫意見很大，別的老夫也不想多解釋，只想在這裡說一句，不管藥會的主持是誰，都會保持公正公平的態度，藥會始終還是實力說話的地方！至於其他的，咱們還是在藥會選舉上大家親眼看吧！」

杜院使說了這一席話，安了許多來參加慶陽府藥會大夫的心。

陳悠這個時候也不由得對杜院使有一絲佩服。不是人人都能做到杜院使這個程度的，一邊是如狼似虎壓著的皇家，另一邊則是滿懷期望的同行，偏袒哪一邊都令人失望。至少陳悠覺得，若是將這件事交給自己，她定然不會如杜院使這樣做得自如。

藥會如期召開。

宣布藥會主持後，藥樓會有各種慶祝活動，民間藥局的義診，各大藥行支持捐贈的贈藥，還有關於藥史的很多表演，今日的藥樓要比昨日的瓦市還要熱鬧，但是對於前來參加藥會的大夫們來說，明日才是激動人心的開始。

得知了藥會的主持，坐在酒樓雅間中又看了歌舞，陳悠並未多待，就跟隨唐仲、賈天靜一行人一同回去了。

一夜眨眼而過，一大清早，陳悠就已準備妥當，與唐仲、賈天靜一起準備出門。

剛出府門，白起已站在大門前等著了。

「白起大哥，你怎麼來了？」

白起行禮後笑了笑。「屬下奉命前來接幾位去藥樓。」

陳悠一瞧，白起帶來的竟是官家馬車，想必是秦征特意為他們著想才派來的。

藥會每日分設二十個點，前來參加藥會的大夫一早便在藥樓前排隊，先要通過最初步的大夫考核才能進入藥星考核，可即便是分設了二十個點，每日排隊的大夫也要排成長龍，運氣不好的，要排上幾日才能輪到。通過初考核的大夫會統一編號，而後抽取再次考核的順序。

陳悠今日雖起得早，但是藥樓前早已人山人海，如果這個時候去排隊，等到晚上恐怕也輪不上。但如果乘坐的是官家的馬車，那便可以特例。

秦征能給他們這樣的福利，又何必要推辭？

陳悠心領神會地對白起福了福身。「有勞白起大哥了。」

「陳大姑娘不用謝我，這些都是世子爺吩咐的。」

陳悠笑了笑，扶著賈天靜上馬車，白起急忙吩咐屬下趕車。到藥樓時，果然沒多久，陳悠三人就提前進入初審。

初審考官是民間藥局的大夫，且竟然還是個女大夫。女大夫年逾四十，慈眉善目，眼角笑起來堆著皺紋，人看起來特別親和。

陳悠不禁在心中嘀咕，這不會也是秦征給的福利吧？

「小姑娘，我姓封，來自宿安，妳可以叫我封大娘。」

「封大娘好。」

封大娘笑得嘴角彎彎。「這年頭，像妳這麼年輕的姑娘來參加藥會的可是鳳毛麟角。」

「封大娘謬讚了。」

「咱們也不浪費時間了，妳雖年紀小，還是個女娃，但是大娘可是不會對妳有絲毫放鬆的。」

陳悠嚴肅道：「醫術關乎人命，大娘嚴謹是應該的。」

封大娘滿意地點點頭。「倒是有個好醫德。」

封大娘從旁邊几案上放置的幾十種藥材中挑選了十幾樣放到陳悠面前。「這是第一題，在規定時間內分辨這些藥材，若是錯了一樣，妳便不能通過。」

陳悠頷首，深吸了口氣，而後低頭開始分辨藥材：第一樣藥材是圓形不規則的薄片，切面灰綠，層環紋多位於中央，皮部與木質部分離，放在口中，微苦回甘；第二種，見其內皮層環紋靠外，有薑辣氣，味苦、辛；第三樣，斷面黃棕色，味甘，有黏性；第四樣，根本就沒有固定性狀。

陳悠一驚，已隱隱明白，為何第一輪就有將近八、九成的大夫被淘汰。這鑑定藥材根本就是鑑定真偽與品質，如果沒有紮實的基本功，很難全部都答對。

封大娘看她停下手中的動作，笑道：「陳姑娘可看完了？」

陳悠點頭。微微閉了閉眼，讓自己平靜下來，儘管陳悠有九成的把握，可總還是會擔心有個萬一。

走到第一味藥材前，陳悠緩聲道：「雲南文山的三七，一般市面上榮升藥行的最有名。第二種雖與三七很相像，卻是莪蒁，經常與三七混淆。第三種卻是藤三七，也就是川七，江浙一帶多有分布。」

說到最後一樣，陳悠的語氣也變得越來越堅定和自信。「這第四樣根本就不是藥材，只不過是用樹脂做出的假貨！我大魏朝醫藥雖發展迅猛，但造假也層出不窮，曾有人將鐵屑置入三七增重，或趁鮮剖開塞入三七荊條，黏合，以小充大。」

封大娘欣慰地瞧著陳悠笑道：「妳說得都不錯，藥乃醫病之根本，而好的藥材會事半功倍，所以作為一個合格的大夫，定要有鑑別真假的基本功，若是連藥材品質真假都不能鑑定，又如何治病？這樣的大夫，我們民間藥局也不會承認的。」

沒有一樣是錯的，辨別剩下的十幾樣之後，陳悠心中的石頭總算放下一半。

封大娘對陳悠這個小姑娘愈加滿意。因為時間的關係，每位大夫初審都要控制在兩刻鐘之內，初審的內容也大概被分為五類，辨別草藥便是其中最難的一個分類，這也可見封大娘的要求之高。

初審第一項是由初審大夫決定，但是第二項則由被審核之人自己隨機抽取。

辨藥已被封大娘選過了，剩下就只有辨診、行針、開方和診脈四項。封大娘將寫著這四項的小木牌打亂順序，翻過來放在陳悠面前，為了保證公平，木牌都是隨機抽取，抽取到哪一項便是哪一項，不能更換。

陳悠卻在這個時候臉色一白，只因她現在根本就不能行針……若是抽到那一項，她是一分勝算也沒有！

封大娘有些奇怪地瞥了她一眼。「陳姑娘是怎麼了？臉色蒼白，可是身子不適？」

陳悠哪裡能說出實情，只好勉強笑了笑，道沒事。

封大娘卻怎麼也沒有想到陳悠是因為害怕才這樣沒底，在她看來，陳悠既然連最難的辨藥都毫不吃力，那剩下的幾樣只要是個大夫便會的，真心沒什麼難度。

陳悠連忙搖頭，藥會她一定要參加，可如果她選中行針，定是不通，那初審便過不了，雖然這個概率不大，但陳悠絕對不能允許意外出現，必須得想個法子！

因為初審中項目眾多，當初審考官幾乎要整日待在房中，所以房中火爐茶水點心樣樣俱全。

陳悠眼神向著旁邊不遠處的小几上一瞟，一個想法瞬間浮上心頭。「封大娘，我沒事，只是有些緊張而已。」

封大娘拍了拍陳悠的肩膀，安慰道：「有何可緊張的，大娘便與妳直說了，辨藥可是初審中最困難的，這最難的妳都通過了，後頭的可都輕而易舉。」

陳悠謝過封大娘的提點。「封大娘，不知我可不可以喝點茶水？」

陳悠是今日第一個女大夫，而且年紀又是這般小，封大娘理所當然起了愛才憐惜之心。「當然可以，妳等著，大娘替妳倒。」封大娘要立即起身，卻被陳悠攔住。

「大娘，怎能讓您親自倒水，還是我自己來吧！」

封大娘瞧小姑娘懂事，更加喜歡，試問，誰不喜歡聰明乖巧又會疼人的孩子？

封大娘也不堅持，笑著讓她自己去了。「茶水就在爐子上，旁邊有濕布巾，墊在手上，倒水的時候小心些，莫要燙到手。」

陳悠應了，起身去倒水，她來到火爐前，滾水冒著白煙，「咕嘟咕嘟」地響著。

陳悠噙了口口水，橫了橫心，拿起放在小几上的茶盞，而後左手提起水壺，眼睛一閉。右手手背上一陣灼痛，而後茶盞和水壺都「砰」的一聲掉到地上。

封大娘聽到聲響，抬起頭就瞧見陳悠滿臉痛苦地抓著右手手腕。

瞧見陳悠手上通紅的燙傷，封大娘猛地吸了口冷氣，很快又冷靜下來。「陳姑娘莫慌，我這就替妳處理。」

十指連心，何況是被滾熱的水燙到手背，陳悠忍受著手指一陣陣傳來的灼痛，儘管咬著牙，但眼淚還是不受控制地流下來。

封大娘動作很快，房間內一應救急的東西也齊全，陳悠被燙傷的右手很快處理過。傷口撒了藥粉，雖然還傳來陣陣疼痛，已比剛燙到時好多了。

「妳這小姑娘怎地這麼不小心，早讓妳注意水燙，竟然還傷了手……」封大娘有些埋怨，但低頭瞧見陳悠眼眶紅紅、梨花帶雨的模樣，又下不了狠心責罵。她家中也有個小女兒，只比陳悠小幾歲，每次闖禍被訓也是像陳悠這副模樣，只埋頭掉眼淚，她一瞧見心就軟了。

「大娘，都是我不好，害您擔心了。」陳悠聲音還帶著剛剛哭過後的沙啞。

「好了好了，不說妳了。這傷口包紮後，十日之內不要碰水，也不知以後會不會留疤，這小小年紀的，一雙白膩的小手留了疤可不好看！」

「大娘，我沒事了，我們繼續吧！」陳悠抹了把臉道。

「陳姑娘，妳這模樣還能繼續嗎？」封大娘有些擔心。「要不，還是將妳家人尋來，送妳回去休息。」

陳悠急忙搖頭。「只不過是一些小傷，不礙事的，藥會三年才一次，我不想錯過這個機會。」

封大娘嘆了口氣。「也罷，看妳這麼執著，便繼續吧！只是支撐不了的時候定要說出來，身體可是最重要的。」
陳悠點頭。「多謝封大娘！」
封大娘看了她一眼，心疼又無奈地搖搖頭，將剩下的四只木牌放到陳悠面前。陳悠伸出左手，瞧那四塊一模一樣的木牌，接著朝第一塊伸過去，可手伸到一半，卻改道選了第三塊。
封大娘看陳悠指著第三塊，問道：「決定是這個了？」
見陳悠用力點點頭後，封大娘將四塊木牌全部翻過來，第一塊是診脈，而第三塊卻是行針！四分之一的概率卻被她選到了，當真是怕什麼來什麼！
陳悠當真是慶幸剛剛使計將自己的手給燙到了。
「行針？」封大娘瞧第三塊木牌上寫著的內容，也有些無語。
她看了眼陳悠被包紮成粽子般的右手，又低頭瞧著手中拿著的木牌。當真是無巧不成書，陳悠手傷成這樣，根本就不能行針……
「這……封大娘，不然我用左手吧！」陳悠低頭，一臉沮喪絕望地說道。
「妳是左撇子？」
陳悠搖頭。
「那妳如何能用左手！」
「可是，大娘，我不想失去這次機會，我一定要試一試！」

封大娘看著她，眼前的姑娘眼神真摯，都這樣了，也不願意放棄，既然她辨藥都不成問題，那行針定也不在話下。

「這樣吧，妳在這其餘三樣中抽取一樣來測試。」

陳悠聽到這句話，雙眼晶亮地看著封大娘。「大娘，這樣真的可以嗎？」

封大娘點頭。「但是妳想過初審，不但要回答對所有的問題，還要將我所說的穴位正確地指出來？妳可同意？」

「當然同意！」

又過了一刻鐘，陳悠才從房間出來。

白起與阿魚在外頭等著，阿魚一眼瞧見陳悠包紮的右手，嚇了一跳，急忙奔過去。「大小姐，您怎麼受傷了！」

白起聽到阿魚的話，也慌忙走過來。

陳悠淡淡笑道：「沒事，不過是被開水燙到，過些日子就好了。」

「可是……」

阿魚還要再追問，卻被陳悠打斷。「唐仲叔和靜姨如何了？」

白起看了眼她的右手說：「唐大夫已過了初審，一會兒就過來；賈大夫還在初審中，沒有消息。」

通過初審，會拿到一塊銅牌，憑著銅牌進入藥樓，由著藥徒領著上交銅牌並記錄在案，等到傍晚時分，公布第二日藥星們審核的順序，到了藥星審核的階段，才是真正能人輩出的時候！

陳悠在藥樓門前等著唐仲與賈天靜二人，白起偷偷命令屬下去打探陳悠右手燙傷的事情。

不一會兒，屬下就回來了，將陳悠初審時的情況仔細與白起說了。

白起摸著下巴，雖然這發生的一切都符合常理，但他總覺得有些地方很奇怪，陳悠不像是那麼不小心的人，怎地這麼巧在這個時候被開水燙到右手？

不多時，唐仲與賈天靜一道趕過來，兩人不出意外都通過了初審。

當瞧見陳悠被包紮起來的右手，唐仲與賈天靜都是一驚。「阿悠，妳的手怎麼了？」

陳悠將右手往長袖中藏了藏。「沒什麼事，小傷而已，我們先進藥樓交銅牌，其他等回去再說吧。」

唐仲擔憂地看了她一眼，既然陳悠現在不想說，他也不再追問。

幾人一同進了藥樓，交了銅牌。現在也不過才到中午，大夫們的初審又不能觀看，便商量好去百味館用飯，等傍晚時的抽籤結果。

賈天靜把陳悠好一頓數落，隨即替她重新包紮傷口。

傷口剛拆開還沒包紮，雅間外就傳來急匆匆的腳步聲。

陳悠好奇地抬頭，便與秦征深邃的眸光對視。

秦征只淡淡瞧了她一眼，而後目光很快移到她的右手上，本就冷著的臉又一沈。「怎麼回事？」

不知怎麼了，聽到秦征這樣的語氣，她竟莫名有些心虛，就像是早已被看穿一樣，在唐仲和賈天靜面前她都沒有這樣的感覺。

當意識到自己的這種心情，陳悠立即給自己做心理建設，故作鎮定道：「不過是不小心燙傷而已，沒什麼大礙。」

秦征坐到她對面，微微擰眉看了她一眼，眼眸中情緒複雜，卻沒再問了，陳悠提著的心也放下些許。

唐仲也感受到雅間中的氣氛不對，將藥箱遞給賈天靜，打岔道：「午時了，快些上菜，大家用了飯後，都歇一會兒。」

在百味館用了飯，藥樓那邊也無事，陳悠便在百味館後院歇著。

陳悠讓百味館夥計將廂房裡的玫瑰椅搬出來，放在一株垂絲海棠旁邊，她便看起書來。陽光有些刺眼，陳悠將書頁摺角放在一邊，躺在玫瑰椅上抬頭瞧著頭頂的海棠花。

迎風搖曳，花姿明媚動人，楚楚有致，當真有「玉堂富貴」的神韻。淡淡的香味飄來，鼻尖輕嗅間，暗雅飄香。

陳悠突然想起一首描寫垂絲海棠的詩來。難得有這樣的興致，即便是右手傷殘了，陳悠覺得也要附庸風雅一回，便起身尋了百味館中的夥計，將廂房內的小几案和文房四寶搬出來。

那小夥計滿臉的不解和擔憂，等到擺放好案桌，還是忍不住擔心道：「大小姐，您右手傷著了，還是不要動筆寫字，若是讓大掌櫃的發現了，小的也要跟著受罰的。」

陳悠尷尬地咳嗽一聲。「放心吧，我不動筆。」

急忙將小夥計趕走，陳悠才吁了口氣。站在案桌前，用鎮紙壓好紙張，右手提起筆，動了兩下，傷口就疼得她吸氣，想到許多能人異士雙手寫字都不成問題，乾脆放下筆，換上左手。

瞧著宣紙上扭曲的字體，陳悠苦惱地搖頭，本想著自己左手雖不能寫出如右手一般的好字，但工整應是可以做到，卻沒想是這樣慘不忍睹。

一首詩寫得歪歪扭扭，陳悠又不死心地一遍遍練著。

當秦征走進院子，就瞧見少女正在春光明媚下練字，可用的卻不是右手，而是左手。

秦征挑了挑眉，輕聲走近，當瞥見那歪曲難看的字跡，沒忍住，笑出聲來。

陳悠被驚得一抬頭，瞧是秦征後，慌張放下筆，就要去收桌上的宣紙，只是她一隻手實在不便，乾脆扯了帕子蓋住。她尷尬地咳嗽一聲。「秦大哥，你什麼時候來的？」

秦征臉上還帶著未褪去的笑意。「剛來。」

陳悠剛想鬆一口氣，他卻接著說道：「不過，該看的都看到了。」說話時，還將眼神落在被帕子遮住的宣紙上。

陳悠懊惱地嘆口氣，乾脆破罐子破摔。「右手寫不了字，隨便練一下。」

秦征收斂起笑容，走到案桌前，揭開蓋在上頭的帕子，果然，一近看這字更醜。不知為什麼，他瞧見這猶如剛學字、橫歪豎斜的字體，心中卻升騰起甜蜜感來，而陳悠右手那一筆漂亮的工筆楷書卻令他怎麼也開心不起來。

「字是醜了些，不過這詩還不錯，也算是彌補缺點。」

陳悠暗中翻白眼，這個傢伙還來真的，竟然開始品評她左手寫出來的字。那詩當然是好詩，楊萬里的，能不好嗎？

陳悠嘴角僵了僵。「我應該多謝秦大哥誇獎嗎？」

秦征嘴角微彎，竟拿起旁邊的筆，換了張宣紙，微低頭開始龍飛鳳舞起來。

陳悠本還不屑，可瞧見秦征竟然是用左手寫字，眼睛便越睜越大。

不多時，秦征放下手中狼毫，陳悠瞧兩邊明明是相同詩詞，卻相差巨大的兩幅字，簡直慚愧得想找個地縫鑽進去。

為什麼同樣用的是左手，他便能寫得與右手相差無幾，而她的字跡卻像是狗爬，這個世界簡直是太不公平了。

「真可怕……」陳悠低聲嘟囔了一句。

秦征笑了笑。「不是什麼了不起的事，左右手都能寫出一筆好字的人建康便有許多。」

陳悠有些吃驚，竟然還有人專門訓練這種技能嗎？而且還是一群人？

秦征未說，其實左右手真正都練有一手好字的人是秦長瑞，而且兩隻手寫出來的字跡還可以不一樣。左手的字跡不輕易展示給外人，只有真正緊急的時候才會用左手寫字。

秦征上輩子左手不會寫字，他是重生後才開始練起的。

陳悠沮喪地嘆了口氣，今日她算是被打擊到了。

秦征瞧她心情低落，不再與她說這個話題，從袖口中拿出一個細頸青瓷瓶遞給陳悠。

「大內祛疤的秘藥，以後等紗布拆了，塗在患處。」

陳悠本想拒絕，可抬頭看到秦征的目光，到口的話卻變了。

「多謝秦大哥的關心，其實這傷口並不嚴重，過些日子自然會痊癒的。」

秦征笑了笑，並未說其他，但是伸著的手卻沒有撤回，陳悠只好去接住。

「這張紙我能拿走嗎？」

陳悠低頭，看到秦征手中拿的是他用左手謄寫的詩詞，點頭道：「這本就是秦大哥寫的字，當然可以拿走。」

秦征將宣紙疊好放入袖帶中，陳悠卻沒有注意，她那張寫得歪歪扭扭的字也被摺了進去。

秦征在離開前，走到陳悠面前，凝視著她，突然道：「以後想要什麼便與我說，莫要再傷著自己，那樣我會心疼的。」話畢，轉身出了小院。

秦征簡簡單單的一句話對陳悠卻像是個深水炸彈，她被炸得立在原地，腦子一片空白，只能呆呆地盯著秦征的背影。

直到秦征修長挺拔的身影消失在陳悠的視線裡，她也沒有回過神，腦子像是鈍住了，轉不動。

剛才，秦征是向她表白了？他竟然知道她手上的燙傷是故意的！他雖然知道，卻沒有追問，並且還毫無保留地維護她。

陳悠一時間心中又是驚喜又是感動又是害怕，複雜的情緒像是一波波海濤衝擊著她。

微風拂著臉頰，垂絲海棠清新的香氣飄散在空氣中，好似空氣也沾染上一絲甜蜜的味道。最後，陳悠的嘴角還是忍不住翹起來。

等到傍晚，白起派去的人終於回來了，將幾塊銅牌分別交到陳悠、唐仲與賈天靜的手中。

第二日藥星們的審核，唐仲最早，乃是第二十七位，而陳悠和賈天靜靠得比較近，賈天靜排在第五十三位，陳悠排在六十二位。估摸上午只能審核四十名，剩下的全部要等到下午才成。

一家人回到陳府商量第二日的情況，都早早去休息了。

剛從淨房出來的陳悠，讓佩蘭與桔梗都去睡覺。她坐在梳妝檯前，微微掀開自己衣領，那個蓮花形狀的印記就出現在鏡中，印記已越來越淡，而且那朵蓮花隱隱有枯萎的症狀。

陳悠眉頭緊皺，難道說她任務失敗，不但會影響自己，還會讓藥田空間消失？這幾日她去藥田空間，裡面草藥明顯長得不如以前，甚至有一些已有枯萎的現象。

想到這裡，陳悠心中便是一陣後怕，如果真的是這樣，她絕對不能允許，藥田空間是祖父留給她唯一的東西，她定不會讓它消失。

那麼，秦征的事就要快點打聽才行！

陳悠當即決定，不管明日藥會審核狀況如何，她一定要詢問秦征到底是遇到什麼樣的麻煩。

躺在床上定了定心，陳悠才沈沈睡去。

——未完，待續，請看文創風414《小醫女的逆襲》5

為流浪貓狗加油 和貓寶貝 狗寶貝

廝守終生(一定要終生喔！)的幸福機會

對人來說，貓寶貝狗寶貝只是生活的一部分，但妳（你）對牠們來說，卻是生活的全部，領養前請一定要考慮清楚——

▲ 我不凶，其實我很乖的Countess

性　　別：女生
品　　種：混種，可能混古代牧羊犬或拉薩犬
年　　紀：2歲多
個　　性：親人、親狗、親貓，愛撒嬌，非常友善
健康狀況：血檢正常，已施打狂犬、十合一疫苗，
　　　　　已點蚤不到除蟲
目前住所：新北市新莊區

本期資料來源：台灣認養地圖

『Countess』的故事：

與Countess的第一次相遇是在彰化員林的收容所，Countess是一隻混種的中大型㹴犬，一開始看到牠時，由於牠巨大的體型，大家認為是混古代牧羊犬，後來經過志工們再次判定，認為混拉薩犬的機率比較高。

Countess的外型雖很巨大，但個性卻與牠的外表截然不同，十分害羞膽小，完全不會凶而且非常喜歡撒嬌，看得出來曾經被人類飼養過，卻因不明原因被主人狠心地遺棄在山上。

Countess喜歡外出散步上廁所，牠很乖巧，拉著繩子牽牠散步時不會亂衝亂跑。目前新莊的志工正在訓練Countess也能在室內大小便，讓未來寵愛牠的新主人可以避免下雨天的窘境。

Countess吃飯時有一個有趣的習慣，牠常常一邊吃著碗裡的食物，一邊盯著其他同伴吃飯，非常不專心，可能Countess覺得同伴的食物比較好吃吧！

Countess在個性上算是慢熟型，初到新環境若聲響太大會嚇到躲在桌子下，非常膽小，但害怕之餘還是會偷偷觀察大家在做什麼，經過自己幾天的觀察後，就會主動靠近人和同伴，甚至會用頭去頂人討摸摸呢！

如果你/妳正在找一隻外型「大男人」但內心卻「小女人」的寵物作伴，請給Countess一個機會，相信你/妳絕對不會失望。歡迎來信carolliao3@hotmail.com(Carol 咪寶麻)，主旨註明「我想認養Countess」。

編註：不要猶豫，趕快來看看！更多Countess的生活照就在這裡！
https://www.facebook.com/liao.carol.3/media_set?set=a.10205457223702769.1615840763&type=3

認養資格：

1. 認養者須年滿25歲，有獨立經濟能力，並獲得家人、同住室友或房東的同意。
2. 認養前須填寫問卷，評估是否適合認養。
3. 須同意簽認養寵物切結書。
4. 同意送養人日後之追蹤探訪，對待Countess不離不棄。

來信請說明：

a. 個人基本資料：姓名、性別、年齡、家庭狀況、職業與經濟來源等。
b. 想認養Countess的理由。
c. 過去養寵物的經驗，及簡介一下您的飼養環境。
d. 若未來有當兵、結婚、懷孕、畢業、出國或搬家等計劃，將如何安置Countess？

小醫女的逆襲 4

國家圖書館出版品預行編目資料

小醫女的逆襲 / 墨櫻著. --
初版. -- 臺北市 : 狗屋, 2016.05
冊 ; 公分. --（文創風）
ISBN 978-986-328-594-6（第4冊：平裝）. --

857.7　　105003846

著作者	墨櫻
編輯	黃鈺菁
校對	黃薇霓　許雯婷
發行所	狗屋出版社有限公司
地址	台北市104中山區龍江路71巷15號1樓
電話	02-2776-5889～0
發行字號	局版台業字845號
法律顧問	蕭雄淋律師
總經銷	知遠文化事業有限公司
電話	02-2664-8800
初版	2016年5月
國際書碼	ISBN-13　978-986-328-594-6
原著書名	《医锦》

定價250元

狗屋劃撥帳號：19001626

網址：love.doghouse.com.tw　E-mail：love@doghouse.com.tw